嫵妹當道 1

風文創 335

朱弦詠嘆 ㊟

目錄

自序

朱弦詠嘆

首先，要與看書的你問個好。很高興本書能到你手中，陪伴你度過一段美好的時光。

小說創作至今五年整，這是我的作品第二次繁體出版。能與臺灣的讀者們以紙本書的形式見面，心情是很激動的。

這次的故事依舊發生在古代，但是與我曾經寫過發生在內宅的故事不盡相同。本書有一段十分宏大的架空歷史為背景，描述的是奸臣與忠臣之女愛到蕩氣迴腸的愛情歷程。

其實關於奸臣和女特工，最初萌生想法是因為看了一期《百家講壇》（講明末歷史的某一期），當時那位長得很帥卻因欠債而入宮做了太監、隨後混得風生水起還敢跟皇帝奶媽搞在一起的大太監魏某某，實在讓我大開眼界，刷新三觀，同時也恨得咬牙切齒。

作為一個言情小說作者，我靈光一閃，突然想寫一個不一樣的奸臣。

所以某位英俊卻行事荒誕的奸佞形象誕生了，那段宏大的歷史背景被我腦補一番，成為了虛構的大燕朝，一個個人物也就應運而生：

意圖謀取皇位的英國公，踐祚後卻無法把握權柄的皇帝，被萬人唾罵的奸臣男主角，以及身為忠臣之女、其實離經叛道的穿越特工女主角……

演員到場就位，在我設計的背景下生活，因為各自的理想和利益，矛盾衝突就體現出來了。

理想與現實、愛情與忠誠、時間與空間發生碰撞，一個所謂的奸佞與忠臣之女，碰撞出注定是完全不一樣的火花。

創作這部作品，用了近一年的時間，每晚興致勃勃地寫故事，發在網站連載，然後與讀者群裡的諸君討論劇情或者人物，去書評區看留言和回覆，是過去一年——好吧，其實是五年來我的生活常態。

創作《嫵妹當道》的一年，最恰當的形容就是痛並快樂著。因為經常生病，感冒之類的不提，比較痛苦的就是眼瞼炎和高血壓。而且，也在寫本書的過程中經歷了一些人生中的重要階段，送走一些重要的人。

這麼一想，其實每一部作品對於作者來說都是一種紀念。相信每一位讀者在看書的階段也會經歷一些人和事，幸而有緣能通過一部小說陪伴你度過未來的一段時間。

雖然經歷了一些小波折，《嫵妹當道》還是順利地與你見面了。在這裡要十分感謝小編的指點，使故事在修訂的過程中更加精鍊完美。

相信你對這個故事也不會失望的，因為我很喜歡（自戀地說），我很珍惜能與書中人物相處的時光，希望你也同樣珍惜，也希望《嫵妹當道》的故事能夠帶給你愉快的閱讀體驗。

楔子

火車在曠野中轟隆前行，凌晨五點，天色漸亮，撩起雪白抽紗繡窗紗，能看到地平線漸漸染上明亮的白。

身著灰藍褂子的侍從恭敬地撤去精緻碗碟，將一碗虎血輕手輕腳放在鋪設酒紅抽紗繡桌巾的圓桌上，恭敬地道：「大帥，請用。」

威嚴男子蹙眉捋了捋濃密的大鬍子，方端起描金小碗，就聽一陣腳步聲傳來。

來人年過六旬，身材臃腫，短脖子，穿了件鐵灰色軍服，肩章反射晨光，行走時總帶擺動、肚皮顫簸，臉上肥嘟嘟兩團肉，見人先笑三分，露出發黃的米粒牙，說起話來有些口吃。

「大、大帥。」

大帥一口將虎血喝乾，隨手扔下精緻描金小碗。「周大舌頭，你難道還在打五丫頭的主意？大清早就來煩我！」

「大帥英、英明。」周景芢在大帥對面的酒紅色天鵝絨沙發落坐，小眼精芒閃爍，笑容垂涎。「昨晚和五小姐一起上車，我整晚都、都沒睡、睡著。」

大帥玩味地笑。「小五年輕，讓我給慣壞了，她脾氣又不好，槍不離身，睡著時近她身被誤殺的侍者能組一個排，你要她？就不怕她哪天高興轟爛你的頭？」

「牡、牡丹花下死，做、做鬼也風、流。」

侍從恭敬地推門而入。「稟大帥，五小姐到了。」

周景芒眼睛一下子亮了。

一個身著月白雲錦坎袖琵琶領高開衩旗袍、披駝色披肩，身段玲瓏、英氣勃勃的女子踩著白色高跟鞋款款而來。

駝色披肩上的長流蘇滑過侍從手臂，似素手撩撥琴弦，已讓年輕人羞紅臉低頭慌亂退下。

「大帥。」朱唇輕啟，聲音低柔酥骨。

「見過六姨太了？」

「見過了，昨夜與六姨太同屋住的。」隨手將錦盒放上餐桌，抱臂靠在另一側酒紅沙發背上，白玉長腿微屈，線條優美，完全無視周景芒的存在。「昨夜沒機會，這是大帥想要的。」

「大、大、大帥，你看五小姐多有孝、孝心。」見了美人，周景芒口吃更嚴重。

她沒有名字，代號為「五」，便喚作小五。

小五看向窗外，似車廂中根本沒有周景芒此人，她五官如雕如琢，側臉輪廓姣好，明明是精緻秀雅的佳人，幽深杏眼之上卻壓了一雙修長飛揚的劍眉。偏這樣的眉目沒有破壞她的美感，反為她平添颯爽英氣。

周景芒呆望著她，心跳漏拍，神色垂涎，眼神直愣，似已癡了。

大帥這廂已傾身向前，解開錦盒上的束縛。

隨淡藍絲帶飄落，大紅錦盒四面展開，露出其中鮮血淋漓的一顆人頭——小鬍子男人雙眼圓睜暴突，口鼻淌下的血漬已經發黑凝固，死相猙獰，一股異味撲鼻，令人作嘔。

「啊！」周景芒嚇了一跳。

大帥也是心頭震動。

「小野一田？妳真的做到了？」

「正是。」小五隨手拿下綁縛在大腿內側的勃朗寧手槍把玩，悠然道：「小野虎視眈眈，窺視我華夏，我宰了他，順帶送了他妻兒老小一程。」

「妻兒老小？」

「一家三十六口，外加兩隻波斯貓，一條狼犬。」

手槍翻動，人雖沒看周景芒，槍口卻若有似無對著他。

周景芒看著那顆人頭，抹了把額上冷汗，再也不敢直視面前的女子。

江湖上傳言大帥的養女手段狠辣，今日見了果然「名不虛傳」，這樣女子若睡在枕邊，他豈能安寢？

「媽了個巴子！三十六口，連貓狗都不放過，小五，妳做得太過了。」

「為永絕後患罷了。」小五收起槍，隨意看了眼車廂另一側，遂優雅麻利地將錦盒包裝成原樣。

方將淡藍絲帶打好漂亮的蝴蝶結，車廂便被拉開，六姨太劉氏與趙處長談笑進門，大帥

便與幾人說起回官邸之後的安排。

小五輕抿嫣唇，抬眸望著精緻抽紗繡窗紗外天邊泛起的魚肚白，笑容淺淡，眼神清冷。

光線一暗，火車經過橋洞。劉氏正要陪同趙處長去隔壁餐車用餐，突然，轟隆巨響，火光沖天，電光石火之間，小五只來得及撲開大帥。

車廂翻倒，身體劇痛，耳畔驚聲慘叫充盈，她的內心卻十分平靜，心似放空，無掛礙無有恐怖。

她不過是一枚棋子，雙手沾滿鮮血，雖然那些人該死，可殺孽早已造成，且從她踏上這條路那日起，生死便已置之度外。

死，對她，未嘗不是一件幸事。

黑暗來臨前，她看到周景芒腦漿迸射，鮮血噴薄，一雙米粒眼圓瞪著，似是不敢置信……

第一章 登門請求

大燕天元五年。

這一年的春天來得特別晚，四月還飄了幾場雪，時至五月，柳枝兒才勉強抽出些新綠的嫩芽，天氣依然寒冷。

然而不論是遲來的時令還是現今已風雨飄搖的朝廷，於京都城的尋常百姓來說似乎都不打緊，位於城東「名師坊」報春大街的集市仍舊熱熱鬧鬧。

車水馬龍人來人往之中，賣餛飩麵的、耍猴賣藝的、擺攤算命的、剃頭挑擔的……叫買叫賣聲伴著大人孩童的嬉笑嘈雜聲，勾勒出一幅熱鬧祥和的畫面。

申時剛過，正是客流增多的時候，一輛朱輪青帷馬車突然從弓弦胡同狂奔而來，車把式揮鞭大聲吆喝著「閃開，閃開」，惶急的叫聲驅散擋路的百姓，馬車橫穿報春大街，徑直往城西北方飛奔而去，只將一個印有大大「蔣」字標徽的背影留給漸漸合攏的人群。

有人啐了一口。「呸，以官欺民，了不起嗎？」

一旁卻有知情的嘆道：「蔣家可不是那樣的人家，蔣大人清廉為民，從來不擺架子。如此焦急，是因為他們家出了事！」

好事者好奇地圍上詢問：「嘿，到底出了什麼事？」

「還不是因為霍英那狗賊！」

「噓！你不要命了！」有人拉了知情者一把。

那人卻大義凜然道：「霍英那狗官，只知攛掇皇上不理朝政，好好的皇宮不住，在外頭建別院，設豹房，整日裡鬥雞遛狗，他自己仗著皇上信任無惡不作。蔣大人乃言官，又是清流之首，上疏彈劾霍英，誰料想摺子卻被霍英黨羽扣下了！如今蔣大人被逮押，霍英也不知如何攛掇了咱們小皇帝，一來二去，竟把蔣大人下了詔獄，這會兒不知讓錦衣衛折磨成什麼樣子！」

周圍百姓中有貧困潦倒卻滿腔報國熱忱的學子，聞言也一起罵起霍英。

有人扼腕續道：「我聽說啊，霍英是瞧上了蔣家的大姑娘，才故意如此，為的就是逼著蔣家將女兒乖乖送上門。」

「蔣大姑娘可是有名的才女！」

「誰說不是呢！霍英都十幾個小老婆了，還嫌不夠！真是卑鄙！」

與此同時，去往「什剎海」方向的蔣家馬車上，擠了三女一男。

唐氏皺紋初生的面龐布滿淚痕。「是娘沒用，沒法子救你們父親，竟要讓你們也跟著受此屈辱。」

聽了母親的話，大姑娘蔣嫣也哽咽著落了淚。「娘，我不打緊的。想來霍英也不會將我如何，我若真去了霍家，只一味不生事、不招惹麻煩便是，說不定過個三、五年霍英膩了我，就會放我出來。」

「可是妳，妳那時候也已經……」唐氏眼淚撲簌簌落下，如斷了線的珠子般滴落在半新

不舊的靛青細棉襖子前襟上。

三姑娘蔣嫵蹙眉。「事已至此，有哭的工夫，不如想想對策。」

唐氏嘆息，雖知道三女兒說的不錯，可眼淚就是止不住。

蔣嫣今已十九歲仍舊不嫁，正因為要尋個兩情相悅又有才情的如意郎君，可現在，卻要抬進霍家側門做那人渣的小老婆，她怎麼捨得？

蔣嫵見狀唇畔含笑。「霍十九不也沒說一定要大姊嗎？」

不要蔣嫣，難道要她？

唐氏怕傷了三姑娘的自尊，只在心中輕嘆。蔣嫣和二爺蔣晨風也都默然。

蔣嫵不以為意地望向窗外。她與才名在外溫婉賢淑的大姊不同，自去年及笄後她當眾痛打了膽敢當面調戲她又揚言要娶她為妻的薛公子後，她「河東獅」的「美名」就已不脛而走。

這傳言如同撕開了個口子，關於她的各種流言，月餘就傳遍京都城名門府上——蔣御史家三姑娘不學中饋，不精女紅，不讀《女訓》、《女誡》，又懶又饞，又無口德，空有皮囊，全無閨秀形象，乃京都城女子之恥……

她蔣三姑娘終於也成了可以與第一才女蔣大姑娘比肩的名人，只不過是惡名。加之她新添了個「河東獅」的綽號，現如今誰娶她，誰就是只注重外表不看內涵的草包！與她門當戶對的公子們誰也不願做草包，所以她今生可以安生了，霍十九那廝估計也不會甘心做個草包，雖然他臭名昭著比她更甚萬倍。

蔣嫣深吸口氣平穩心緒，以袖拭淚，柔聲道：「三妹，若待會兒霍英果真選中了我為妾，往後就要靠妳幫襯著娘親理家了。四妹年紀還小，妳二哥又是男子……父親廉潔，家裡請不起那麼多的僕婦丫頭，凡事還要靠自己，刺繡女紅等事，妳真的要學起來了。」

蔣嫵依舊望著窗紗外隱約可見的街景並不回頭，半晌方道：「大姊放心吧。」

她帶著前世記憶落生於蔣家至今已十六年，父母慈愛，姊妹和睦，全然彌補了她前世身為孤兒的遺憾。她活得肆意瀟灑，家人也從沒因外界流言而冷待她，依舊疼愛她。這樣好的家人，她怎能眼看他們受委屈？

依她看，如今的大燕明擺著一副亡國之象。皇帝才剛十四歲就極為荒唐，朝中佞臣專權，宦官當道，父親偏要去彈劾霍十九，如今被下詔獄，生死未卜，全是太過剛正又不知變通所致。

霍十九，表字「英」，官拜錦衣親軍都指揮使，是國丈英國公蔡京的爪牙，平日善於擷美斂財，又因最會領著小皇帝玩些新奇刺激的遊戲而得信任。

他是大燕的毒瘤，但因黨羽眾多盤根錯節而沒人動得了他。單看他方二十七歲，就有多個高官不論年齡心甘情願認他做「乾爹」，便可看出要除掉此人，使用正當途徑比暗殺要難上千萬倍。

蔣家有三女一子，大姊蔣嫣才名在外，二哥蔣晨風只是一介書生，她行三，臭名昭著，小妹蔣嬌今年才九歲，年齡尚小不曾同來。

上一次母親與二哥去霍家求情，湊了八十兩銀子，卻連霍十九的面都沒見到，只見到霍十九身邊的隨從，聽了一些關於「誠意」的高見，是以這一次，他們湊了更多的「誠意」，連家中兩個到了適婚年齡的女兒也一同帶來了。

她想母親原應該不打算帶上她的，可她雖惡名滿京都城，卻比大姊容貌妍麗，既然是表現誠意，總該讓霍十九好生挑選，免得再生事端。

蔣嫵閉目，養精蓄銳。

馬車疾馳片刻後緩緩停下。唐氏吩咐蔣嫣和蔣嫵戴上面紗。

車夫擺好了踏腳的漆黑木凳子，蔣晨風先下了馬車，再扶著母親、大姊和三妹下車。冷風似刀，吹得高䠷嬌柔的蔣嫣身子一抖。

蔣嫵見狀，脫了自己那件淡青色棉氅裹在姊姊身上。她長年堅持鍛鍊，前世所學從未拋卻，身體底子好，忍耐力也更強。

蔣嫣回眸望著三妹，只見蔣嫵面容掩在面紗下，露出一雙飛揚劍眉和幽深杏眼，正含笑望著自己，眼中又有了淚意。

外人都將三妹評價得那樣不堪，可只有自家人知道，蔣嫵只是性情瀟灑隨意了一些。無奈她生成了女子，若是男子，自然另有作為。

「嫵兒，我不冷。」

「披著吧。」蔣嫵拍了拍蔣嫣的肩，端凝了神色看向霍家。

霍府朱漆大門前排了二、三十輛馬車，占據了一整條街。遞帖子送禮的、叫嚷著要認乾爹的，儼然比方才的集市還熱鬧。

蔣晨風將自己那件藏藍色的大氅披在蔣嫵身上，忍著冷，牙齒打顫地道：「妳們暫且留下，我先去看看。」

蔣嫵正要將大氅還給文弱的蔣晨風，蔣晨風卻已拿著他們好不容易湊齊的一百二十兩銀子，快步往霍家門前去了。

擠上了丹墀（注），蔣晨風對臉上長了個痦子的門子客氣地道：「煩勞這位小哥，我們要求見霍大人。」

「滾滾滾！沒瞧見人多著嗎？」門子眉眼不抬，口出惡言。「要求見我們家老爺的人多得是，總得有個先來後到。送禮還是有事相求，先去登記排隊，叫到你再來！」

蔣晨風年輕俊朗的臉氣得通紅，背後已有人嫌他插隊，推搡他下了丹墀。他只得先與門前留了山羊鬍、穿著體面的帳房那處登記了姓名和來意。

蔣嫵斜倚身旁一株垂柳，隨意把玩腰間的宮絛，戲謔地瞧著霍家門前的混亂場面。

霍家已經鬧騰成這樣，小皇帝會不知道？

蔣晨風回到跟前，與三人商議。「娘，大姊，三妹，委屈妳們等候，求見霍英的人太多了。天氣寒冷，要不妳們先上車去，好歹暖和些。我在這裡守著就是。」

「我在這裡陪著二哥，娘還有話與大姊說吧？妳們去車上談。」

唐氏的確有話要囑咐蔣嫣，便點了點頭。

蔣嫣將披風遞還給蔣嫵和蔣晨風。蔣嫵與蔣晨風披上大氅，一同送唐氏與蔣嫣上車。到掩下車簾時，蔣嫵還禁不住打趣。「妳們可不要排擠我，我在外頭聽得見呢。」

母女倆含淚的眼中就都有了笑意，笑著罵她鬼精靈，放下了車簾。

馬車裡很快傳來了母女二人低低的哭泣聲。

蔣嫵抿唇站在馬車外，一陣風吹來，拂亂了她鬢角的碎髮。難道這一次，大姊真的躲不過去嗎？若是她可以代替大姊，是否會更好一些？奈何她惡名在外，霍十九那廝定不會選她……

蔣晨風從小就覺得三妹有一股說不出的「厲害」，譬如她明明是在笑著，可她看人時眼神犀利，總給人「此人不是一般人」的感覺。再如她性情開闊灑脫，比他這個男子更要豁達，被人指責詬病也依舊過得瀟瀟灑灑，又重情重義。

或許，三妹比大姊的生命力更強一些。

思慮之間，蔣晨風已猶豫地叫了一聲。「三妹。」

蔣嫵回神，依舊笑望著嘈雜人群，低柔聲音漫不經心地道：「二哥，霍十九是選大姊還是選我，並非我說了算不是嗎？」

蔣晨風心頭一驚，藏在袍袖下的雙手不安地搓著，面上紅透，不自在地辯駁道：「我只是……只是問妳冷不冷。」

蔣嫵莞爾，抬頭，明眸掃過蔣晨風的大紅臉，白了他一眼。「二哥還與我這樣？你有什麼打量我猜不到嗎？」

蔣晨風吁了口氣，放棄在蔣嫵跟前作假，索性實在地道：「三妹，妳別怪哥哥偏心，實

注：丹墀，屋宇前面沒有屋簷覆蓋的平臺，因古時多塗成紅色，故稱之。

在是大姊那個性子，若是真去了霍家，怕活不成了，平日裡大姊雖然堅強，家裡的事情娘拿不定主意的她都能拿主意，可她太驕傲了。妳不同，妳性情灑脫……」

「我灑脫就活該了？」

一句話將蔣晨風噎住，雙唇翕動似不知該說什麼，更不敢對上妹妹那雙燦若星辰的杏眼。

的確，他不該如此厚此薄彼。

蔣晨風本在搜腸刮肚想說詞，卻聽到蔣嫵愉悅的笑聲。

「逗你呢。」她語氣輕鬆，聲音低柔，一團和氣，哪裡還有方才的凌厲？

「其實若霍十九選我更好，大姊雖堅強，到底有傲氣，給尋常人做正妻尚且不肯，遑論是做妾？傳言霍十九有十多個小老婆，她成了其中之一，怕只鑽牛角尖也能折磨死自己，不似我臉皮厚著呢，不在乎旁人如何評價。只是我之前名聲不好，霍十九未必肯選我。」

蔣晨風嘆息，為妹妹理了鬢角碎髮。「三妹，妳別怪哥哥方才有那樣的想法，其實妳和大姊，我都心疼，恨不得自己是個女兒身替妳們去。」

「那二哥可以打探打探，霍十九或許好男色呢。」蔣嫵捏了一把少年光潔的下巴，嘖嘖道：「姿色不錯嘛。」

「妳、妳妳……」

原本溫情的場面，被蔣嫵一句話澆了冷水，蔣晨風氣得白眼一翻，黑了俊臉。

蔣嫵禁不住又笑，眼角餘光看到一輛翠帷朱纓華蓋馬車漸漸靠近，她收斂笑容，正色看向那方。

馬車行進時，乞賜封燈下淡藍流蘇擺出優雅的弧度，翠帷上的暗金花紋反射陽光，顯得格外華麗。

圍在霍府門前的人，一瞧見那輛馬車，紛紛各自去回了各家主人，便有老少十餘人爭先恐後下車，遙遙向著那華麗的馬車行禮，有稱「霍大人」的，有稱「乾爹」的，場面喧鬧。

馬車的藍色窗紗被一截白玉似的指頭撩起，蔣嫵先是看到雪白的領子，隨後漸漸露出男子秀氣的瓜子臉來。此人面容俊秀，劍眉濃重，表情溫和，眼神冷淡，十分矜貴。

蔣嫵挑眉，她的確聽說過霍十九乃本朝首屈一指的美男子，還有坊間不堪的傳聞，說霍十九之所以得小皇帝信任，多半是他不知廉恥以色相邀。然她一直以為所謂「美男子」，是他那些「義子」為了巴結而恭維的話，今日得見，卻不得不承認他的樣貌的確出眾。

蔣晨風低聲罵道：「衣冠禽獸。」

蔣嫵笑道：「形容恰當。」

正說著，突然感到有銳利的眼神落在自己身上。

蔣嫵向馬車看去，只看到垂落下的窗紗和晃動的流蘇。

「霍英既然回來了，想必該很快見咱們。」蔣晨風道。「我去通知娘和大姊。」

「不必。」蔣嫵拉住二哥的袖子，閒閒地道：「他會晾著咱們的可能還多些，去瞧瞧娘和大姊聊完了不曾，聊完了，咱們也上車暖和暖和。」

事情果然如蔣嫵所說的那般，等到天色暗淡，霍府門前人都去了，才有一名小廝跑到馬車前，神色倨傲地道：「是蔣御史的家眷吧？我們老爺得閒了，你們去前廳吧。」

竟是得了閒才來叫他們，還說得如此直白無禮？蔣晨風氣得臉色鐵青，唐氏與蔣嫣也面色沈重。

蔣嫵戴了面紗，因臨近車門，第一個踏著腳凳下車，挑眉看了那小廝一眼。

被銳利眼神掃到的小廝背上寒毛全數豎起，下意識縮了脖子退後一步。揉了揉眼睛再看，面前分明是個身量苗條嬌弱的姑娘，為何方才卻有被自家老爺瞪了的錯覺？

提著八角宮燈引路的時候，小廝依舊百思不得其解。

霍府是三進的宅院，背靠積水潭，比鄰定園，宅中處處景致，每一個角度都能入畫，亭臺樓閣，山石曲水，皆為精通土木建造的蘇大師仿造蘇州園林精心設計。占地面積雖不甚大，可貴在精雅，據說當初小皇帝將此宅院賞給霍十九時，英國公蔡京還妒忌了一把。

如今夜幕之下，宅中處處宮燈高掛，光影迷濛下隱約可見其宅院精美得如同嬌臥的美人。

相比蔣家半舊的四合院，此處華麗得像皇宮。

蔣嫣緊張地攥緊了拳頭。難道她今後就要被困在這樣的黃金牢籠裡，成為眾多侍妾中的一人，每日等待霍英回府嗎？這種日子，她不甘啊！可是她身為長女，又十有八九會雀屏中選，還能怎麼辦？

走過擺放著精緻蘇繡天女散花大插屏的穿堂，下了臺階，面對著的便是一座寬敞的院落。正對著五間帶有耳房的正房，正當中那間屋簷明顯高於兩側四間，明亮的燈光從糊著高麗明紙的菱花窗中透射在窗下，將兩側環繞的抄手遊廊和當中一條正對大門的青石磚路勾勒分明，暗淡夜幕降臨時，那間明亮的正廳就被染上了神聖之感，青石磚路也似有了金芒。

見一行人來，門前兩名俏麗的婢女一左一右撩起深紫色福壽不斷紋夾竹棉簾，恭敬道：

「請。」

屋內的光明便毫不吝嗇地灑落在腳下。

唐氏深吸了口氣，認命地與蔣晨風走在前頭，蔣嫣則牽著蔣嫵的手，先後上了臺階，邁進門檻。

夾竹棉簾在身後落下，擋住寒風。撲鼻而來的是一股淡淡的瓜果香，竟是香橙與百合花混合的清爽香氣。

光可鑑人的大理石地磚上鋪著駝色素面波斯地氈，兩邊臨窗擺放了兩排鋪設官綠色錦緞椅搭（注）的官帽椅，正對房門的是一座落地黃花梨木鏤雕五福臨門的大座屏，座屏下是黃花梨木雲回紋蹺腳條案，上頭一左一右放了稀罕的琉璃美人斛，裡頭插著新鮮的百合花，條案正當中則放著個白玉蓮花並蒂的精緻香爐，那淡淡果香和百合花香，便是從那處傳來。

繞過座屏，便到了裡間。與外間相同，地上鋪設著駝色素面波斯氈毯，竟是與外間相連的一整張。背靠座屏放著兩把圈椅，一青年正慵懶閒坐其上，另有一青年垂首站在他身側。

唐氏與蔣嫣自進了裡間，就低垂了眉目。

蔣嫵卻是大大方方掃了周圍環境一眼。透過兩側落地圓光罩，可見東西裡間裡擺設的奢

注：椅搭，即椅披，披在椅子上的一種長方形裝飾織物。

華──她的習慣使然，到了陌生的環境，定要偵測清楚，找好退路。
看過了環境，她又眨著明眸，大方地打量傳聞中的大奸臣。
霍十九看樣子二十出頭，長年養尊處優，使他瞧著比實際年齡年輕了許多，穿著件銀白色雲錦素面交領直裰，烏黑的髮以白玉髮冠高高束起，露出白淨俊秀的面龐，很是矜貴。近距離瞧，他生得的確是俊，只是神色冷淡，顯得高不可攀。
他身側垂首站著一個身姿修長的青年，穿了件淡灰色的細棉直裰，做文士打扮，雖低垂頭看不十分真切，卻也可見得是個俊俏的年輕人。
蔣嫵不屑地彎起唇角。
霍十九冷淡的目光也掃過幾人，後落在她身上。
二人四目相對，蔣嫵無所謂地別開眼。
唐氏先行提裙襬跪下，蔣晨風、蔣嫣與蔣嫵也一同下跪。
「霍大人，上次您的人說的『誠意』，小婦人回去想了許久，這一次已經帶來了。」唐氏回頭接過蔣晨風手中的包袱攤在地上，露出其中六個銀元寶。這些元寶邊上起銀霜，是足足的九八色紋銀。
「這一百二十兩銀子已是我們的極限了。霍大人，請您大人大量，就放過我家老爺吧！」唐氏說著，已潸然淚下。
蔣晨風與蔣嫣見唐氏如此低三下四地求人，忿恨地握緊了拳頭，奈何在絕對的權力面前，他們又能如何？

霍十九斜睨唐氏，那一百二十兩銀子看都不看，眼神只在蔣嫣與蔣嫵之間流轉，似在審視貨物。

「銀子我不缺。」聲音低沈溫和。

唐氏和蔣晨風的心往下墜，下意識地回頭看向兩個如花似玉的蔣家姑娘。

蔣嫣高䠷，蔣嫵嬌柔，二人雖都覆著面紗，可前者氣質婉約，端莊溫文，後者眉目明秀，楚楚動人。即便遮住臉面，氣質又如何遮擋得住？

霍十九果然是打這個主意……

他們的僥倖終究破碎了。

霍十九這廂已起身。「蔣御史能否得救，就看你們的誠意了。我給你們三日時間。」說罷，似不經意瞧了蔣嫣一眼，便帶著那年輕的隨從施施然離開了，將蔣家四人冰在了屋裡。霍十九的那一眼，幾人都看得分明。

蔣嫣身子一軟，癱坐在地，絕望地閉上眼。

唐氏的眼淚撲簌簌地落了下來。「我的嫣姊兒……」

「娘，咱們先回家去。這裡不是說話的地方。」蔣嫵給蔣晨風使了眼色，二人一同上前將腿肚子發軟的唐氏攙了起來。

蔣嫣自行起身，背脊筆直，目光堅定，嬌柔的聲音道：「娘，三妹說的對，咱們先回家去吧。」

唐氏嗚嗚咽咽哭著應了，在兒子與女兒的攙扶下，深一腳淺一腳地離開前廳。走在漆黑夜幕下的霍府，彷彿走在森羅殿裡，背脊上寒毛根根直豎，怨恨猶如一隻冰冷的大手從地下冒出來，抓得她身上血肉模糊。

唐氏與蔣學文不同，她不過是個尋常婦人，只求歲月靜好、現世安穩罷了，大燕的風雨飄搖，她著實提不起心思來關心。然而她的丈夫卻是大燕朝清流文官之首，才名與賢名早就在外。她從前也因為自己有這樣一個丈夫而驕傲，但如今，她心裡卻不由得生出一些怨恨。

若是他能夠多為家人考慮一些，他們何至於落得今日地步？他就不好好想想，史冊上的忠臣英雄，到頭來還不是被奸臣給害了？

蔣學文若比作忠臣，英國公蔡京就是大奸臣，霍十九呢，就是奸臣手下專門做壞事又出謀劃策的狗腿子。他們一家子惹上那樣的冤孽，將來嫣姊兒的日子可怎麼過？

唐氏是一路哭回家的，見母親如此，二爺蔣晨風心如刀絞。蔣嫣則是默默地垂眸盯著自己的蔥白玉手發呆。

蔣嫵撩起窗紗，眼見著馬車緩緩停在城東「名師坊」的帽檐胡同，先起身踩著腳凳下車，又與一躍而下的蔣晨風扶著母親和大姊。

帽檐胡同這會兒一片寂靜，然而左手側第一戶人家門前卻是亮著一盞燈籠。許是見了他們回來，那燈光緩緩接近，一個穿了桃紅色襖裙、頭梳雙丫髻的小姑娘飛奔過來，一把拉住走在前頭的蔣嫵。「三姊，怎麼樣?!」

「在這裡等很久了？看妳冷的。」蔣嫵牽著蔣嫣的手。

提著燈籠的人是個三十出頭、穿著半新不舊細棉襖子的瘦高僕婦，見唐氏面帶淚痕，蔣嫣與蔣晨風都神色凝重，笑著道：「夫人勞頓辛苦了，先回府再說吧。晚飯已經備好了，這就先用飯吧？」

「有勞喬嬤嬤費心了。」蔣嫣整理心情，似遺忘了自己要被送人的命運，笑著道：「這些日子家裡事多，娘與我顧不來的，多虧有喬嬤嬤上心萬事周全，要不家裡也亂了。」

喬嬤嬤是唐氏的陪房，當家的是蔣御史身邊的長隨喬有福，因忠心耿耿又頗有能力，素得蔣嫣姊妹的敬重。

「大姑娘言重了，快些請進吧。」喬嬤嬤聞言心裡熨貼，上了臺階，先推開了斑駁掉漆的木門，往裡頭喊了一嗓子。「銀姊，熱飯吧！」

裡頭傳來一聲。「知道了。」

院內影壁後頭的廚房就傳來烹油聲，顯然是一直留著火的。

蔣家是座面闊三間的一進院落，大門對著個鯉魚戲蓮的影壁，倒座供下人和僕婦居住，院中合抱粗的松樹枝葉茂盛，西廂是二爺蔣晨風的臥房，毗鄰影壁的耳房當了廚房。東廂為書房，平日蔣學文在家多在此處或看書或研究朝堂之事，正房明廳為平日宴席待客所用，東側是蔣學文夫婦的臥房，耳房作為四姑娘蔣嬌的臥室。西側正屋是大姑娘蔣嫣的閨房，耳房則是蔣嫵的臥房。

走在院中，看著黑燈瞎火的東廂書房，幾人都是黯然。蔣學文下詔獄已有一個月了，他不在家中，灰塵可以命人勤拂拭，但總是缺少了人氣。

晚飯是新蒸的粳米飯，一碟清炒豆腐乾，一碟蒸鹹魚。一家人食不知味，誰也沒有胃口。飯菜幾乎沒動，又讓喬嬤嬤與銀姊領著三個丫頭給撤了下去。
唐氏就囑咐喬嬤嬤。「天色不早了，妳先帶著嬌姊兒去睡下，我與嫣姊兒、晨哥兒和三丫頭商議正事。」
喬嬤嬤自然知道怎麼一回事，笑著去牽蔣嬌的手。
蔣嬌卻掙了開。「娘，我要留下聽你們說話。」
唐氏這會兒頭疼欲裂，身心俱疲，哪裡有耐心理會蔣嬌？
蔣嫣見狀便板著臉。「嬌姊兒，聽話。」
蔣嬌嘟著嘴，哼了一聲，老大不樂意地跟著喬嬤嬤出去了。
蔣晨風這才道：「娘，我瞧著霍英的意思，似是看上大姊。」
「那狗賊眼珠子險些都留在嫣姊兒的身上！齷齪殺千刀的！他不得好死！」唐氏忿恨大罵著，眼淚又一次控制不住地湧了出來。
蔣晨風拳頭攥緊，一拳捶在手邊的水曲柳貼面小几上，震得白瓷茶杯響動。
蔣嫣嘆道：「娘、二弟、三妹，你們都不必擔憂，也不必難過。今兒既然去了，我心中已經做好準備了。哭也哭過，恨也恨過，未來的路還要一步步地往前走，我不是那樣軟弱沒骨氣的，你們放心，我會過得很好。只要能將爹救出來，將來有朝一日，或許能扳倒蔡京和霍英這兩個狗賊呢！即便不能夠，咱們一家子都能平平安安，我也知足了。」
「嫣姊兒，這可怎麼好，這是委屈妳啊！」唐氏雙手抓著蔣嫣的手不放。
蔣嫣安撫地拍著母親的手背，道：「娘，您莫哭了，您這樣，二弟和三妹心裡也不好過。雖是做妾，想來我的日子過得也不會太差，霍英那樣的人，應該不會在物質上虧待我，也算是幸運。」

蔣嫣幾時在乎過金銀物質？她不過是為了安慰大家罷了。

蔣嫵沈默著聽了這許久，站起身來道：「娘、大姊、二哥，今日累了一整天，都歇下吧。左右霍十九給了三日時間呢，咱們再想想對策。」

說不定三日內，她就能想出一個合理解決掉那狗賊的辦法，只要他一死，大姊就不必給他做妾了。

但是也有一點，他若死了，父親也未必能夠走他的門路放出來，他們還要去走別的門路。無論怎樣，其實都是難辦。

幾人各自回了房。

蔣嫵進門時，丫頭冰松正坐在臨窗的炕上納鞋底。

「做鞋呢？」蔣嫵隨手將披風脫下遞給已到身前的冰松，又脫去長裙和小襖，只穿了雪白的中衣，就將左腿架在牆上壓腿，她長年修習，身子柔韌輕盈，臉頰貼著膝蓋道：「又不急著配人，怎麼還做起男鞋來？」

冰松對蔣嫵的行為已經見怪不怪，對她的打趣卻不習慣，紅著臉解釋。「二爺缺一雙厚實保暖的棉鞋，我這會兒做了，今年若穿不上就等入冬時候穿。」又岔開話題道：「我聽幻霜說霍英真的選了大姑娘？」

蔣嫵面上笑容一凝，沈默了。

冰松見狀就不敢再多問。

直到兩條腿都壓過，舒展了筋骨，蔣嫵才懶洋洋地側躺在暖炕上，拉了被子來捂著頭臉，悶悶道：「累了，睡吧。」

事到如今，到底該怎麼辦？

第二章　趁火打劫

這一夜誰都沒有睡好，次日清早用飯時，看到彼此眼下掩藏不住的陰影，幾人心裡都很不好受，就連四姑娘蔣嬌也知道事情難辦，用竹筷戳碗裡的米粒，毫無食慾。

好不容易用罷了飯，蔣嫣為打破沈悶氣氛，道：「那對枕面我已快繡好了，回頭娘還尋個靠得住的，也好代為售出貼補家用。」

唐氏點著頭，心裡如同刀絞一般。她與喬嬤嬤商議了大半宿也沒找到個合適的法子，怎麼瞧都是要將蔣嫣送去。如此才華出眾又懂事的女兒，她如何捨得？唐氏的眼中淚水簌簌滾落。

蔣嫣強笑道：「娘，好端端的怎麼又哭了？」

蔣嬌摟著唐氏的胳膊，癟著嘴道：「娘，您別哭。」

蔣晨風眼下青影最重，見母親與姊妹們如此悲切，他真恨不能當即提刀去宰了霍英那狗賊！即便豁出去自己性命，好歹不叫大姊受委屈。

蔣嫵斜靠著窗櫺站著，見蔣晨風眼帶煞氣的模樣，隱約猜得出他在想什麼，便緩步到近前，站在他身旁。

正當這時，外頭銀姊高聲道：「夫人，杜三姑娘來了。」

「娘，是鳶兒。」蔣嫵微笑，這個時候，敢上門來的怕也只有她了。

杜明鳶是她的閨中密友，其父杜毅乃是順天府正六品通判。杜毅又與蔣學文是至交，原本杜明鳶常來走動，她端莊溫柔的性子應該更喜歡溫柔大方的大姊才是，可她卻與她這個性格完全不同且臭名昭著的「河東獅」關係最為密切。

「娘，我去請鳶兒進來。」蔣嫵退了下去。

唐氏趕忙抹了淚，又接過蔣嫣的帕子擦擦臉。

不多時，就見蔣嫵挽著一個中等身高、身量豐盈，穿了荷葉綠細棉布白兔毛風領披風的姑娘進來。那姑娘梳著雙髻，兩側各戴著一朵粉色的小巧宮花，面上戴了淡粉色的輕紗，將一雙靈活的杏眼和彎彎的柳葉眉露在外頭，顯得十分明豔。

「伯母安好。」一進門，杜明鳶就端莊地給唐氏行禮。

「鳶姊兒，快起來，快起來，妳母親可好？」唐氏起身，雙手攙扶。

杜明鳶就勢起身，笑道：「母親很好，就是家裡頭事忙不得閒。我這兩日才繡了幅帳子交了差，才請求母親允准我來瞧嫵兒。」說話間又給蔣嫣、蔣晨風和蔣嬌問好，蔣嫣幾人忙回禮。

小輩們相互行禮過後，杜明鳶就親熱地挽著蔣嫵的手臂。「伯母，我好些日沒見嫵兒，可否與她去說說話？」

「去吧，妳們必定有許多話要說。」唐氏慈愛地笑著，看得出對杜明鳶十分喜歡。

蔣嫵與杜明鳶手拉手去了臥房，唐氏就吩咐喬嬤嬤。「備好茶點送去，不要怠慢了鳶姊兒。」

「是，夫人。」

喬嬤嬤預備茶點之時，蔣嫵已拉著杜明鳶坐在臨窗的暖炕上。

杜明鳶隨手扯了面紗，不施粉黛的圓潤面龐上帶著關切，拉著蔣嫵的雙手道：「嫵兒，妳還好嗎？」

「我很好。」蔣嫵微笑。

杜明鳶心疼地掐了一把她水嫩的粉腮。「妳瞧瞧妳的黑眼圈。我知道，這些日你們家的日子不好過。伯父那裡還沒有消息嗎？」

見蔣嫵搖頭，杜明鳶就嘆了口氣。說著話，從袖中拿出個半新不舊的錦囊來，鬆了帶口，將裡頭的東西一股腦兒倒在桌上。蔣嫵細看，那裡頭除了幾錠碎銀子，還有兩個五子登科的小金錁子以及兩個銀錠子！

「你們家正是用錢的時候。」杜明鳶說話時，回頭看了一眼，從窗縫瞧見貼身侍婢桐花正被蔣嫵的婢子冰松拉著在院子裡說話，這才壓低了聲音續道：「這些是我的體己，妳收好，說不定就有用處。別叫桐花看到，她要知道了，一準去我母親那裡告狀。」

「鳶兒……」蔣嫵動容，反握著杜明鳶的手，這才發現她原本手腕上的一對玉鐲子不見了，蹙眉驚訝地問：「妳的鐲子呢？」

杜明鳶目光有些閃躲。「那東西矜貴，我怕磕碰到……」

「那是妳生母的遺物，從前妳都不離身的。」

杜明鳶生母產下她後不到一年就病逝了，如今家中有繼母，繼母又生了兒女，她雖還有兩個兄長可以依靠，但日子畢竟不好過，且杜大人家裡也只是尋常殷實之家罷了。

看著桌上的銀錠子，蔣嫵心下了然。「鳶兒，當票呢？」

杜明鳶心虛地抿著唇，半晌方似認命了，她是騙不了蔣嫵的。

「嫵兒，妳做什麼這樣敏銳。好了好了，我也不誆妳，我的確是當了那對鐲子，它們雖是我母親遺物，可如今妳父親身陷囹圄，你們家都要垮了，我哪能袖手旁觀？那冷冰冰的東西若真能幫上忙救伯父出來，它便物超所值了。」

蔣嫵垂下長睫，眼中晶瑩的碎芒被遮掩住。

杜明鳶見她如此，怕她傷心，就岔開話題。「我剛其實去找過澄兒，不過澄兒這些日不知吃壞了什麼，說話間就上了兩次恭桶，我看她不方便，就讓她不要走動好生休息了，她還帶個話，說等身子好些了就來瞧妳。」

蔣嫵聞言了然地點頭。

與杜明鳶相同，葉澄也是她們的手帕交。葉家在京都城根基頗深，葉大人累官至刑部員外郎，又好交際，在朝中頗有人脈。許是家境好些，葉澄的心氣也高些，比起杜明鳶也更會趨利避害。

如今蔣家遭難，葉澄許是怕牽累了母家，這是可以理解的。

杜明鳶見蔣嫵並不生氣，就鬆了口氣，道：「妳前些日子說要再去求霍英那狗賊，這會兒事成了嗎？」

蔣嫵沈吟片刻，才道：「霍英看上我大姊，要納她為妾。」

「什麼！」杜明鳶噌地站起身，跳著腳罵道：「那狗賊，簡直是喪心病狂，癡心妄想！」

可罵過了，她又頹然坐下，這會兒他們人單勢孤，霍英位高權重，又有英國公蔡京撐腰，他們能怎麼辦？

「三姑娘。」

正當此時，門外傳來冰松略帶焦急的聲音。「三姑娘，不好了，薛公子來了！」

「他來做什麼？」杜明鳶面色也變了。「那登徒子，難不成傳了妳的謠言還不夠，還要來羞辱妳？」

薛公子就是當初調戲了蔣嫵，卻被蔣嫵痛打的那位。蔣嫵有如今的「名氣」，多虧了他。

蔣嫵戴了面紗，一言不發地走向待客用的正屋。

剛到門前，正聽見裡頭傳來薛公子與二爺蔣晨風說話的聲音，語氣十分關切。「韻之，你們家的事可見亮了？」

韻之是蔣晨風的表字。薛公子名俊，表字華燦，年二十。

其父薛光赫與蔣嫵的父親蔣學文是同科，如今任職通政司。因平日佐通政使受理四方章奏，於政事上頗有一番見地，蔣學文常常誇讚「薛公見地頗深」。

只是薛光赫雖好，他的獨子卻是資質平庸且最大的缺點就是好女色——也許是因為老來得子，家人慣著多些，也養成了一些跌份兒的陋習。只是礙著薛光赫的顏面，蔣家人雖都知曾經薛俊有荒唐時候，也不會當面給人難堪，何況他們籌措的銀兩中還有五十兩是向薛家借來的。

蔣晨風便只言簡意賅地道：「哪裡就見亮了，我們也正在想法子。」

見他說得隱晦，薛俊嘆息，十分不平地道：「韻之兄也不必瞞我，我從外頭來時都聽人說了，霍英打算將貴府上大姑娘收房，這事若是擱著旁人便罷了，可貴府上大姑娘是何等人物？要才有才，要貌有貌，依著小弟愚見，如此嬌娘即便入宮做皇后都是綽綽有餘，霍英哪裡配玷污她。」

這番話直說進了蔣家人心裡，躲在內室裡的唐氏聞言，眼淚就在眼圈裡打轉，蔣嫣則黯然。

而在外頭聽牆角的杜明鳶連連點頭，拉著蔣嫵的手低聲道：「想不到他還會說句人話。」

蔣嫵修長劍眉挑起半邊，玩味地笑了。她倒要看看薛俊還想做什麼。

蔣晨風很是動容地道：「難為華燦兄，這個節骨眼上還肯為我家說句公道話。」

「以蔣薛兩家的關係，再憑你父與我父之間的交情，我薛華燦難不成還連一句真話都不敢說？」十分義氣地慷慨陳詞後，薛俊壓低聲音道：「韻之兄，以小弟愚見，其實這件事還有轉圜的餘地。」

「什麼法子？華燦兄說來聽聽？」蔣晨風急切地傾身捉住薛俊的手，這會兒只要能救蔣嫣，他豁出性命都甘心！

薛俊便道：「其實霍英雖然不做好事，可他那人很好面子的，尤其在女人的問題上。他府裡的十幾房小老婆大多是旁人為巴結他送的，他自己張口要的也有，可也沒見他真做出強搶有夫之婦的事來。」

「你的意思是？」

「若是能在最短的時間內將大姑娘嫁出去，事情不就迎刃而解了？」

蔣晨風聞言心裡一動，可他立即苦笑著搖頭。「如今蔣家開罪了霍英誰人不知？我們就算有心給大姊說親，怕也沒有人敢娶。」

「你說的也是。」薛俊便十分苦惱地皺著眉頭，環視屋內，見無旁人，這才道：「韻之兄，若是我願意納大姑娘為妾呢？我不怕擔這個風險，想來大姑娘原本都是要給霍英做妾的，跟了我，總要比跟著霍英好上萬倍吧？我雖不才，家中倒也殷實，況且你我兩家又親近，彼此知根知底的。」

終於繞到正題上了！蔣嫵抿唇冷笑。

杜明鳶目瞪口呆，低喃。「我道他是轉了性子，原來是本性難移……」

藏身在裡間的蔣嫣也眉頭緊鎖。

唐氏卻看到了希望，心下霍然敞亮起來。

蔣晨風沈默片刻，猶豫道：「華燦兄說的不無道理，只是茲事體大，弟要與家母商議才能決定。」

「那是自然，那是自然！」薛俊喜上眉梢，熱切道：「你放心，我會對大姑娘好的，別看只是做妾，我一切都會比照正妻來對待她，即便將來我娶妻，她永遠是我心中最重。霍英那狗賊禍國殃民，大姑娘跟了他才是徹底毀了一輩子清名，跟了我，好歹我家是個正經人家啊！」

「是，你說的也是。」蔣晨風應著，雖不願大姊為妾，可就如薛俊所說，跟了他，總比跟了霍英那個大奸臣來得好。

唐氏也與蔣晨風同樣想法，這會兒也顧不上避諱男女之嫌，撇下蔣嫣與蔣嬌就到了前廳。「薛公子說的可當真？」

薛俊忙起身行禮，笑道：「自然是當真，蔣夫人，我定會待大姑娘好的！您若是點頭，我立即就回去與家母商量買妾的金資，一定會盡可能多些，若是大姑娘已名花有主，霍英那處就須得用銀子解決了。」

唐氏矛盾地皺著眉頭，方要說話，卻聽裡間傳來蔣嫣的聲音。「薛公子不必麻煩了。」門簾一挑，蔣嫣覆了淡青色的面巾，穿身淡藍色的細棉布襖裙疾步而出，屈膝行過禮，傲然道：「此事我不答允！」

「什麼？大姊，妳知不知道妳在說什麼！」蔣晨風急了。「薛家是正派人家，薛大人與咱們父親又是好友，同樣是做妾，薛家比霍家要強上多少倍！」

一見蔣嫣，薛公子眼睛都直了，半晌才回過神，因興奮而紅著臉道：「是啊，蔣大姑娘，我絕不會虧待妳的！」

蔣嫣沈聲道：「我家只有兩個適婚的女兒，我若是有了人家，豈不就輪到嫵姊兒被抬去霍府了嗎？」

蔣晨風與唐氏都是一愣。

薛俊卻道：「那、那我放寬條件，就勉強也收了蔣三姑娘。」說得不情不願。

「不行！」蔣嫣決然道：「我一個人做小老婆還不夠，難道好端端的還要賠上我家嫵姊兒不成？薛公子請回吧！」

「大姊！」蔣晨風一把拉住蔣嫣，怒吼道：「難道妳真甘心嗎！妳的才華、妳的期望，以後就要被困在霍家某個偏院中，說不定一輩子也見不到天日了，妳甘心嗎？」

「我甘心！身為蔣家女，該是我承擔的，我就要承擔。」

「明明有更好的選擇，妳偏要自甘墮落！」蔣晨風急得眼珠子泛紅，雙手緊握成拳。

「嫣姊兒，妳兄弟說的對，就算去做薛家的小妾，也比給那個大奸臣為妾要好得多啊！妳的名聲至少比那樣乾淨。」唐氏也勸。

蔣嫣搖頭，方要開口，卻聽見外頭低柔酥骨的聲音輕笑道：「原來是薛公子大駕光臨，許久不見，小女子哪裡能不來拜見？」

夾竹棉簾被冰松打起，身著蜜合色細棉小襖、下著月牙白挑線裙子，戴著淡粉面紗的蔣嫵進了門，杜明鳶也戴著面紗，跟在她身後。

薛俊乍見蔣嫵，驚豔地吸了口氣，然而對上她壓在修長劍眉下那雙深邃如古井一般的美目，背後寒毛噌地豎起，說話都控制不住結巴。「不、不必，不必拜見，我還有事，就先告辭了，改日、改日我再來！」

「來都來了，何必急著回去呢？薛公子若不留下吃杯茶，豈不是我們怠慢了貴客？改日家父回來若是知道，定會嚴懲我們的。」蔣嫵似笑非笑地望著他，聲音低柔，步履輕盈緩緩走近。

薛俊不自禁退後一步，竟忘了背後還有椅子，撲通一聲跌坐在圈椅上。

蔣嫵已到近前，拿起桌上半新不舊的白瓷茶壺，微微傾身。「薛公子，請用茶？」

「不、不敢煩勞蔣三姑娘親自為在下續茶，在下家中還有急事，就……就告辭了。」薛俊慌忙站起身，就要奪路出去。

蔣嫵卻擋在他身前，略近一步將薛俊逼得坐回椅中，手中茶壺傾斜，溫開的茶湯兜頭澆下。

茶已不是滾開的，可還是比人的身體溫度高，加之突然淋來，薛俊嚇得一聲大叫，雙手去擋，可他頭臉衣襟還是被茶湯淋濕，氤氳出一大片水漬。

眾人看得目瞪口呆，哪料想蔣嫵會有此舉？

唐氏最先回過神，見女兒做得過分，忙拉著蔣嫵的手臂退後。「嫵姊兒，妳這是做什麼！」

他們家畢竟還欠了薛家的銀子，而且人家此番還是好意，思及此，唐氏忙跟薛俊賠不是。「薛公子見諒，我家三丫頭……」

「薛華燦。」蔣嫵打斷了唐氏的話。「你如此趁火打劫小人行徑，你爹知道嗎？」

「你！」薛俊氣得脹紅了臉，起身怒道：「我怎麼就小人行徑了！我是看著你們家遭了難，又因著蔣伯父與我父要好，才想幫幫你們！就妳這樣的河東獅，苦了蔣大姑娘還為妳著想，現在就算妳點頭，我也不要妳做我的小妾！」

「是嗎？」

蔣嫵嘲諷的話音方落，眾人連她是如何動作都沒瞧清楚，薛俊已經被提著領口摜在圈椅上。圈椅因他突然坐仰的力道向後傾斜，薛俊手舞足蹈，仍舊沒攔得住椅子翻倒，他雙腿還駕在椅子腿上，後腦勺已經著了地。

下一瞬，蔣嫵右腳踩他的胸口，俯身，面紗滑落，露出她含笑嬌顏。「假若真是你父母親動了心思，今日就會是長輩前來，如何輪得到你？霍十九不好，好歹他是真小人，比你這種道貌岸然的偽君子強上萬倍！你還豁得出臉來要我們一雙姊妹都給你做小妾？」腳上用力，踩得薛俊劇烈咳嗽。「我看你是好了傷疤忘了疼！」

「嫵姊兒！快、快放開薛公子啊！」嚇呆的唐氏忙招呼蔣晨風和喬嬤嬤等人去拉蔣嫵。

誰知蔣嫵力氣大得很，一把掙開眾人的拉扯，腳下再度用力。

「哎喲，哎喲！姑奶奶，姑奶奶高抬貴『足』，饒了我吧，我不敢了！」

「你給我大姊賠不是！否則我立即告到薛老太君那兒去！」

薛俊也不知是嚇的還是憋的，臉上血色全無，結結巴巴道：「是是是，馬上賠不是，我馬上賠不是！」

蔣嫵這才抬腳，蔣晨風和小廝忙一人一邊將人扶起來。

滿臉滿襟的茶水，再加上胸口一個不清不楚的鞋印，薛俊狼狽不堪，屈於蔣嫵的壓迫，掃地一揖。「蔣大姑娘，方才是我有口無心，大姑娘恕罪，還請蔣夫人和大姑娘，千萬勸勸三姑娘，不要告訴我父親那裡。」要是他爹知道，非打斷他的腿不可！

唐氏滿面尷尬，一迭連聲解釋著，又叫了喬嬤嬤和蔣晨風一同將人送出去。

人一走，唐氏就動了怒。「嫵姊兒！妳怎可如此作為？上次妳打斷了人家肋骨，今日又動粗，一個姑娘家，動不動就動手打人，還嫌名聲不夠差嗎？家裡已經夠亂了，妳竟還不懂事……」

說到最後，唐氏已坐下掩面而泣。積壓的焦躁似找到了一個發洩口，伴隨眼淚傾洩而出。

見母親落淚，蔣嫵抿唇，一言不發地提裙襬跪下，垂眸不語。

蔣嫣忙取了帕子服侍唐氏擦臉。「母親，三妹說的是對的，那薛公子的確齷齪了些。」

「是啊，他還亂嚼舌頭，害三姊名聲受損，今日三姊打得對！」蔣嬌憤憤不平。

杜明鳶堆著笑臉道：「伯母，您莫要動怒了，嫵兒的性子您最清楚不過，她是俠女心腸，見不得那齷齪小人，況且薛華燦一直都在打大姑娘與嫵兒的主意，說他趁火打劫根本不冤枉他。」

唐氏以袖拭淚，看著跪在面前的蔣嫵，終究是嘆息了一聲，進屋裡去了。

蔣嫣和杜明鳶攙起蔣嫵。「我們這就去勸勸，待會兒她一準消氣了。」

蔣嫵頷首，回了臥房。

唐氏果然哭過一場就好了。

杜明鳶又陪著蔣嫵說了半天的話，看是快到午膳時間，就急忙告辭。她帶來的體己銀子蔣嫵不留，杜明鳶竟動了怒，說什麼不留就是不當她是姊妹，最後蔣嫵只得將銀子留下，想著定要打探清楚鐲子典當在哪家當鋪，她也好幫她贖回來，畢竟那是她生母的遺物。

有些事因有了反差，顯得更珍貴。杜明鳶如此情誼，令她刻骨銘心。

時間很快又過去兩日，眼看著三日之期已滿，一家人仍舊沒有想出合適的對策。

唐氏摟著蔣嫣大哭了一場，最終仍是無奈地吩咐喬嬤嬤。「出去預備轎子吧。趁著今日，讓嫣姊兒過門。」

蔣晨風聞言，氣自己無用又別無他法，將自己關在廂房裡，抱著枕頭恨恨地落淚。

唐氏哽咽道：「咱們家清貧，也沒什麼好準備的了，幻霜就跟著嫣姊兒媵嫁，娘還有一些不值錢的頭面……轎子預備好，嫣姊兒就啟程吧。」

蔣嫣平靜地道：「是。」面上無喜無悲。

蔣嫵思索片刻，似打定了主意，道：「這會兒時辰還早，咱們再等等，天色暗了再去也不遲。」要想行動，她必須趁著夜色，還要跟隨蔣嫣的轎子才行，否則難度會更大。

蔣嫣希望時間能夠停留在此刻，永遠不要流逝才好。她連忙點頭，坐在唐氏身畔道：「娘，我想晚一些去。」

雖說伸脖子縮脖子都是一刀，做母親的又哪裡捨得女兒去「挨刀」？便道了聲好。

原本閨女出閣，是要說一些房中之事與她，可對象是霍十九那個狗賊，唐氏要教導女兒如何取悅他，就如何都開不了口，與蔣嫣只是相對無言，靜默依偎而坐。

蔣嫵趁著這會兒回了臥房。

「冰松，守著我門前，就說我不忍見離別場面，就不送大姊了。這會兒因為難過，已提早歇著了。」

冰松好奇地眨著眼。「姑娘又要出去練腳程嗎？」

她自幼服侍蔣嫵，打從她七歲那年開始，蔣嫵便會趁著夜深人靜之時翻窗出去。起初她覺得不妥，想要告知老爺夫人，可蔣嫵對她說了實話，說她是出去練習腳程，她跟了兩次，就信了，又被蔣嫵說服，到如今這個秘密還只是她們主僕之間共有。

年幼時，蔣嫵要避開巡城的兵士，從蔣家所居的城東跑步到城東南後繞回來。隨著年齡增長，時間推移，如今她常常動作奇快無比地飛簷走壁半座城，然後悄無聲息溜回來睡覺。

蔣嫵此時已脫掉襖裙，換上了她讓冰松早就悄悄備好的夜行衣，將長髮於頭頂束成一束後，覆上特製的黑色面巾。

「我的確是要去鍛鍊腳程。」

「姑娘儘管放心，我一定好生守著，不叫人發現。左右今兒大姑娘出門，大家也都為了這事傷心，二爺還將自己關在房裡呢。」

「嗯。」蔣嫵頷首，推開後窗輕巧一躍，身影已如輕盈的狸貓，足尖點地瞬息移出幾丈。

如今這副身子，與在大帥手下嚴酷訓練中的身體自然比不得，她起初鍛鍊自己，也並非想做什麼俠女，只是因為有運動的習慣，想強身健體罷了。

但因長年訓練，一些技巧已潛移默化刻在心裡，蔣嫵不自覺便施展開來，輕身一縱，右手搭著院牆，偏身跳了出去，將趴在窗上看的冰松瞧得目瞪口呆。若不是她知道蔣嫵在那處翻牆，尋常人的眼力是絕看不出有一個黑影一閃而過。

自家姑娘，可真厲害！

蔣嫵提氣輕身，直奔西北方什剎海方向而去，到了霍家，並不直接進門，而是在外頭較遠處無人注意的地方休息了片刻，等著蔣家的轎子前來。

等了約莫一個時辰，天色大暗時，才有一抬小轎吱吱嘎嘎抬了過來，跟著轎子提包袱隨行的正是蔣嫣的婢女幻霜。

轎子繞著霍府一周才到後側門，管事的婆子早已等候在此，知是新來的姨娘，不冷不熱地道：「蔣姨娘，請進吧。」

如此稱呼，蔣嫣只覺羞得無地自容，然而她前來的目的就是為了救父親出來，這一句話的屈辱算得了什麼？

她下了轎，扶著幻霜的手臂，跟在那管事婆子的身後緩步往霍宅裡頭去。因她素來才名在外，眾人知今日京都城有名的才女就要給霍大人做第十四房姨太太了，許多下人都「慕名而來」一睹美人風采，更有姨娘們身邊的婢子們先來探探虛實。一時間，後門通往內宅的路上就有些混亂。

此即，無人發現一道黑影專揀寂靜所在，直接尋著東跨院去了。

託了霍府中設計精美如蘇州園林的福，蔣嫵不愁尋不到遮蔽，一路輕鬆避開下人，來到一處月亮門前。探身察看，見無旁人，她足尖點地，輕盈如同一陣黑色的旋風，兩、三個起躍就到窗根外的假山石後蹲身。

屋內此時燈火通明，以她的觀察，可以確定這裡是霍十九的書房。屋裡人影攢動，看得出似正有婢子伺候布菜。

蔣嫵靜心凝神，調整呼吸，好似自己也都與假山融為一體，等候片刻，房門吱嘎推開，官綠色錦緞不斷壽字紋夾板棉簾被挑起，丫鬟們抬著擺滿碗碟的小几出來。

趁著人多雜亂，背影遠去的時候，蔣嫵越過假山，直衝向書房，距離丈許時一躍而起，一步輕點廊柱，另一腿已勾上屋簷，壓低重心蹲在屋頂。

附耳傾聽，隱約聽得見裡頭有人對話。「大人，今日蔣家就將人送來了。」聲音不大，且有細聲細氣的感覺，聽了便知道聲音的主人是性子十分內向的青年男子。

隨即便是那日她聽過的低沈溫潤聲音。「知道了。」

內向的聲音再度響起。「您說蔣家會將誰送來？」

「還用說嗎？不論是誰，也不過是個女子罷了，好吃好喝養著就是。」

竟然將她們姊妹比作玩物一般？

蔣嫵氣急，卻仍舊俯在屋頂，因怕驚動了屋裡的人，她並不敢魯莽拿掉瓦片，所以沒有看到屋內垂首站在霍十九身旁的俊秀青年仰起頭，蹙眉地看著承塵（注）。

「曹玉，如何？」翻了一頁書，霍十九閒問。

曹玉搖了搖頭，平日因為內向而大多低頭很少露出來瞧人的眼睛裡，就有精芒閃爍，在得霍十九點頭後，他快得如同一陣風，砰地推開格扇，一躍上了屋頂。

蔣嫵在聽到開門聲驟然響起時，就知道情況不對，再到曹玉躍上，她已做了逃跑的準備，迅速往霍府後頭西門跑去。

蔣嫵自認身手還算矯捷，跑得自然不慢。

可是令人驚奇的是，她竟然被追上了！

那曹玉剛追著她出了霍府到積水潭附近，就縱身一躍，如一道白色的閃電在蔣嫵眼前炸開。

蔣嫵頗受打擊地眨眼，一則驚愕自己竟如此容易被追上，二則是她想不到那日面見霍十九時，他身後站著的就是這個人。

這文弱書生，哪裡來如此俊俏的功夫！

幾相交雜，蔣嫵顧不得其他，只想迅速離開。

曹玉卻如同脫胎換骨一般，與那溫文爾雅的書生氣質截然相反，步步逼近。「你是什麼人？」聲音是許久不與人說話的羞澀，可其中強硬不難聽出。

蔣嫵沈默，心知糾纏無益，閃身就往一側跑去。

曹玉愣了一下，再度直追。烏雲遮蔽了月光，使夜晚的積水潭看來如漆黑的墨池，偶爾反射粼粼波光，只覺陰森詭異。陰風吹過，草木沙沙作響，而蔣嫵踏在枯草地上的腳步聲卻微乎其微，幾乎要被遮掩住。

注：承塵，天花板。

曹玉出自名門，自認江湖上少有對手，可一時間卻追不上。面前這人雖身量尚小，可似懂得一些神秘技巧，常常點足就能躍出丈許，卻看得出他用的並非輕功。

曹玉來了興致，江湖上何時出了個新秀，他怎麼不知道？他想知道現如今還有誰能將他甩開，久求一敗而不得，著實令人苦惱啊！

蔣嫵已經許久沒有實戰過，想不到乍然出手就遇上勁敵。她感覺到後面那書生並未使全力。當初她留學英國，還有人好奇地詢問她東方是否真有輕功此物，她只笑著搖頭。她自幼接受最嚴苛的訓練，幾次險些活不下來。她被大帥培養成刺探情報的利器和最好的殺人兵器，也沒有沾過輕功。若真有，大帥會不讓她學？

如今想來，是她見識淺薄。

背後那人是真正的武林高手，若是她前世的身體，或許還可以與他抗衡，有一招斃其性命的把握，然如今的身子，卻不可與從前同日而語。她必須智取，否則必然會被抓住。

思及此，蔣嫵腳下一滑，露出個破綻。曹玉見了機會，即刻閃身上前，右手成爪直抓她的面門。

蔣嫵腰身一軟，後仰避開，長髮在腦後甩出一道黑瀑，雖遮住半張臉，然劍眉修長，瞳仁漆黑，只看眉宇與身量便知是個英氣的少年。

曹玉興致越發高了，只想撤下面巾看看此人生得什麼模樣，便屢攻他面門。

交手後，蔣嫵更加確定自己打不過此人。如果繼續逃跑，依舊會被追上，若是交手，時間一久她也必敗。

而曹玉此時已看出面前少年漸漸不敵，越發有信心了！呼吸間，右手又到他面前。

少年躲閃不及，正被他扯住黑色面巾下巴處的一角，一塊尋常的黑布立即到了他手中。

曹玉滿心期望看去，卻看到那少年鼻梁以下竟還覆著一條白色緊貼臉頰的面巾！那面巾似有彈性，將他臉形勾勒分明。

蒙面之下竟還有蒙面？怎會如此！

驚愕之際，那少年已點足掠向身畔的積水潭。曹玉疾步追去，心下暗驚——此人速度竟比方才逃竄時更快，原來他方才沒使全力！

然只聽「撲通」一聲水響，漆黑夜色中墨汁似的水面上綻開一朵水花，曹玉傾身在潭邊，哪裡還有那人蹤跡？四目望去，水面甚廣，又無確定方向，他根本瞧不見那人在何處露頭。

方才的好奇與難得敵手的興奮全然變作挫敗。曹玉緊握著手中黑布，秀氣的眉緊緊擰在一處。若讓大人知道他竟會失手，還是敗給一個少年，還不定要怎麼笑他。

蔣嫵此時就如一尾柔韌靈活的魚，這具身子雖不如前世的，可她特地鍛鍊過，泅水倒也不難。她沒敢直接上岸，而是游了一段距離才在對岸無人處登岸，隨即顧不上滿身濕冷，繞著圈子往蔣家去。

然而越過後牆，蔣嫵卻立即蹲身窗櫺下。此時明明該是靜謐的蔣家前廳竟然有嘈雜的說話聲。

蔣嫵小心翼翼湊上窗前，點破一點糊窗的明紙往裡看去，原本該在霍家的大姊蔣嫣和婢子幻霜，這會兒竟站在唐氏的身畔，而方才與她交手的那個俊秀書生，正緩步邁進門檻！

蔣嫵忙一矮身，蹲行至自己所居的耳房後窗外。先是聽了聽屋裡動靜，又從半掩的窗縫窺視，見無異樣，這才輕巧翻身而入。

冰松正在滿地打轉，一副焦頭爛額的模樣，見是蔣嫵回來，雙掌合十唸佛。「我的姑娘，您真是我的神佛菩薩，回來得太及時了！大姑娘被霍家送回來了，這會兒二爺、四姑娘都去了明廳，您也快著些啊。」

慌忙尋衣裳，發現蔣嫵滿身濕透，冰松慌了。「姑娘，您這是……」

「先拿帕子來給我擦臉，頭髮擦乾，再多拿些茉莉花頭油來給我梳頭，就梳個沐浴後的簡單髮纂兒即可。」吩咐時，蔣嫵已將濕衣全部脫下。

燭光下，曼妙的嬌柔身軀因長年鍛鍊而更顯得柔韌富有彈性，又因不經風霜而白膩細滑，如今身上潮濕，更增白瓷一般的晶瑩光澤。

冰松看得臉一紅，忙伺候蔣嫵更衣梳頭。

積水潭的水有一股味兒，這會兒又來不及洗頭，只得多用些茉莉花頭油遮掩。換上居家常穿的蜜合色襖裙和月牙白挑線裙子，再披上件半長的青色細棉襖。只見她粉面含春，水眸晶瑩，墨髮半乾鬆鬆綰起，果真是美人出浴後的模樣。

確定無異樣後，蔣嫵吩咐冰松去將她換下的濕衣立即藏在後院一口枯井中，這才戴上面紗，慵懶地走去明廳，撩簾而入。

曹玉的聲音不大，還有些細聲細氣的，正說道：「……是以我家大人命在下將蔣大姑娘送回。」

蔣嫵一進門，一股刺鼻的茉莉花香就撲面而來。

曹玉回頭，見是個嬌柔的少女神色慵懶迷茫地進門。即便蒙著面紗，可若隱若現的容顏和如水肌膚，仍舊揭示她美人出浴的事實。

自己姊姊都被送去做妾了，身為妹妹，竟還有心情沐浴香湯？

曹玉不喜地皺眉，轉而對已經呆若木雞的蔣家人道：「話已帶到，先前條件若蔣夫人首肯，就請聯絡在下。」隨即行一揖禮，溫文爾雅地與蔣嫵擦身而過，離開了明廳。

蔣嫵鬆了口氣。同樣是蒙面，果然換了打扮就不容易被認出。

她立即摘了面紗，焦急地問：「大姊，妳怎麼回來了？我剛睡下了，冰松叫醒我已經遲了。」

唐氏望著蔣嫵，內心五味雜陳，眼淚含在眼中。

蔣嫣、蔣晨風和蔣嫣則都一副受不住打擊的模樣。

喬嬤嬤傷心地哽咽道：「三姑娘，霍英那狗賊說咱們送錯了人，說他不要大姑娘給他做小老婆，還說……讓您嫁與他，做正妻！」

蔣嫵驚愕地蹙眉道：「怎麼會？」

霍十九瞎了眼不成？若要娶正妻，也是大姊這種賢良溫柔的才女更能入得眼吧？

可她的驚訝和錯愕也只在一瞬，看向淚眼矇矓的蔣嫣，原本略有繃緊的身子驟然放鬆，鬆了口氣笑道：「幸虧不是大姊。」

她是真的不希望蔣嫣那樣驕傲的女子去跟霍十九過日子，不論是妻或妾，她只會折磨死自己。

蔣嫵的話，令蔣晨風禁不住鼻子發酸，唐氏更是哽咽著哭出聲來。

蔣嫣心疼地大步上前來摟住蔣嫵，難過地抽噎。「嫵姊兒，這可怎麼好，這可怎麼是好！是大姊沒用，連見霍英一面都不能夠，更不能討得他的歡心，若是我有用一些，何至於連累了妳啊！嫵姊兒莫怕，大姊一定會想法子，不叫妳嫁去他們家！就算是死……」

「什麼死不死的？」蔣嫵笑著替高了自己半顆頭的蔣嫣拭淚。「死是最容易的事，一頭碰死也就罷了，難道咱們蔣家人是這等沒骨氣的不成？有能耐死，沒能耐與命搏一搏？」

唐氏止了哭，蔣嫣、蔣晨風與蔣嬌都直望著蔣嫵。

「我是什麼性子，你們最清楚不過，霍十九那廝既然選了我，我就陪他玩玩。若是能過好，大可罷了；若是過不好，我宰了他也算為民除害呢！到時候海闊天空，自有我的去處。」

蔣嫵發此豪言壯語時，不禁想起方才與那書生交手時的狼狽，要殺霍十九，恐怕不是那麼容易。

唐氏等人被她的話說得目瞪口呆，囁嚅道：「這如何使得，若嫁了去，他便是妳的夫婿，怎可說殺就殺，女兒家如何能喊打喊殺的。」

「是啊，三妹，就算是霍十九那狗賊，妳的手染了血，一生也滌不淨了。」蔣晨風說話時，眼神堅定，似是決定了什麼。

此話讓蔣嫵很是動容，也將蔣晨風的神色看在眼裡，暗自上了心，轉而問：「那人到底是怎麼說的？」

一家人圍著半新不舊的漆黑八仙桌坐下，蔣嫣才道：「霍英的意思是看上三妹的容貌，說是願意娶妳做正妻，不過咱們家若不願意，這門親事也就作罷，只是父親的性命……咱們若點頭，就去霍家報個信兒，父親自然可以安然無恙。但父親當初彈劾霍英，摺子上說的話讓他不快，是以霍英的意思是讓父親重新上個摺子，誇讚霍英清正廉明，又是文治武功、曠世奇才。」

「那狗賊，當真恬不知恥！哪裡有如此以人性命威逼人誇他的，也不怕天下人笑話！」

「不要臉的淫賊！」

「他的臉早就丟得到處都是，哪裡還有臉可要？」

蔣家人憤憤然，將霍英罵得狗血淋頭時，與此同時，霍府書房裡的霍十九突然連著打了兩、三個噴嚏。

曹玉遞上帕子，聲音依舊是細聲細氣。「爺是否著了涼？天還冷著，要不讓人預備炭盆來？」

「不必。」霍十九推開帕子，歪在圈椅中，緊了緊肩上搭著的紫貂絨風毛領褂子，手中的書冊翻了一頁，眉眼不抬地道：「你繼續說。」

「是。」曹玉應是，面上就多了些不自在。「是我的疏忽，見那少年功夫路數新奇，就起了玩弄之心，原以為如老叟戲頑童一般，斷然不會有差錯，可最後才知那少年一直沒使出全力，露出破綻給我來抓，隨後乘機水遁了。屬下疏忽，請爺治罪。」拱手躬身行禮。

霍十九將書隨手扔在桌上，濃眉下秀麗的眼眸中就含了笑意，唇角微揚。「想不到你也有受挫的一日。」

聲音雖低沈溫和，然掩不住揶揄，果真是曹玉預計的看好戲的神色。

曹玉秀氣的臉上緋紅一片，耳根子都紅了。「爺，真對不住，請爺責罰。」

霍十九起身，清瘦高眺的身子裹在厚實的褂子裡顯得有些單薄。「想殺我的人難道還少了？不在乎跑了一個。天不早了，歇著吧。」

曹玉見霍十九就要離開，追了一步。「爺，我還有話要說。」

霍十九停步回頭，疑惑蹙眉，認真地道：「你說。」

「我覺著，蔣三姑娘著實配不上您。」曹玉老實地道：「那女子太過淺薄，也太沒心沒肺。」於是他將方才去蔣家時看到的場面說了，又道：「爺是何等人物，不娶妻也就罷了，既然要娶，為何要個那樣的女子？」

霍十九聞言，沈默了片刻，搖頭道：「乏了，你也歇著吧。」

曹玉知不好再多言，只得拱手道：「是。」

第三章　情來緣起

除了蔣嫵和蔣嫣，蔣家其餘人都是徹夜未眠，議論再三，終究是妥協了。

清早銀姊煮麵，特地在蔣嫵的那碗麵裡多加了些肉絲和一個荷包蛋，唐氏、蔣嫣、蔣晨風也將自己碗中的肉絲都挾給蔣嫵，就連蔣嬌都將最愛吃的荷包蛋撥給了她。

看著面前白瓷大碗公中堆得如小山高的肉絲和荷包蛋，蔣嫵哭笑不得。「我是嫁去霍家做夫人，又不是被發配到邊疆做苦力，虧不著的。」

「妳多吃些。」蔣嫣按住她的手，眼中又有淚意。「這也是咱們的心意。」

蔣嫵笑了笑，終究是將一大碗麵和肉絲，以及三個荷包蛋都吃了，撐得她在院裡蹓躂了兩炷香才覺得好些。

頭晌唐氏就派了喬嬤嬤出門去給霍家傳話，就說答允了親事。

喬嬤嬤回來時，直奔前廳，回道：「夫人，霍家那位曹先生說，既然咱們決定了，那便不得反悔，霍大人的親事自然不能馬虎，他們定會尋個有分量的人做保山，叫咱們在家中好好候著，教導三姑娘禮儀即可。」

唐氏頭疼得很，點頭應下。

如此，救夫、救父一事，在蔣家也便定了下來。

又過了兩日，杜明鳶又來探望蔣嫵，二人正在閨房說體己話，就聽院子裡銀姊焦急的呼聲。「夫人，夫人，老爺回來了！」

「蔣伯父回來了?!」杜明鳶站起身，綳子掉落在地。

蔣嫵扔下手中沒嗑完的瓜子，疾步推門而出。

院子中，正見身著囚服、長髮凌亂糾結、鐐銬加身的父親，在兩名獄卒和幾名漢子的押解之下進了門來。鐐銬在地上拖行，發出淒涼的「嘩嘩」聲。

蔣嫵心中激動，也顧不上戴面紗，快步衝到蔣學文跟前。「爹！您回來了！」她上下打量蔣學文，發現他只是瘦了許多，身上髒污，許有些皮肉傷，卻沒有受刑的痕跡，鬆了一大口氣。

他們以為蔣學文還說不定被錦衣衛糟蹋成什麼樣的……

蔣學文點著頭，見了三女兒，唇角翕動，卻是說不出話來。

「老爺！」喬嬤嬤和銀姊撩起了正屋的門簾，唐氏一雙三寸金蓮，跌跌撞撞地下了臺階，蔣晨風和蔣嫣忙一左一右攙扶著。

蔣嬌三步併作兩步先跑來，嬌聲喊著。「爹爹，你可總算回家了！」

「嬌姊兒。」蔣學文摸摸蔣嬌的頭，又望著唐氏，叫了一聲。「淑惠。」

他想笑，卻如何都擠不出一個笑容給家人看，如今形容落魄，笑又何用？

唐氏一把抓住蔣學文的手臂，也不顧他身上髒污，更顧不得兒女都在，頭靠著他的肩膀，椎心泣血般嗚咽著。「你還活著，咱們想去探視，可找不到法子，想救你，又沒有門路……你就是不肯聽我的勸！就是不肯聽我的勸啊！」

「淑惠，對不住。」蔣學文鬍子顫動，將愛妻拉開少許，又看向長女和長子，再巡視一周，見家人都無恙，家中也如往常，終於放心了。

身後兩名獄卒看了許久久別重逢的戲碼，皮笑肉不笑地道：「蔣大人，還不趕緊說正經事，難道還叫咱們陪著你在院子裡吹冷風不成？」

蔣學文聞言，背脊筆直地轉回身，怒斥道：「你等當這份差事，拿我大燕朝的俸祿，怎麼你們指揮使安排一些正經差事就有這些微詞？若不能勝任，本官可奏請皇上，給你們換份差事！」

「你！你這老酸儒！關了這麼些日子還像茅坑的石頭一樣，你也不怕風大閃了舌頭！」身材略高些的獄卒抬刀鞘對著蔣學文後背就是一下，顯是打慣了，可這一次刀鞘卻沒碰上蔣學文的背。

蔣嫵冷笑，眸淬寒冰，素手握著刀鞘用力一推，獄卒便「噔噔」退後幾步，撲通一下跌坐在地。

蔣學文忙將閨女拉到身後。「嫵姊兒，面紗呢？」

杜明鳶忙接過冰松拿來的面紗為蔣嫵戴上，隨後拉著她的手又將她掩在自己身後，顯是怕那獄卒發作。

誰料正當此刻，蔣家大敞的漆黑門外，卻傳來愉快的笑聲，聲音的主人顯然是個正處在變聲期的少年。「蔣石頭，你家人怎麼都跟你似的，莫非你們是孫猴子家的親戚，都跟石頭縫兒蹦出來似的，所以滿身又臭又硬？」

話音方落，就見一個著紅色錦衣的十三、四歲少年，在一群人的簇擁下進了門，邊走還邊打量四周，嘻嘻笑道：「你果然是個清官，瞧你家破的！」

蔣學文自聽到那少年聲音，就已如被點了穴似的，如今見了人才回過神，忙雙膝跪下，朗聲唱道：「微臣參見皇上！皇上萬歲，萬歲，萬萬歲！」

這少年就是小皇帝？蔣嫵驚訝，隨著滿院子人一同行大禮，高呼萬歲。

小皇帝擺手，容長臉上一雙圓眼很是靈活地掃了院子裡一周。「都起來吧，朕最煩你們這些人動不動就跪。」隨手扯了扯身上大紅的錦袍，公鴨嗓拔高，彷彿極有興致。「今兒朕不是皇上，是媒人！朕沒玩過當媒人，恰好霍英要娶媳婦了，朕現在就是京都城第一名的媒人，朕問你們，要嫁給霍英做老婆的是哪一個？」

話音方落，小皇帝身旁一個穿灰色袍子、卑躬屈膝的少年就附和道：「是哪一個，皇上問話呢！」聲音尖細，是個內侍。

蔣嫵方要站出來，就被杜明鳶和唐氏一左一右拉住。

蔣學文叩頭，隨即嚴厲地訓斥道：「皇上乃一國之君，怎能因想玩就隨意來做媒人？皇上乃九五之尊，何等尊貴，不能陪著霍英一同胡鬧！」

「你這人……」小皇帝鄙夷道：「真是茅坑裡的爛石頭！叫你蔣石頭，當真是一點兒沒叫錯，難怪霍英跟朕說，要想對付你這樣的岳父老泰山就得朕來！」

一甩袖子，小皇帝已越過跪地的眾人徑直走向前廳。皇帝身後一眾侍衛、內侍忙跟上，除去隨在身側的，其餘侍衛在院中左右兩列站立。

蔣學文只得攜家眷進了並不寬敞的前廳，又一次叩頭行禮，如蔣晨風和蔣嫣、杜明鳶走在後頭的，是跪在門廊下。

小皇帝端坐首位，不耐煩道：「都說了，最煩動不動就跪的，誰再跪就給朕滾出去。」

全家人站了起來。

小皇帝好奇的目光就在蔣嫣、蔣嫵和杜明鳶三個姑娘之間流轉。「蔣石頭，你不是就倆適婚年齡的女兒嗎？怎麼出來三人？」

蔣學文皺眉，雙膝著地，鏗鏘有力地道：「皇上！如今大燕朝已岌岌可危啊！北方金國日漸壯大，虎視眈眈窺視我大燕，金國好征戰，也善於征戰，大燕雖有強兵強將，可國庫空虛……英國公只知中飽私囊，縱容同黨借貸國庫的銀子，霍英更是助紂為虐！」話及此，蔣學文額頭貼地。「您是天子，您要守住陳家的祖業啊！您不能再這樣玩下去了，請皇上聽臣一言，速速改正吧！」

蔣學文一番肺腑之言，拚力進諫，聽得蔣嫵都不免動容。

誰知小皇帝眉一擰，不滿地起身。「蔣石頭，你這人好生無趣！」

「皇上……」

「霍英和你家三姑娘的媒，朕作定了！」小皇帝負手氣哄哄地走到門前。「就這樣！日子你們自己定！」

皇帝一走，隨行的內侍和護衛連忙跟上。

蔣嫵與蔣嫣、蔣晨風對視一眼，卻是鬆了口氣。

父親都已經回家了，婚期還是自己定，那大可將這事多拖延個幾年，說不定另有轉機。

正當這時，走到院門前的小皇帝回過頭，補了句。「喔，蔣石頭還回大牢去，幾時訂親了，幾時放出來，嗯，沒訂親之前，每天給朕抽他一鞭子！看他還敢跟朕硬氣！」

蔣家人才剛放下的心又懸了起來。

蔣學文痛心疾首，捶胸頓足。「皇上！臣萬死都不打緊，請皇上睜開眼看清楚，天下是陳家的天下，可您的子民都姓蔡了呀！皇上！」

小皇帝不耐煩地轉回身，點指著他。「不許再亂叫嚷，再嚷朕就讓他們一天抽你兩鞭子！哼！」冷哼一聲，甩袖而去。

隨行的內侍和護衛忙簇擁而上。

蔣家剛才擁擠喧鬧的院落，一下子變得安靜，蔣學文跪在地上泣不成聲，喃喃道：「天要亡我大燕，天要亡我大燕啊！」

「爹，快起來吧。」

蔣嫵與蔣晨風一同將蔣學文攙扶起來。

蔣學文一見蔣嫵，沾了涕淚的鬍鬚隨嘴唇翕動而顫動，半晌堅決地道：「嫵姊兒放心，只要爹有一口氣在，就絕不會讓霍英狗賊糟蹋了妳！爹就算一頭碰死，解了他的恨也就罷了，也絕不能讓我的掌上明珠去受辱！」

唐氏聞言，哭得肝腸寸斷。

蔣嫵卻雙手抓住蔣學文的手臂，因為用力而使他感覺到些許疼痛。

「爹，您是清流之首，您的身子是有用之身，放眼望去，滿朝中或許對霍英之舉看不慣的人有許多，但敢於諫言又一心為國著想的人卻不多。朝廷如此動盪，您不為了大燕朝將來的穩固而保重自己，卻要為了女兒區區女流之輩一頭碰死，您如何對得起自己？」

蔣學文身上劇震，呆呆望著蔣嫵。唐氏、杜明鳶等人也都沈默。

蔣嫵知道蔣學文是御史言官，自來不缺一頭碰死的勇氣，生怕他在牢裡想不開尋了短見，又繼續勸說道：「爹，死何等容易？若面臨困難只想一死逃避，那就不配做蔣家的子女。咱們蔣家雖非將門，可也從沒出過軟骨頭。」

「嫵姊兒。」一席話，使蔣學文頓生豪情，含淚道：「妳說的是，國將不國，何以為家？只是、只是委屈妳……」

「女兒總歸要嫁人的，嫁給誰還不一樣？爹爹放心，只要將來您能勸諫皇上，捨女兒一個不算什麼的。況且女兒素來不是什麼溫婉閨秀，想欺負我的人，怕也要費些力氣。」

蔣學文長嘆，重重地點頭。

見蔣學文神色如常，再沒有尋短見的心思，蔣嫵才鬆了口氣。

一旁獄卒和幾名漢子不耐煩地一迭連聲催促。「時辰不早了，該回了。」說話間就上前來粗魯地推搡蔣學文。

唐氏哽咽著追上。「老爺，你放心，我們定然快些議定婚期，你且忍耐著些……各位大爺，煩勞你們手下留情，我家老爺一心為國你們也是看到的，你們家中也有父母老人，求你們抽鞭子時下手輕一些……」

獄卒推搡著蔣學文出去上了囚車，唐氏就帶著子女追在後頭，一路追出了帽檐胡同，眼看著囚車遠了，才哽咽著停步。

唐氏此刻的力量已是完全交付給身旁的蔣晨風才能穩住不倒下，蔣嫣就與蔣晨風一左一右將母親架了回去。

誰知方進門，就聽一陣馬蹄聲從身後傳來。蔣嫵回頭，只見來的是輛藍布的小馬車，趕車的是個二十出頭的青年，一身打扮分明是霍家下人統一的棕黃色細棉布褂子和長褲。

青年將馬車緩緩停下，在馬車旁擺放了踏腳的木凳子，恭敬地撩起車簾，只見一個身著翠綠色錦緞妝花褙子、身材圓滾、頭戴珠翠的五旬婦人笨拙地下了車。

雙足落地，婦人端正神色，雙手交疊站在馬車前，抬高下巴神色倨傲地望著蔣家門前。趕車的青年就迎了上來。「請問此處可是蔣家？」

蔣晨風已上前來擋在蔣嫵身前，狐疑地打量那青年身後的婦人，頷首道：「正是，你們是？」

那婦人一聽此處的確是蔣家，便扭腰擺臀走到近前，倨傲地以肩撞開蔣晨風逕自進了院門。

蔣晨風清瘦的身子被撞得一個趔趄，險些摔倒，指著那婦人道：「妳是什麼人？怎可亂闖民宅？」

站在門口，打量院落一周，婦人不屑地道：「嘖嘖，如此寒酸，你們府上三姑娘能進霍家的門，那是她的福分。」

一句話，就已表明了身分。

蔣學文還要在牢裡每天挨一鞭子，婚期必須要儘快定下來，唐氏即便心中不喜她的態度，也不能不有所顧忌。見她遍身綾羅，打扮體面，頭上釵環閃耀，便猜想此人可能是蔣嫵未來的婆婆。

唐氏只得堆著笑上前，熱情地引著人進屋。「既然是客，請進屋裡用茶吧。銀姊，看茶。」

婦人倨傲地上了丹墀，在前廳落坐。蔣嫣、杜明鳶等人面面相覷，都跟著進去。

婦人眼神在蔣嫣、杜明鳶、蔣嫵身上打轉，道：「哪一個是蔣三姑娘啊？」

蔣嫵挑眉，上前道：「我是，敢問這位嬤嬤是？」

婦人推開銀姊端來的茶盞，彷彿那半新不舊的茶盞能髒了她的手似的，還掏出帕子來擦擦手背，她在蔣嫵身邊踱步，不屑地打量著。「妳就是三姑娘？聽說妳先前脾氣不大好？如今皇上親自作了大媒，這婚事也就定了，將來妳進了府，可是要伺候我們家大人的，如此沒規矩怎麼成？大人的話，今兒起，妳每日都要來霍府學規矩，辰正點卯，酉初散學，這規矩妳若學不好，大人說了，婚期還要往後推。他可不要一個沒規沒矩的夫人！這會兒便跟著我走吧。」

婦人話音方落，蔣家人均震怒。哪裡有如此折辱人的！

唐氏忙道：「此事不妥！既是要訂親，請期、納徵走正常的程序便罷了，女兒家哪裡有去未來夫家學規矩的道理？」

「不妥？那婚期還要不要定啊？」婦人似乎早有準備，抱臂冷哼。

一刀便戳中蔣家人的軟肋。

唐氏氣得面色脹紅。杜明鳶若不是被蔣嫣攔著，就要上前來破口大罵。

蔣嫵卻是噗哧一笑，隨手摘了面紗扔給一旁的冰松。

她容顏嬌美，笑容淺淡，劍眉修長入鬢，杏眼寒鋒銳利，看著那婦人，問：「這位嬤嬤如何稱呼？」

婦人上下打量她。「蔣三姑娘容貌倒是勉強配得上我家大人。奴婢姓孫，是明兒起教妳規矩的嬤嬤。」

「哦？孫嬤嬤？」蔣嫵緩步上前，站在距離孫嬤嬤一步遠之處。「既是嬤嬤，便是霍府的下人了？」

孫嬤嬤臉色一變。「大人吩咐了我來，就是看重我……」

「看重妳，妳也是下人！不看重我，我也是將來霍府的女主人！」

蔣嫵沈聲厲喝。「區區一個奴婢，哪輪得到妳來指手畫腳？給我滾出去！」纖纖玉指怒指屋門，冷厲目光如刀鋒刺人。

孫嬤嬤驚愕之餘，更被蔣嫵威壓所制，被她的眼睛直視，似被吐芯子的毒蛇盯上，背脊上寒毛根根直豎。

因畏懼，氣勢就弱了幾分，孫嬤嬤強辯道：「我也是怕三姑娘聽不懂！再說了，妳如此怠慢於我，將來學規矩過關不過關，可是我一句話的事，難不成妳不想早些定下婚期了？」

說到蔣學文身上，剛才孫嬤嬤弱下去的氣勢似又長了幾分，如今此事也的確是蔣家人最擔心的事。唐氏猶豫著，堆著笑臉就想來說些軟和話。

誰知「啪」的一聲巴掌響突地傳來，孫嬤嬤圓滾的身子被一耳光抽得原地轉了個圈，撲通一聲跌坐在地。

「妳這樣沒規沒矩的，還配教我規矩？」蔣嫵揚聲對站在門口的冰松吩咐道：「冰松，去，告訴霍大人，熟悉霍家規矩可以，但是先給我找個懂規矩的來，這種尊卑都分不清的，就不怕將我的規矩教歪了？」

冰松突然被點名，嚇得身上一抖，不知到底該不該去。

跌坐在地的孫嬤嬤好似被蔣嫵一席話兜頭澆了冷水。她回想起方才領差事時，曹公子說：「大人吩咐了，要妳好生去將蔣三姑娘接來，熟悉熟悉府中規矩，切不可怠慢了。」又說：「蔣三姑娘脾氣不好，閨中規矩不懂得，妳要耐心些，將來在府中好壞可是要看妳了。」

她原想著蔣御史膽敢彈劾霍大人，那是作死！她身為霍家下人，一定要站準了隊才行。可是曹公子那樣說法，難不成是大人極為看重這位未來的夫人？難不成大人轉了性子，開始喜歡女子了？

若是人沒接過去，還被她家婢女一狀告訴曹公子……

孫嬤嬤費了些力氣爬起身，滿面堆笑。「三姑娘何苦動這麼大的氣，是奴婢越了性兒，沒理清楚場面，三姑娘打也打了，奴婢的錯也得了罰，您的氣盡可消了吧？」

蔣嫵似笑非笑斜睨她，別開臉。

自個兒好歹也是有些體面的，誰料想都服軟低頭了還被蔣嫵如此怠慢，孫嬤嬤臉上不好看，勉強笑道：「三姑娘消消氣兒，就跟奴婢回府去吧。別的不說，您早些去了，早些熟悉了規矩，好歹也早些叫蔣大人免受鞭刑啊。」

蔣嫵見孫嬤嬤態度謙恭，也知過猶不及，便道：「若非瞧妳真心賠罪，今日治了妳我再去見大人也是一樣。妳也掂掂自己的分量，大人是會關心我，還是會重罰妳！」

敢情怎麼選都是她的不是？

孫嬤嬤嘀咕著，終於知道曹公子說的還真是含蓄，這位蔣三姑娘哪裡只是「閨中規矩不懂得」？分明就是個母老虎！

「是，三姑娘請吧。」孫嬤嬤恭敬躬身，做請的手勢。

蔣嫵這才叫來冰松給她面紗遮面，又與唐氏、杜明鳶和蔣家姊妹道別，帶上冰松出了門。

唐氏等人望著三人背影，不知為何，如此憋悶的時刻，他們卻都忍不住想笑。但到底還是擔心，幾人都跟了出來。

到了門前，正瞧見蔣嫵上了車，訓斥孫嬤嬤。「來接人也不知多預備馬車？」

「是奴婢考慮不周，奴婢跟著車走便是，請姑娘安坐。」孫嬤嬤乖乖放下車簾子。

車輪轆轆聲與馬蹄聲錯雜傳來。只見馬車邊冰松與孫嬤嬤一左一右跟著，往帽檐胡同外頭駛去了。

蔣嬌喃喃道：「三姊可真厲害！那老虔婆就這麼服服貼貼的了？」

蔣晨風也道：「到底是三妹這樣潑辣些才不會吃虧。」當初他所想的或許沒錯。

杜明鳶與蔣嫣卻是擔心。「不知嫵兒會不會有事，哪裡有女子大婚前跑去男方家學規矩的。這霍英著實是個渾人！」

唐氏如今經歷了這麼多，當真身心俱疲，由蔣嫣和杜明鳶攙扶著回屋去。杜明鳶見唐氏無大礙，便不多打擾告辭了。

蔣嫵這廂平平順順到了霍府。孫嬤嬤上了年紀發福，又從名師坊走到積水潭，此刻已是汗流浹背，卻只得恭敬地在前頭引路，還要忍著口乾給蔣嫵介紹。「三姑娘，過了這個遊廊，右邊那扇門後就是小花園子。」

「三姑娘仔細腳下，這翠竹苑景致雖然雅，可是石面上青苔滑得很。」

冰松這會兒覺得眼睛都不夠使了，緊緊挽著蔣嫵的手臂，她作夢都沒想過這輩子還能瞧見如此豪華的宅院，瞧瞧人家穿堂裡案几上的擺設，隨便拿出一個怕都夠他們全家吃上一年的。

沿著石子路，繞過幾畦翠竹，右手側便是翠漆明瓦、三間帶有耳房的廂房，上頭匾額黑底綠漆寫著「翠竹苑」。

孫嬤嬤停步，怕蔣嫵這般沒見過世面的不懂得規矩，解釋道：「咱們現在仍舊是在外院，隔壁東跨院就是大人的書房了，所以三姑娘不要胡亂走動，若是衝撞了大人可不好。」

間接地告訴她動靜也不要太大，因為霍英的書房就在隔壁，若是不守規矩，怕會第一時間被聽到。

蔣嫵不置可否，道：「既是要熟悉規矩，就請孫嬤嬤先講講霍府的十三位姨娘吧。」不是該她先教她走路行禮、飲食起居的規矩，然後再讓她背誦《女誡》、《女論語》的嗎？怎麼輪到她來提問？

孫嬤嬤腹誹著，不過她才剛吃過排頭，也不敢造次，只得道：「府裡是住著十三房姨娘，這十三位都是大人的同僚或義子所贈。如今住在內宅裡頭，具體住在哪一個院落，往後三姑娘過了門便知道。」

蔣嫵點頭，想起坊間傳聞，又問：「聽說，霍大人與皇上關係要好，與他身邊那位管事的書生也很要好？」

孫嬤嬤臉上一紅，僵硬地道：「皇上對大人自是寵信，曹公子是大人親信，也自然親近。」

蔣嫵挑眉。難道謠傳霍英以色侍君是真的？回想霍英容貌，他倒有這個本錢。正疑惑著，卻聽院門前一個嬌滴滴的女聲。「這位就是蔣妹妹吧？」

蔣嫵聞聲看去，就見一位二十六、七歲的豐腴婦人站在院門前。她穿了身翡翠色盤領對襟錦緞妝花褙子，鴨卵青挑線裙子，頭梳隨雲髻，斜插一根金鑲玉蝴蝶步搖，肌膚瓷白，鵝蛋臉上五官秀氣，尤其眼中含笑，櫻桃小口嘴角翹起，讓人瞧著便十分賞心悅目。

「苗姨娘。」孫嬤嬤這會兒已經殷勤地迎了上去，恭敬行禮道：「您怎麼有興致出來走走？」

「給大人送蓮子羹，路過此處。」她語速偏慢，聲音嬌滴滴、軟綿綿的，與她的人在一處，讓人覺著心都要跟著綿軟了。

「哎喲，到底是苗姨娘最有心了。您剛說的不錯，這位便是蔣御史家的三姑娘了。」孫嬤嬤做請的手勢，隨後虛扶著苗姨娘的手臂，恭敬地迎她進來。

兩名俏麗的婢女和一名打扮幹練的僕婦緊跟在苗姨娘身後，氣派十足。

苗姨娘一雙溫柔如水的眼眸看向蔣嫵，毫不掩飾地打量著——中等身高，穿尋常蜜合色細棉襖裙。襖裙裁剪略粗糙，然她玲瓏身段依舊勾勒無遺。淡粉面紗遮住半張臉，露出斜飛修長的劍眉和星子璀璨的杏眼，頭梳雙平髻，只插了一根素銀的小巧花頭簪，及臀長髮如黑瀑傾瀉身後，掩映出賽雪膚光。若忽視她的眼眸，她周身上下是少女特有的嬌柔與朝氣。可目光相對，她看得出此女絕非善類。她已經這個年紀，經歷過許多，仍舊會覺得與她對視很受壓迫，只與她對視了一瞬就別開眼。

苗姨娘心下憤憤然。這便是霍英點名要迎娶為妻的女子嗎？果然是出色的……

蔣嫵覺得好笑，苗姨娘眼中驟升的敵意和憎恨雖一閃而逝，也足夠時間被她捕捉到了。

她嫁入霍府，自然要與霍英的十三房小老婆打交道，是以方才向孫嬤嬤打聽。可她想不到今日竟就遇上一位。霍英今年二十七歲，大了她十一歲，而面前這位瞧著卻是與霍英年齡相當，這年紀的女子是最具風韻的，霍英當真豔福不淺。

「蔣妹妹好。」苗姨娘整理心情，堆笑屈了屈膝。

蔣嫵挑眉，不冷不熱道：「苗姨娘？」

「正是，蔣妹妹……」

苗姨娘後頭的話未曾出口，蔣嫵便道：「苗姨娘也應知道我與大人的婚事是皇上親自作的保山吧？」

苗姨娘面色一變。

「皇上的話是金口玉言，我定會是大人的正妻。苗姨娘只是妾室，夠資格叫我妹妹嗎？」既然對方已存敵意，她何必委屈自己屈從？

雙唇翕動，苗姨娘有半晌不知該如何回答，圓潤的鵝蛋臉上紅一陣白一陣，眼眸水光閃爍，著實楚楚可憐。

蔣嫵轉身上了丹墀。「孫嬤嬤，不是要熟悉府裡的規矩嗎？」

「是是是！」

孫嬤嬤總算見識了這位「刺兒頭」的厲害，連府裡最為特別的苗姨娘她都照嗆不誤，自己的差事怕是不好辦啊！

「苗姨娘，奴婢就先去了，請您自便。」孫嬤嬤屈膝行禮，很是客氣。

苗姨娘勉強擠出個笑容，頷首道：「嬤嬤不必顧及我，去忙便是。」

只見孫嬤嬤圓滾滾的身子小跑步上了臺階，進了翠竹苑明廳，好似速度都比平日快幾分。

婢子採蓮不屑地道：「姨娘不必往心裡去，奴婢聽說這位蔣三姑娘是個出了名的河東獅，京都城裡哪人不知哪人不曉啊？她如此無禮慣了，姨娘犯不上和她動氣。」

「妳知道什麼。」苗姨娘懶懶地轉身，帶領婢女與僕婦離開翠竹苑，沿著小路往內宅方向走去。「大人親自點選了她，那便是喜歡她這樣的調調。她越是厲害，大人說不定就越是放在心裡。」

腳步漸緩，苗姨娘有些憂傷地道：「我與大人自小一同長大的情分，怕是抵不過一個毛丫頭幾個厲害的眼神……」

「姨娘混說什麼。」隨行的僕婦寶山家的是自幼服侍苗姨娘的，攙著她手臂柔聲道：「大人對姨娘的心您還不知道嗎？若非真正喜歡您，也不會您出閣以後一直不成婚，更不會在您夫家獲罪，新寡被充為官妓之時千里迢迢找到您，為您走動，將您收在身邊護著。您雖是妾室，可這些年霍府的小妾們一個接著一個抬進門，大人又對誰有對您始終那般溫和過？旁人還不是眼睛都不瞄一下的？」

「可是大人他為何……」急於出口的話戛然而止，苗姨娘最終是嘆了口氣。這種事如何說得出？她心裡的苦，沒人知道啊。

「罷了，咱們回去吧。」嘆息一聲，新婦即將進門，又是個潑辣貨，她的未來還不知會如何。

寶山家的見狀，就給採蓮使了個眼色。採蓮會意，行慢了兩步，留下來觀察翠竹苑的情況。

蔣嫵這時正喝著龍井，端坐在玫瑰椅上聽孫嬤嬤口若懸河地介紹府中的構造和人事。孫嬤嬤計劃要教導她的站姿、坐姿之類一樣都沒教到，反而自己被蔣嫵問了許多問題，又因懼怕她的厲害不好不回答。

她心中叫苦連連，正想講完了這個問題如何歇會兒時，外頭便有個尚未留頭的小丫頭笑著進來行禮，脆生生地道：「孫嬤嬤，大人來了。」

蔣嫵置若罔聞，繼續吃茶。

救苦救難觀世音！孫嬤嬤從未覺得霍英這樣可愛過，忙不迭地迎了出去——哪個上了年歲的胖子，步行橫穿了整個京都城，還口中不停地說了一個多時辰的話又不給喝口水，怕都會受不住。

「大人，您可來了！」門廊下，孫嬤嬤行大禮。

霍十九負手站在臺階下，與身旁書生打扮的曹玉對視了一眼。

難不成是蔣嫵將這難纏的也給降服了？

「起來吧。」霍十九擺手，面無表情地進了屋，曹玉緊隨其後。

因吃茶，蔣嫵並未戴面紗，是以霍十九第一次看到她不曾遮掩的容貌。他負手站在門前，秀氣的眼睇了睇，隨即自行坐上主位。

蔣嫵只是放下茶碗，站起身垂眸屈膝，算是見過禮了。

霍十九慵懶地靠著椅背，單手撐頤，白淨面皮上瞧不出喜怒，貴氣十足地睨視蔣嫵。

「就這麼行禮？規矩孫嬤嬤沒教給妳嗎，都學哪兒去了？」

他聲音低沈，溫潤柔和，聽不出絲毫怒氣，然就是這種難辨的情緒加上他不經意散出的氣勢叫人膽寒。

孫嬤嬤最是懼怕霍十九，嚇得撲通跪下。「大人息怒，奴婢是教導了的！只是……」本想將錯處都推給蔣嫵，又怕她是霍十九心尖上的人而開罪了他，後頭的話就嚥了下去。

曹玉也在一旁垂了頭，緊抿著唇。

蔣嫵卻似感覺不到他施加的壓迫，看不到他眼中的銳芒，低柔酥骨的聲音慢條斯理地道：「大人若喜歡看那樣的，府裡想來應已有十三位了，又何必多我一個？」

「是嗎？三姑娘可不要忘了今兒是為何站在此處。」霍十九溫和地提醒她來意。

蔣嫵聞言，凝視霍十九一瞬，忽而展顏一笑，豔光四射。「難道不是因為大人喜歡？」

拳頭打在棉花上，恐嚇無用。

不軟不硬的語氣，不恭敬但也不失俏皮的回答，就是這種即將跌破底線卻又沒有跌破的感覺，叫人心裡憋悶得慌，想發落她又抓不出錯處……

真是難纏。

霍十九挑眉，第一次細細打量她。生得的確美貌，然美貌的女子他見多了，卻沒見過她這樣的。她有一雙特別的眼睛，這雙眼或許放在征戰沙場的大將軍身上便不覺不妥了，擱在她一個小丫頭身上……嗯，也不覺不妥，如畫梅添了遒勁枝幹才有的風骨，否則也不過是尋常幾點紅罷了。

「蔣石頭倒是生了個好女兒。妳若是男子，我便收妳在麾下，調理幾年就是個不錯的兒郎了。」

諷刺她沒有時下女子的閨秀氣質嗎？

蔣嫵置若罔聞，大大方方地笑道：「多謝大人讚賞。」

霍十九便閒閒地問：「平日裡都會些什麼？」

「大人是指哪些？」

「琴棋書畫，詩詞歌賦。」

「大人難道不知女子無才便是德？」

「這樣一說，妳倒是比蔣大姑娘有『德行』？」霍十九嗤笑。

蔣嫵不以為意道：「承蒙大人誇獎，我的德行已經打動了大人。」

霍十九語意一窒。「罷了，既然這些都不精，中饋女紅總該不錯？」

「大人府上缺廚娘和針線媳婦？」

「看來三姑娘的愛好還真是不多。」

蔣嫵笑道：「大人此言差矣，我也有喜歡做的事來消遣，比如嗑瓜子。」

霍十九沈默，曹玉和孫嬤嬤都睜大了眼。前者眸光閃爍不定，看不出喜怒，後兩者則是低頭忍笑忍得辛苦。

「妳好像一點都不懼怕我。」

蔣嫵奇道：「大人難道很喜歡叫人懼怕你？」

霍十九突然覺得與她鬥嘴皮子毫無用處，起身，悠然走向屋門，懶懶地道：「罷了，規矩妳好生學著吧，學得慢了，妳父親身上又多幾條疤。」

話音落下時，已與曹玉一前一後走到院中。

蔣嫵望著他的背影，許久才回身吩咐孫嬤嬤。「繼續吧。」

「是！」孫嬤嬤就繼續方才的話題。

而霍十九這廂才剛出院門就笑了。

曹玉一愣，緊張的心情終於放鬆，細聲細氣地打趣道：「大人是很享受那種想揍人又不能揍的感覺嗎？」

「你是說她還是說我？」

「我怎敢說大人。」

霍十九笑道：「你不是也錯看了孫嬤嬤的能力？」

曹玉的臉騰地紅了。原來大人已經知道他故意選了個跋扈難纏的嬤嬤去教蔣嫵規矩。

正當這時，二人同時看到一個丫頭的身影一閃消失在拐角。

霍十九道：「那好像是苗氏屋裡的？」

「是，剛才苗姨娘應見過三姑娘了，許是受了些委屈，大人要不要去看看？」

霍十九走向書房，淡淡道：「如果那樣就算委屈，將來的委屈還多著呢。」

曹玉沈默，跟上霍十九的步伐。

第四章　反將一軍

蔣嫵瞭解過府內的一些事後，便照著孫嬤嬤說的學習起來。她前世為出入些場合，受過禮儀培訓，又因受過特工訓練，掌握了一些速記的訣竅，幾乎過目不忘，是以那些繁瑣禮儀和宅中瑣事孫嬤嬤說過一次她也就熟記了。然而會了的東西，若想為難她反覆去做，蔣嫵是斷不肯的，因此孫嬤嬤才高興了一會兒，以為終於可以拿捏她，到最後終究是落了空。

午膳是四菜一湯。這些日子家中因父親的事，不僅銀錢緊張，就連銀姊灶上的活計做得也沒心思，蔣嫵是個愛美食的人，又想是霍英家的東西，不吃白不吃，所以吃得很撐。

原本午睡的時間，因為撐得睡不著，蔣嫵就在翠竹苑裡胡亂走動納涼。

如此悠哉之時，後宅中的採蓮也去回了苗姨娘的話。

「……大人特地去看了蔣三姑娘，說了約莫一盞茶工夫的話，離開時大人似乎心情極好。」

苗姨娘此時正與鄭姨娘、周姨娘和王姨娘三人湊了一桌打牌，聞言全沒了玩下去的心思，嘆息了一聲。

鄭姨娘索性將牌一推，憤憤道：「那蔣三姑娘到底哪兒好？我前兒還聽說她是個徹頭徹尾的粗魯女子，恐怕妳我屋裡的婢子都比她好些。如今還沒過門呢，就如此狐媚……大人也真是的，不顧及我們姊妹，好歹也要顧及苗姊姊吧？」

鄭姨娘的遠房叔叔是霍十九的義子，她雖是庶出，可生得容貌豔麗，家中又很重視，霍家從不短缺她們用度，鄭家又時常遞些銀錢來。鄭姨娘出手闊綽，一來二去就在妾室中有了些聲望，說話也膽大一些。

苗姨娘搖頭不語。

周姨娘是舞姬出身，王姨娘的叔叔是霍十九的義子，二人出身不如鄭姨娘，地位不如苗姨娘，此即當然隨聲附和。

原本熱鬧的牌桌，就變成了蔣嫵的批鬥會。

然而蔣嫵哪裡會在乎人說她什麼？她連續幾日都照著要求，辰正便來，酉初回府。她倒是享受出來「散心」的日子，可苦了孫嬤嬤，原本想調教蔣嫵，卻被蔣嫵每日抓在身邊立規矩，原本肚子上的肥油都熬掉了一層。

眼見天兒熱起來了，蔣嫵在廊簷下納涼嗑瓜子時，孫嬤嬤便以上恭桶為由溜了出去，直奔著霍十九的書房去了。

霍十九的書房是禁地，平日從不讓人踏足，即便那日苗姨娘來送蓮子羹也是叫小廝攔在門前，去請過霍十九示下才敢放人進去的。

是以孫嬤嬤這會兒也被攔在門口，客氣地與小廝道：「我是來回大人蔣三姑娘的事。」

誰都知蔣三姑娘是大人親自選中為妻的對象，府內人素來敬畏霍十九，小廝忙道「知道了，這就去」，話音未落，人已經進了院中。

到廊下，恰遇上曹玉出來，小廝笑道：「曹公子，孫嬤嬤來回蔣三姑娘的事呢。」

曹玉女孩兒一樣秀氣的臉上便有些疑惑，內心猜測，難道是蔣三又做出什麼禍事，孫嬤嬤扛不住了？

既然是來回霍十九，曹玉自然不能怠慢，進了裡間去回話。「爺，孫嬤嬤來了。」

霍十九穿了件茶白雲錦仙鶴紋直裰，肩上搭著縹色錦緞褂子，顯得其皮膚光潤無瑕，正歪在圈椅裡看書，聞言抬眸。「怎麼說的？」

「只說是有話要回。」

扔下書，霍十九活動了下脖頸，慵懶道：「八成是孫氏受不住了。讓她進來吧。」

曹玉聞言，臉上就有些發熱，道了聲是，便退下引了孫嬤嬤進來。

孫嬤嬤跪在博古落地圓光罩相隔的外間，老遠就給霍十九跪下請安。「奴婢見過大人。」

「嗯。怎麼回事？」

「回大人話，奴婢來回大人蔣三姑娘的近況。」孫嬤嬤說話的聲音因緊張而有些發抖。話畢沒得回音，她小心翼翼抬眸迅速看了霍十九一眼，見他並無不快，才放心大膽地道：「蔣三姑娘極為聰慧，講過的規矩一次便能記住了，不但記憶力好，且本質悠閒，還很好學。」

本質悠閒，那就是懶。所謂好學，是問得多。

霍十九噗哧一笑，露出編貝一般潔白的牙齒，玩味道：「她都怎麼好學了？」

「姑娘好學，府中之事大約都已瞭解，如今奴婢所知的已經全都知無不言、言無不盡了。」

也就是說沒什麼她能教導的了，快饒了她吧。

孫嬤嬤那樣的性子，竟然能短短幾日間就被蔣嫵「折磨」成這樣，霍十九覺得好笑，眼前卻浮現那日與她說話時，她不卑不亢的神態和眼神中閃爍的調侃和不屈。

那種不屈，真讓人忍不住想要蹂躪……

「是嗎？既然三姑娘如此好學，又如此聰慧，想來應該學習得差不多了，我便去瞧瞧到底學成什麼樣了。」

霍十九起身，隨手將褂子扔在鋪設淡綠色彈墨（注）椅搭的圈椅上，緩步走向外頭。

孫嬤嬤忙跪退到一旁，待曹玉跟著霍十九都到了門前，才忙爬起來跟上。

蔣嫵這會兒吃過瓜子，正端茶漱口，以帕子掩著將漱口水吐在白瓷描金的精巧痰盒中，眼角餘光便見霍十九在前，曹玉與孫嬤嬤在後進了門。

她了然一笑，起身緩步迎上前來，屈膝道：「大人。」

霍十九腳步一頓，凝視她片刻才道：「嗯，這一調教，果然整個人都不同了。」

蔣嫵莞爾不語。霍十九故意諷刺她從前沒有閨秀的模樣，虧得他「幫忙」才脫胎換骨。不過她如今要的，就是霍十九對她「規矩」上的肯定。

「多謝大人讚賞。」低柔的聲音溫和柔婉，她姿態優雅地跟上霍十九步伐。

曹玉與孫嬤嬤對視一眼。如此儀態萬方千嬌百媚，還是那個「河東獅」嗎？

霍十九在首位坐下，立即有婢子捧著燙金描漆的茶盤進來重新換了茶。

蔣嫵便在一旁俏然立著，端莊沈靜，但她心裡是焦急的。

這五天，母親與姊姊整日以淚洗面，她心急如焚，即使她能憑一己之力將父親從牢裡救出來，卻不能保證全家都能躲開仇敵追殺，是以只能以最快速度達到霍十九的要求，早日定下婚期才是解決問題的最佳辦法。

霍十九慢條斯理地端起白瓷青花鯉魚戲蓮蓋碗啜飲。他的手生得很好看，骨節分明，十指修長，拿茶碗就像一幅賞心悅目的畫。

吃了半碗茶，沒見蔣嫵有絲毫不耐煩，他才放下蓋碗道：「看來三姑娘的確是救父心切。」

霍十九的話太過直白地挑明了敵我關係，氣氛立時肅然。

蔣嫵略微垂眸望著霍十九喉結處，內心琢磨著若用匕首，什麼角度下刀能將這廝的喉管割開還能讓血花綻得漂亮些，但面龐上卻有紅霞沾染，略帶羞澀道：「我的確是想快些定下婚期。」

模稜兩可的話，竟讓人分不清她是救父急一些，還是想嫁給霍十九急一些。

霍十九挑眉，秀氣的眼眸中便有疑惑與打量的光閃過。他是成年男子，對方雖不是他見過容貌最美的女子，卻是氣質最特別的女子，若說聽了她這一句還絲毫沒有感覺，除非他是鐵心石頭腸子。

注：彈墨，以紙剪鏤空圖案覆於織品上，用墨色或其他顏色或噴成各種圖案花樣。

只是，她的話究竟有幾分真幾分假？就算她現在沒有與他鬥嘴皮子，而是規規矩矩的沒有一絲錯處，她身上的風骨和眼中的不屈依舊沒有消減過……

這個女孩兒，當真是有趣。

霍十九心情好些，剛要開口，站在門前的曹玉卻先面色一凜，一閃身就站到霍十九身旁。

與此同時，門外傳來一陣急促的腳步聲和焦急的叫喊聲。「大人，大人！不好了！」

小廝踉蹌奔來，險些被臺階絆倒，不等霍十九問就道：「大人！老太爺帶著人殺過來了，人人手裡都提著鋤鎬，咱們的人將老太爺的人攔在門口，不敢與他老人家動手，他老人家也攻打不進來，只不過他老人家在門口破口大罵，罵得著實是難聽，還說您要是不立即退了與蔣大人家的親事，就要燒了您的宅子！」

霍十九一聽到「老太爺」三個字，面色就已經十分難看，再聽後話，眉頭緊鎖。

蔣嫵聞言，卻是禁不住噗哧笑了。霍十九的爹倒是個可愛的人。

霍十九被那壓低的笑聲激起了怒氣，斜睨著她，思緒百轉，忽然一笑。「既是妳未來的公爹，今日妳就代我去迎一迎吧。」

蔣嫵錯愕，斂了笑望著霍十九。只見他俊俏的面龐上掛著淺笑，絲毫不見怒意，可濃眉下眼尾上揚的秀麗眼中卻有波濤暗湧。

看來此人還真是如傳言中一樣好面子，不過是一笑，就將他激怒至此。

「多謝大人好意，只是我尚未過門，老太爺於我來說是外男，我若去了，著實不妥。」

蔣嫵曉之以理。

霍十九卻笑道：「也罷，妳若不肯，我就聽從我父之言，將婚事退了便罷，從今以後也少了許多煩惱。」他慵懶站起身，拍了拍袍襬並不存在的縐褶，便要往外頭去。

蔣嫵咬牙切齒。若退婚，父親只有在牢中被折磨致死一條路了，那他們全家的努力到今日豈不是盡數毀在她手裡？

「大人。」蔣嫵跟上霍十九的步伐，嬌顏飛上紅霞。「不要……」

她聲音低柔溫軟，加之語帶嬌羞乞求，就連孫嬤嬤聽了都覺得骨頭酥了半邊，偏她還是少女心思，無心之舉。

霍十九停步回眸，見她略低螓首，霞飛雙頰，禁不住逗趣道：「不要，不要什麼？」

「不要……退親。」蔣嫵聲若蚊蚋，似已不勝羞赧。

「既然妳這樣喜歡跟著我，我便為妳違抗父命，也算全了我的一片心意。」霍十九聲音溫柔，眸中含笑，深情款款地望著蔣嫵。

孫嬤嬤與那傳話的小廝瞧著，心中有一句「原來如此」飛閃而過。大人果真是喜歡上蔣三姑娘這個調調的女子，即便是「河東獅」，在大人眼裡也是西施的「施」。

蔣嫵這會兒頭已快埋入胸口，似羞得無地自容。她身高至霍十九下巴處，是以這會兒臉頰快要貼上他的胸膛，二人相對而立的畫面竟十分唯美，孫嬤嬤與曹玉等人都忙垂眸。

蔣嫵卻是冷笑，明明虛情假意，他倒也真會作戲。既然他喜歡演，她作陪便是，只是她喜歡演主角，不喜做被頤指氣使的龍套！這一次就暫且記下。

「那我這便去吧。」蔣嫵覆上面紗，舉步出門，孫嬤嬤行禮跟上。

直到她的身影消失在院門前，霍十九才道：「咱們也去吧……嗯，就在前廳聽消息好了。」

「是，爺。」

穿越月亮門到了正院，越往外叫罵聲就越清楚，蔣嫵才上抄手遊廊疾步往外頭去，就聽見一個低沈粗狂的男子中氣十足的吼聲。「……蔣大人是清官，是好官啊！他們家的閨女你也想糟害，你還有沒有良心了！你這個畜生王八羔子！早知你這樣禽獸不如，當初你娘都不如下個蛋，下蛋蒸了吃都比養出你這樣敗壞家門的敗家子要強上萬倍！老子當初就該把你扔進恭桶裡淹死！你叫老子如何對得起列祖列宗，將來到了下頭，都沒臉見你爺爺去！霍十九，你給老子滾出來……」

蔣嫵駐足，聽那人痛心疾首的罵聲，只覺未見其人就對這未來的「公爹」頓生好感。眼見著到了大門，卻聽另一個女聲焦急地勸著。「老爺子，您消消氣，您就只管在此處這麼著，往後叫阿英如何做人，叫人聽去也影響他名聲不是？」

「滾一邊去！妳個醮夫再嫁的臭丫頭片子！這裡有妳說話的分兒？」

蔣嫵一腳踏出角門，正瞧見苗姨娘滿臉通紅、淚水翻湧地被一個穿了土黃色短褐、身材高大健碩、手持鋤頭的五旬漢子揚臂甩到一邊，幸而被兩個婢女扶住。而霍家的家丁十來人手持竹棍，正與手持鐮刀、鋤頭的十餘名莊稼漢形成對峙之態。

街道肅然，竟沒有圍觀的百姓，想來是怕惹事，都避開了。

蔣嫵這些日已將孫嬤嬤告訴她的那些姨娘過往熟記在心。十年前霍家不過是尋常農家，苗姨娘覺得霍十九前程堪憂，毅然斷絕了青梅竹馬的情分，另謀佳婿。可這世間之事哪有定數？

霍十九三年後中進士，二甲第六名，受先帝賞識。後來先帝過世，也不知怎的就成了英國公的得力幹將，還做了錦衣衛指揮使。

三年前苗姨娘夫家遭罪，全族成年男子斬首，十四歲以下的男子變賣為奴，女子一律淪為官妓。據說霍十九找到苗姨娘時，她已染上了病，好不容易才保住性命。

當年的窮小子，如今卻成了僅次於英國公權傾朝野的人物，又生得俊美，救她於水火，苗姨娘如何不動心？

霍十九如今二十七歲，想來年少時的一段感情，不僅對他，對他的家人也造成很深的影響，霍老太爺這樣的性子看不慣霍十九，更不會喜歡苗姨娘這樣嫌貧愛富的勢利女子。

蔣嫵想了許多，其實不過是心念一轉的工夫，幾步到了近前，屈膝行禮。「霍老太爺好。」

霍大栓將手中鋤頭往地上一戳，聲如洪鐘地問：「妳又是誰！」難不成是新來的姨娘？

蔣嫵道：「回老太爺話，小女子姓蔣，在家中行三，家父是御史蔣學文。」

「啊！妳就是……」霍大栓瞧著面前的俏姑娘，雖然遮了面紗，仍舊瞧得出人的確是水靈得很，內心就生出些愧疚，如此水靈的閨女，怎麼能叫他家那混蛋糟蹋？

可是轉念一想，這還沒過門呢，她如何就到了霍府來？難道她也是那種女子，想著霍十九位高權重就諂媚於他？

愧疚轉為鄙夷，霍大栓哼了一聲。

蔣嫵便道：「請老太爺聽我一言，這親事是皇上金口玉言，您……」

一聽她竟然有不退婚的意思，在霍大栓心裡就更加坐實了她是攀龍附鳳的想法，不等她說完便怒道：「妳也一邊去！如不是看在妳爹是條漢子的分上，老子也照樣罵妳！」

蔣嫵一愣，這位老爺子脾氣還真是……討喜啊！

「霍十九！」霍大栓又一次扯開了嗓門。「你還不給老子出來！讓你女人出來勸我算什麼本事！你也知道你沒臉見你爹娘了是不……」

如此罵了十幾聲，霍大栓嗓子都喊啞了，還不見人出來，他怒上心頭，鋤頭往地上一扔。「你再不出來，我就一頭碰死在你門口的石獅子上！」說著拔步就往石獅子方向衝。

「哎呀，老太爺！這可使不得、使不得啊！」小廝與隨行的莊稼漢子們都慌了手腳。

若真讓老人家出了事，以大人的脾氣還不生吃了他們？大人雖然做事……呃，特別一些，可卻是個孝子！

霍家的小廝家丁紛紛扔了竹棍，有撲上石獅子和如意對稱抱鼓石做「肉墊」的，也有跪在霍大栓跟前抱大腿的，一時間人站的、跪的、趴的、躺的，橫七豎八斜歪了一片。

今兒跟著霍大栓來的莊稼漢們原本都是霍家的長工，這會兒也都嚇得屁滾尿流，紛紛上前去勸阻。「東家可千萬使不得！您要真有個萬一，可叫弟兄們怎麼活啊！」

「咱們還指望著東家賞個活路，您這樣可不是叫咱們一家老小跟著陪葬嗎？」

霍大栓強勁兒上來就像頭倔牛，哪裡管得了那麼多，依舊往前掙，死活要將腦袋碰出朵血花來，口中大吼。「霍十九個王八羔子，你爹要死了你也不理！」掙開抱腿的小廝悶頭往前衝。

另有家丁撲上，依舊抱住他兩條結實的腿。「老太爺，求您行行好吧，老太爺您可不能啊！」

霍府門前亂作一團。

一門之隔處，霍十九眉頭緊鎖，舉步，停下，又舉步，又停下。

曹玉低聲道：「爺，要不您就去見見老太爺吧。老太爺只管在此處這麼樣下去也不是辦法，況且老太爺脾氣暴躁，又有了年紀，萬一真鬧出個什麼，可叫太夫人怎麼活。您家裡頭可不就全塌下來了嗎？」

霍十九頷首。他何嘗不知道這些。

曹玉又道：「老太爺如今不理解您，往後會懂得的，您還是先去勸和勸和，讓老太爺消了氣是正經。天兒漸漸熱了，老太爺又這般激動，怕對身子不好。」

霍十九長嘆一聲，快步出了角門，一見門前混亂，眉頭皺得更深了。

眾人見霍十九出來，且面色不豫，場面立即安靜下來。抱石獅子的、抱大腿的人也都鬆了口氣，停了動作行禮，齊齊道：「大人。」

蔣嫵與苗姨娘則不約而同走到丹墀旁，迎霍十九下了臺階，在他身後一前一後站定。

霍十九給霍大栓行禮。「爹，您來了，家中一切可好？娘和二弟、三妹可好？」

「我呸！」霍大栓黝黑的臉已氣得脹成紫茄子皮，惡狠狠地啐了一口，唾沫吐在霍十九茶白衣襟上。「你還在乎這個家好是不好？你還在乎你娘和你弟你妹？有你這個齷齪的髒貨，咱們臉早就丟盡了，出了門都貓著腰低著頭走路！你少給老子做點壞事，別叫咱們為你提心弔膽，別叫你娘和你妹妹吃長齋幫你贖罪就是給老子的體面了！你還好意思問？」

霍大栓大步到近前，口水幾乎噴在霍十九臉上。

霍十九只是垂眸站定，不言不語。

一見他這副樣子，連賠個罪都不會，霍大栓更氣，強壓著火問：「我來問你，你怎麼回事！人家蔣大人多好一個人，怎麼就下了詔獄？還有，蔣家閨女好端端的，怎麼也惹了你？你趕緊麻利地把婚事給我退了，把蔣大人請出來，要不老子打斷你的狗腿！」

「爹，這門婚事是皇上作的保山，金口玉言哪裡有反悔的道理……」

話沒說完，霍大栓已氣得快翻白眼。「你少拿皇上來壓我！旁人我不曉得，我還不曉得你？你自己算算，你做的那些強男欺女的事少了嗎？就是說破了唇舌，說你沒冤枉人家蔣大人，你去問問京都城的老百姓信不信！霍十九，老子可把話撂這兒，你今兒要是不乖乖聽我的話，我就只當沒生過你這個龜孫，一鋤頭砸死你，我還算為民除害了！砸死了你，我、我也就一頭碰死跟了你去！」

霍十九抿著唇，不論霍大栓多大聲，他依舊是平和溫潤。

「爹，一則皇上的話不能違逆，二則兒子也是真心喜歡三姑娘的。」

「喜歡？」霍大栓看了眼霍十九身邊的蔣嫵，氣得眼睛一翻，險些暈過去，脫了鞋朝著霍十九肩膀就是一下。「你還敢扯著臉皮說喜歡？老子的鞋底子你喜不喜歡？老子的鋤頭把子你喜不喜歡？你說說你身邊光小老婆就十三個，還不算養在外頭的那些男孩女孩，你還打算禍害多少人才夠啊！咱們家幾輩子的本分人啊，老老實實種地，就是遇上個災荒年，全家挨餓勒緊了褲腰帶也要省了米糧接濟旁人，咱沒做過一件傷天害理的事，怎就出了你這個禍害！你說你年少時多懂事多好學，如今怎麼就成了這樣子！」

霍大栓說著，虎目中已有淚意，近五十的中年漢子，這會兒卻是扛不住了，哽聲道：「你說你喜歡，你難道不會聞聞自己是騷是臭，還硬拉著人家姑娘跟你一起往糞坑裡跳？你這哪裡是喜歡，分明是自私，是禍害人家！」

眼見老爺子氣得落了淚，一旁下人紛紛彎腰躬身。「老太爺息怒啊。」

霍十九臉色煞白，眼中有碎芒閃爍，唇角翕動，話到口邊卻嚥了下去。

見他如此，霍大栓怒髮衝冠，彎腰撿了一把鎬頭，揚手就往霍十九腦袋上砸。

「啊！老太爺！使不得！」

「老太爺息怒！」

千鈞一髮之際，曹玉閃身上前抓住了鎬頭。

與此同時，蔣嫵嬌叱一聲。「你還不給你爹跪下認錯！」抬腳踹在霍十九腿彎處。

霍十九錯愕之中側歪身子跪倒在地，迅速看了蔣嫵一眼，心念電轉，竟沒反抗。

大燕朝叫人聞風喪膽的錦衣衛指揮使，皇帝跟前的大紅人，英國公手下的得力幹將，殺人不見血、吃人不吐骨頭、可叫小兒止哭的霍英，就這麼被嬌滴滴的小娘子一腳踢得雙膝跪地，且沒有動怒，跪得端端正正，還乖乖聽話地道：「爹，您息怒。」

門前一片寂靜，靜得針落可聞，霍大栓的鎬頭就那麼舉在半空。

只聽蔣嫵低柔的聲音數落道：「老太爺都氣成這樣，大人不知好生認錯，快些求了老太爺不要動怒，老太爺真有個萬一，大人豈不是要心疼後悔一輩子？」

二十七歲權傾朝野的霍大人，跪在地上，被小他十一歲的小娘子數落得一聲不吭，只端正跪著垂眸不語。

以蔣嫵的觀察，霍十九方才被他爹罵得狗血淋頭都不曾頂撞，一直好言好語解釋，果然是個孝子，這會兒踹他跪下他也不會反抗。至於事後他會將她如何？他這個人，既做壞人又愛臉面，若她傳出什麼不好的消息來，眾人豈不是會猜測他因為今日之事小肚雞腸？

如今見他果真如她所料那般，蔣嫵哪裡會不把握機會！

「大人飽讀詩書，怎地到了老太爺跟前，就緊張得只幾個字兒幾個字兒地往外蹦了？平日哄騙皇帝舌粲蓮花的本事哪兒去了？

「大人瞧瞧老太爺都被您氣得呆住了，您快說些好聽的讓老太爺消氣啊，還愣著做什麼？

「你個不孝子，看你爹都要被你氣傻了，還不緊著去賠罪，果然是個沒心肝的！」蔣嫵低柔的聲音帶著些焦急和規勸，又有親密的催促，寂靜的霍府門前就只聽得她一人的聲音，瞧她一人戳著霍十九的肩膀。

若非聽得見她溫和的話語，知她是一心為霍英父子之間的關係焦急，單看她纖纖玉指一下下戳在霍英肩頭，遠處瞧還當是為娘的訓斥不聽話的孩子。

霍十九濃眉緊蹙。

別瞧她嬌弱，剛踢他那一腳也是花拳繡腿沒什麼架勢，可這會兒戳在他肩膀上的力氣可不小，每一下都叫他身子晃動，且她的身高位置，正巧讓她手指不偏不倚地戳中手陽明大腸經與陽蹺脈交會處的肩髃穴，痠痛之感傳遍半個膀子，使他眉頭皺得更深。

蔣嫵適可而止，「欺負」得差不多就收手，轉而對霍大栓行禮。「老太爺，請您息怒，進裡面去吃杯茶消消氣，有話咱們慢慢說。」

剛才多少人都攔不住的霍大栓，這會兒卻扔下鎬頭點了頭，若有所思地道：「好吧。」

要知道，霍大栓這些年來進霍府大門的次數屈指可數。

霍府門前更安靜了……

蔣嫵先隨著霍大栓上了丹墀，僕從們忙沿途兩列排開行禮，對蔣嫵的態度是前所未有的恭敬。「老太爺，蔣三姑娘請。」

孫嬤嬤方才在屋裡就見了蔣嫵與霍十九兩情繾綣的模樣，又目睹門前這一幕，心目中蔣嫵的地位已是大大不同。回想幾日來自己對她時不時的刁難，雖然最後都是她吃虧，但這位姑奶奶是否會記仇還不一定，這會兒忙想法子獻殷勤補救，在前頭恭敬地引路。

苗姨娘咬唇望著蔣嫵背影，內心恨意翻騰，強忍著不叫人瞧出內心變化，含笑去攙扶霍十九。

霍十九卻先一步被曹玉扶起，似不經意避開她的手，眼尾上挑的秀氣眼眸冷淡地掃過苗姨娘面龐，淡淡道：「進去吧。」

苗姨娘舉在半空的手僵在那裡。

曹玉吩咐門口人散了，又叫管事的安置那些隨霍大栓而來的長工們，以免他們生出事端，就追著霍十九的步伐進府了。

來至前廳時，霍大栓已經端坐首位吃茶，想是罵得多了口乾，直灌了兩、三碗才解渴。

蔣嫵則恭敬在一旁柔聲說話。「……大人心裡已經明白，請老太爺別動氣，往後我也會勸著大人。」

霍十九已至近前，撩袍子行禮。「爹。」

「嗯！」霍大栓哼了一聲。「你瞧瞧人家蔣三姑娘，小小年紀就比你懂事多了！往後你要多聽著她的一些！」

還有往後？就是說不逼著他退親了？

霍十九看向蔣嫵，隨即垂眸，並未回答。

曹玉、孫嬤嬤以及隨侍一旁的婢子們無不驚愕，憑蔣嫵的三言兩語，老太爺就改變主意了？

霍大栓面對蔣嫵時卻已笑得十分溫和。「丫頭啊，真是難為了妳，阿英做事太過霸道獨斷了，婚姻大事，竟自個兒說了算，還請小……咳，還請皇上去親自說媒，雖然皇上身分貴重，可婚姻大事到底是父母之命、媒妁之言，這父母之命排在前頭，何況又是蔣家與霍家的事？咱們兩家到底也不同於尋常的人家。」

說到此處，霍大栓已經老臉紅透，使勁瞪了霍十九一眼，又溫言道：「丫頭今日回家去，就告訴妳家長輩，我與我那渾家改日就登門拜訪。」

蔣嫵點頭應。「是。」略猶豫，才道：「只不過家父尚在牢中……」

「啪」的一聲，霍大栓蒲扇一般的巴掌已拍在桌上，震得瓷器哐噹作響，大吼道：「霍十九，你還不緊忙將你岳父請出來！如今談及婚姻大事，兩邊長輩還能不見個面？你個沒倫常沒道理的兔崽子，也不撒泡尿照照你自己是個什麼德行，高攀上蔣家的姑娘，是你三輩子修來的福氣！」

眼見霍十九又要挨罵，蔣嫵適時笑著攔下了霍大栓的話，似是對霍十九相當維護。「老太爺莫要動氣，您瞧大人，其實是很孝順您的。您的吩咐他自然不會不聽。」又回頭對霍十九使眼色，就像在說：還不快乖乖應下，別讓老人家動氣。

合夥將他一軍嗎？霍十九對蔣嫵溫和一笑，露出皓白整齊的牙齒。

蔣嫵發現，他在笑時竟有些孩子氣。

「是，爹，我回頭就去與皇上商議。」

見霍十九這般聽蔣嫵的話，霍大栓心下愈加篤定了自己的看法，心情豁然開朗，對蔣嫵好感倍增。

難不成是老天爺聽見了他的乞求，派了個姑娘來拯救他那不中用的兒子？

霍十九生得像他娘，別瞧漂亮得像女孩兒一樣，卻是他們家最倔強的，他聽過誰的話？終於有個人能管一管他了！

如果他身邊有這麼個厲害老婆，他又喜歡她，肯聽她的一言半句，是不是以後他還有改邪歸正的可能？至於蔣嫵從前在傳聞中是個「河東獅」還是「河西虎」，他才不在乎，不潑辣點能管得住他家渾小子？

罵得再狠，恨得再深，霍十九也畢竟是他的長子，總歸如今他已經是這個樣子，若是能憑著他手中權力多做些對百姓好的事，彌補從前造的孽，往後他就是閉了眼，下去見祖宗也不致太沒臉。

霍大栓站起身，愧疚地對蔣嫵道：「不過，終歸是委屈了丫頭妳。」

蔣嫵搖頭，低垂螓首，似是不勝嬌羞的模樣。

原本這種事當面與女兒家說也是羞人，霍大栓見狀不好再多言，只想著一定要回家去與孩子他娘商議一番，少不得要覥著老臉走一趟蔣家。再看霍十九，越發覺得不順眼。

「你給我好好對待人家！快些放你岳父出來，晚了，仔細我扒了你的皮！」霍大栓哼了一聲就走了。

霍十九與蔣嫵出門相送，直將人送出大門，眼瞧著十幾名莊稼漢拿著鋤鎬簇擁著人離開才放心。

一路走回府中，下人們噤若寒蟬，生怕方才發生那般丟人的事大人會上心。

霍十九面無表情地疾步走向書房，曹玉緊跟其後。

蔣嫵略一想，便提起裙襬小跑地追在二人身後，直走了大半段路，依舊不見霍十九放緩腳步，她氣喘連連地叫了聲。「大人。」

她喚聲柔婉，含著焦急與乞求。

霍十九原本鬱悶的心情因疾走好了些，聽她嬌軟喚聲未免心軟，駐足回頭。「怎麼？」

誰知回頭一瞬，恰逢她面紗鬆脫飄然落下，現出她因跑步而嫣紅的臉頰。原本不施脂粉的妍麗容顏此時紅霞沾染，杏眸璀璨，紅唇微啟，胸口因急促呼吸而起伏，充滿少女特有的純潔與不經意散出的嫵媚。

「呀！」蔣嫵驚呼一聲，手忙腳亂接住面紗，再抬眸看他時，面色尷尬，更顯得欲語還休，豔若桃李。

撇開她的性子不談，她本人生得倒是賞心悅目。她畢竟只是個十六歲的女孩罷了。

霍十九心情又好了些。「什麼事？」

蔣嫵抿了抿嫣唇，倔強又彆扭地解釋。「方才是權宜之策，大人寬宏，不會與小女子一般見識吧？若不是那般，老太爺當真要打死大人可如何是好。」

原來是擔心他動怒，特地來賠不是的？

真是……賠不是都如此彆扭，她生得這副好樣貌，其實若懂得善加利用，會是不錯的武器，少有男人能夠抵抗得了她的柔聲細語吧？然而她畢竟只是個涉世不深的毛丫頭，不懂利用。

「罷了。」霍十九心又軟了些。「此事不必再提，今日妳也不必繼續學規矩了，明兒再來吧。」

蔣嫵明顯鬆了口氣，表情立即愉悅起來。「那大人好生歇著，我告辭了。」屈膝行禮完後，乾脆離開。

霍十九望著她嬌柔的背影，眉頭緊鎖。

曹玉上前，輕聲道：「大人，今日真是委屈您了。我早說過她配不上您。」

「她不過是有些小聰明，膽子大一些，有些男孩氣，可近些日觀察，她喜怒都掛在臉上，其實不過是個驕縱壞了的小姑娘罷了。」霍十九幽幽道：「說不定，我還得謝謝她。」

曹玉不解地看向霍十九。

霍十九卻不解釋，直奔書房而去。才更衣完畢，就有下人來回。「英國公請大人過府一敘。」

「這麼快？英國公怕一直注意著咱們府上呢。」曹玉細聲細氣地道。

霍十九「嗯」了一聲。「他對哪一個部下能真正放心？走吧，隨我去一趟。」

「是。」

第五章　親家登門

霍大栓帶著人回到京都城外往南方三十里處的田莊時已經天色大暗。漢子們各自回了家，霍大栓則大步往田莊中那最大的院落走去。

說來此處並非他們霍家祖業，而是皇莊位於京都城附近的一小部分。他們不願隨霍十九去什剎海的宅子，甘願種田，是以小皇帝特意將此處撥出來給他看管，不必經管莊太監的手，也不問他的收成，得了多少都是他們家的，只吩咐他圖個開心即可。

這是霍十九給霍家帶來的好處，然而也是他們一家人的痛處。他們寧可回順德府去耕地，吃糠嚥菜都比如今這般過得快活。

「爹，你回來了！」

才進院門，就有一身著水粉色細棉襖裙的妙齡少女迎了上來。

霍大栓見了么女，歡喜地笑道：「初六，吃飯沒呢？」

「還沒，娘說等您回來再吃呢。」

「妳娘呢？」

「和二哥在屋裡說話。」

霍大栓詩書不通，斗大的字不識一籮筐，妻子趙氏誕下長子時，他抓破頭想不到個好名字，索性就決定以生辰命名。

長子是臘月十九出生，取名霍十九；次子生辰七月二十一，取名霍廿一；么女四月初六生的，就叫霍初六。

兩個兒子肖似母親，但霍初六的容貌卻像極了霍大栓，濃眉大眼，不是頂漂亮，卻也颯爽英姿。霍大栓對小女兒便格外喜歡，又因女兒已十八了，早過了說親的年紀還沒談成婚事，他覺得歉疚就更疼她了。

進了屋，趙氏正盤膝坐在臨窗大炕上納鞋底，霍廿一則側身坐著剝花生吃。兩人見霍大栓進來，都起身相迎。

霍大栓吩咐道：「廿一，跟你妹妹先出去，爹有話跟你娘說。」

霍廿一扔下花生皮。「爹，又是霍十九的事？」

趙氏皺眉道：「廿一，他是你哥哥，你哪能直呼名諱？」

「我才沒有這種哥哥。」霍廿一不屑地啐了一口，邁步就走。

霍初六卻把玩著垂落在胸前的長髮。「爹，大哥的事不能叫我與二哥都聽一聽嗎？」

霍大栓板著臉。「小孩子家的，摻和大人事做什麼，去，告訴灶上熱菜，妳老子餓了！」

霍初六皺了皺鼻子做個鬼臉，甩辮子出了屋，並關好了房門。

霍大栓便放心將方才發生的事都與趙氏說了，最後道：「蔓田，我原本想不能叫阿英禍害了人家蔣三姑娘，可現在瞧著，蔣三姑娘卻是老天爺派來幫襯咱們阿英的。那畜生再不好，也是咱們長子，所以我捉摸著，尋個好日子，妳我親自去一趟蔣家。」

趙氏聽聞終於有人治得了那孽障，美目含淚，連連點頭。「好，好，都聽你的，這門親事原是咱們高攀了，人家閨女好端端的，偏被帶累了，咱們若不拿出些誠意來，如何對得起良心？只要蔣家姑娘好生規勸阿英，往後我必定當她如親生女兒般對待，好生補償她。」

霍大栓點頭，「哎」了一聲。

外頭蹲著聽牆腳的霍初六卻是眼睛一亮，興奮地往廂房跑去。「二哥，二哥！你猜我聽見什麼了？」

霍廿一此時盤膝坐在廂房臨窗的炕上，手捧書冊擰眉看著，聞言也不理會。

霍初六笑嘻嘻地坐在他身畔，肩膀撞他一下。「二哥，你怎不理人家？」

霍廿一冷淡道：「還能有什麼事，妳聽牆腳聽來的無非是霍十九的事。他的事我一概沒興趣，妳也不必來與我說。」

霍初六撇嘴。「二哥就是嘴硬心軟，明明擔心大哥又不直說。小時候你與大哥最要好，小尾巴似的整日跟在他後頭，他讀書你也讀書，他紮馬步你也紮馬步，怎地這會兒……」

「都說了，別拿他的事來煩我，我沒有這個大哥。」霍廿一隨手將書一扔。「妳與娘願意為了他吃長齋是妳們的事，有朝一日我金榜題名，定要為民除害，也為咱們霍家清理門戶！」

「二哥……」霍初六內心五味雜陳，又知霍廿一的性子與霍十九一般倔強，勸說又有何用？只得道：「爹說，蔣御史家三姑娘將大哥治得服服貼貼的呢，你就不好奇她是個什麼樣的女子？」

「不論是什麼女子，能叫霍十九看上的左不過就是個美人兒。天下的女子燕瘦環肥，妳當霍十九見多識廣，會當真將心放在誰身上？無非是這會兒在興頭上寵兩日罷了，倒是可憐了蔣三姑娘，即便外頭謠傳她是個河東獅，可到底也是正經人家的女兒。」他又哼了一聲。「這世間之人，就算是乞丐也比霍十九高貴些。」

霍初六忽略他後頭那句，因甚少出門，自然不知蔣嫵的那些傳言，聽聞霍廿一提起「河東獅」三字，就越發好奇了，拉著他的胳膊央求他一定要說。

霍廿一沒辦法，只得給霍初六說了個大概，諸如脾氣暴躁、於及笄之後痛打上門求親的公子之類的事，讓霍初六聽得眼睛光彩熠熠。

「我喜歡她！不似閨中女兒那般扭扭捏捏，紙糊似的一碰就壞，女兒家就該如此嘛！最煩那些嬌滴滴、扭捏作態的！」

「是因為妳自個兒就是她那樣吧？」霍廿一與霍十九有七分相似的俊臉上終於有了笑容。

霍初六就與他鬥嘴，故意逗他開懷，心裡卻想著如何找機會，定要見見未來的嫂子。

同一時間，豪華寬敞的朱輪華蓋馬車離開了英國公府，沿著皇牆西大街往太液池方向去。

雖已宵禁，然馬車上挑著的兩盞燈上明晃晃的「霍」字便是最好的路引，巡夜的更夫或軍士哪裡有人敢阻攔。

霍十九面色酡紅地斜靠絳紫錦緞彈墨引枕，單手扶額假寐，白淨面皮更顯如玉瑩潤，歲月似乎格外憐惜他，不曾在他臉上留下風霜。此時的他沈靜優美，令人嘆服。

曹玉盤膝坐在他身側，擔憂道：「爺沒事吧？」

霍十九搖頭。

「每次來英國公府都不會少吃酒，虧得爺是海量，可再好的身子這般吃法也不成。您且忍耐些，回去即刻叫人預備醒酒湯來，吃了或許好些。」

霍十九點頭，低沈溫和的聲音含笑。「你幾時如此婆媽了？」

聽聞他話音清亮，並無醉意，曹玉不理會他的調侃，蹙眉道：「大人沒醉？剛您婉拒了英國公贈予的美姬，還口口聲聲說是『尋到畢生所愛，府裡那些就罷了，往後再不會抬小妾進門』，屬下還以為大人吃醉了酒說胡話，您沒瞧見英國公當時的臉色多難看。」

「怕什麼，英國公寬宏，應當會成人之美。」霍十九張開眼，秀麗雙眼比往日明亮幾分。

曹玉深知霍十九，蔣三那般刁蠻難纏又膚淺的女子幾時能入得他的眼？霍府後宅十三名美妾人人不差，其中不乏出自書香門第的才女，只不過不如蔣大姑娘那般名聲響亮罷了，那些女子他瞧著雖不如蔣嫵美貌，可個個都比她有內涵，大人連那些女子都瞧不上眼，又怎會喜歡上蔣三？又談何「畢生所愛」？

見他面色狐疑，霍十九只說了句。「有了她，往後更好行事一些。」就不再多言了。

曹玉似懂非懂地應了一聲，知今日霍十九是故意配合蔣嫵行事的，到底覺得釋懷了一些。

次日凌晨，寅時剛過，天色尚暗，唐氏就披上件褂子到了蔣嫵門前，輕輕地叩門。

「嫵姊兒。」

冰松原本趴在炕桌上打瞌睡，聞言一個激靈，見床上沒有蔣嫵的人影，立即急得白了臉。

「嫵姊兒？」屋門又被叩了兩下。「娘有話與妳說。冰松，開門。」

冰松慌忙應了一聲，三姑娘出去「練腳程」，這會兒還沒回來，若是夫人發現了，她可怎麼說才好？

正當焦急之時，卻見後窗撐起，黑影一閃，蔣嫵已輕飄飄站在地上。

冰松大喜，忙衝過去扯她的夜行衣，低聲道：「夫人在門口，奴婢正愁著呢……」

蔣嫵何等聰明，立即了然，摸了摸冰松的頭，邊解衣帶子邊慵懶地道：「娘。」聲音沙啞，果真如初醒一般。

冰松將夜行衣團成一團塞在床下，蔣嫵已摘了髮帶，只著中衣矯捷地躍上床榻、鑽進被窩，吩咐冰松去開門。

唐氏端著燭臺，見蔣嫵擁著被子一副沒睡醒的模樣，歉然道：「娘睡不著，找妳說說話。」

蔣嫵坐起身，笑道：「娘，上榻來，咱們一床被子暖和。」

唐氏微笑，將燭臺交給冰松，脫鞋上榻。

冰松則將燈點亮了些，拿了針線繼續給蔣晨風做棉鞋。

蔣嫵為唐氏鋪好枕頭靠著，自己則靠著母親肩頭，聞著她身上淡淡的脂粉香和屬於母親特有的溫暖香氣，撒嬌道：「娘，您別擔心，爹很快就可以出來了。您若見了霍老太爺就知道了，他並非是咱們先前預想中那樣。」

「娘知道，這一切都虧得妳機敏，把握了時機，也把握了霍老太爺到底疼孩子的心思，否則婚事告吹，妳爹他也就……可是，娘的心真如同被挖了出來，鮮血淋漓地放在油鍋裡煎啊！妳爹那裡娘放不下，可如今妳爹快好了，妳又要被送進火坑裡。」唐氏憐惜地順著女兒涼滑柔順的長髮，淚盈於睫。「嫵姊兒，托生在咱們家，又托生成女兒身，真是委屈了妳，是娘不好，沒有能耐，不能給妳尋個好人家。」

「娘，您又為了這種事傷心。我的日子過得好與不好，緣由從來不在什麼『好人家』上，您又不是不知我的脾性。」蔣嫵坐直身子給唐氏拭淚，笑著安撫道：「好歹如今事情已有了轉機，相信霍十九礙於其父催促，很快就會敲定婚期了，如今什麼都不打緊，只要咱們一家子安好，其他的也算不得什麼大事。」

「妳呀。」唐氏輕點蔣嫵的額頭，破涕為笑，心疼又欣慰地道：「妳與妳大姊，還有妳二哥和四妹都是懂事的，雖然你們四人各有性子，外頭的傳言又將妳與嫣姊兒傳成兩個極端，可為娘的心中有數，妳們都同樣優秀。」

「那是因為娘偏心我，自然我做什麼您都覺得好，我就是上房揭瓦，您也說好。」

「貧嘴。」唐氏被逗得噗哧一笑，摟著蔣嫵的肩膀又說了一會兒體己話，才回房去讓她繼續睡個回籠覺。

這一日去霍家，蔣嫵的地位著實變得不同，且不說下人們對她的態度更加恭敬，如孫嬤嬤之流恨不得將她當祖宗那般供起來，就連後宅之中那些常日少出來走動的姨娘也都冒了頭。有主動來探望的，也有不經意「偶遇」的，還有些當場表明立場說「苗姨娘病了是活該，誰叫她不自量力」的。

蔣嫵這才知道苗姨娘昨兒晚上就病了。

她渾不在意，只將這些人的表現記下，也好做到心中有數，至於她們單方面認為那些爭風吃醋之類的事，她全無興趣，就一整日在翠竹苑裡吃點心、看話本，順便給孫嬤嬤立規矩，而後準時回家去。

誰知到家不多時，晚飯尚且沒預備好，就有人叩門，旋即便傳來銀姊的呼聲。「老爺，您回來了！夫人，老爺回來了！」

唐氏幾人起身便往外頭去。

押送蔣學文的還是上次那些人，不過蔣學文的囚服上卻多了些鞭笞的痕跡，不多不少恰好五道。

唐氏一見，眼淚就止不住往下流，忙招呼了蔣晨風一同與她扶蔣學文進去。

獄卒見蔣家人不懂得打賞，也沒有留他們吃口茶的意思，很是不滿，道：「霍大人吩咐，今兒個晚上就給蔣大人好生盥洗一番，明兒個一早霍老太爺要親自登門拜訪。」咳嗽了一聲，又吩咐道：「你們這些窮酸也不知仔細著些，茅簷蓬戶的就罷了，好歹乾淨一點！趕緊趁夜打掃一番，也不怕霍老太爺瞧見了晦氣！」

蔣學文何等風骨，何曾被這種人驅使，方要開口，蔣嫵已經先道：「幾位差事辦得好，明兒我定要告訴大人，聽聽他的意思是要如何嘉獎你們幾個。」

她的聲音不急不緩，卻帶著極強威懾，聽得獄卒幾人面面相覷。他們拿不準大人對蔣家的主意，可也不好當面告饒跌了體面，就灰溜溜地走了。

銀姊關好了大門。喬嬤嬤張羅著去預備熱水。

蔣家人五味雜陳地迎了蔣學文到正屋，這麼些時日，好不容易他終於得以在家住一宿，還不知明日之後會如何。

在唐氏心目中，蔣學文是多麼光風霽月的人，如今卻被折磨得形容枯槁、骨瘦如柴，身上還縱橫了五道鞭痕。

唐氏強忍傷心，笑道：「待會兒先沐浴，咱們就用晚飯，我這就叫銀姊宰雞煲湯給你吃。」

蔣學文卻梗著脖子。「他們叫我沐浴準備迎接霍老太爺，我就要乖乖沐浴嗎？我偏不！我就要讓他看看他生出什麼好兒子，隨便就將人折磨成這樣，還有臉來跟我談兒女婚事？」

蔣嫵見蔣學文的倔強勁兒又上來，道：「爹，咱們自個兒過得舒坦就行了，管別人筋疼？難不成為了叫人看一眼，自個兒還要忍耐著？爹這會兒先沐浴，也好生處理一下身上的傷才是要緊。況且我與霍老太爺有一面之緣，依我看，他對他養了什麼兒子再清楚不過了。」

蔣學文罵了一番，氣也消了一些，蔣嫣與蔣晨風又勸說片刻，這才進了裡屋，由蔣晨風伺候著沐浴更衣，且搽了傷藥。

一家人許久沒有團聚，奈何今日的團聚也是籠罩在蔣嫵即將嫁入霍府的陰影下，又見蔣學文沐浴之後清瘦了許多的面容和憔悴神色，哪裡還有心情說笑？不過幾人用罷了飯就各自散了，也好讓蔣學文好生歇息。

正屋臥房中，蔣學文與唐氏各蓋著一床被子相對側臥，唐氏將霍家那日發生的事和霍大栓的態度都細細說了，隨後道：「天下父母皆愛子，必定為之計深遠，霍英雖然不好，可嫵姊兒說他爹倒是個本分的人，且愛子之心想必不比咱們的少。明日見面如何相談，老爺心裡也有個數。」

蔣學文這才恍然。「我道為何突然將我送回來，只說要見霍英之父，卻不知其中細節，咱們嫵姊兒也太過冒險了。」

「是啊。」唐氏嘆息。

蔣學文卻笑了。「不過這也正是嫵姊兒的性子。她呀，若要能與她哥的性子換換，反倒是好呢。」

唐氏聞言也笑，心中陰霾去了不少，二人又低語了幾句體己話，便各自睡下了。

蔣嫵蹲在後窗外，聽父母再無聲響，知父親並無過激言論，不會動什麼「一頭碰死」的心思，終於鬆了口氣，蒙面妥當之後便翻牆而出。

自從遭遇曹玉這等勁敵，且家中情況又是如此，蔣嫵便將自我提升放在首位，從前是為了強身健體，如今卻是為了讓自個兒變強。目的不同了，訓練強度也加大，這些日她身上疼痛得很，卻十分充實地感覺到自己的身法越發純熟，照舊繞著京都城飛簷走壁大半圈，趕在天亮前回臥房補眠。

次日清早，一家人才吃過早飯，蔣嫵不等出門去霍府應卯，院門就被叩響了。熟悉的粗嗓門在外頭有些遲疑地道：「是蔣御史府上嗎？」

「誰啊？」銀姊去應門。

蔣學文與唐氏也都到了廊下。

就見漆黑斑駁的大門敞開，是個穿了身半新不舊藏藍色短褐、身材壯碩近五旬莊稼漢，手上提著個油紙包，黑臉脹紅成茄子皮地咧嘴笑道：「我是霍十九他爹，特地來拜訪蔣御史的。」

蔣學文為官多載，雖一心愛國耿介熱血，但喜怒不形於色的功夫還是有的，此即雖面色不改，內心已十分詫異。

原想霍十九的爹即便是個尋常人，好歹也該金帛繡服、嬌婢傪童才是，怎麼這會兒瞧見的卻是京都城裡一抓就是一把的那類尋常百姓？

眼見銀姊將人請進來，他後頭還跟著一風韻猶存的四十多歲美婦和一妙齡少女，都與他一般穿了半新不舊的細棉衣裳，並無雍容之態。蔣學文心裡的不平與面上的倨傲就少了一些，他素來是個憐貧惜老、敢欺上卻不忍瞞下的人。官與民，他偏幫民；窮與富，他偏幫窮，是以才有外頭百姓們對他的讚許。

這會兒霍家的車夫已幫忙將兩罈酒和一個醬菜罈子抬了進來，又拎進來兩隻大公雞和四隻烏雞，一筐紅皮雞蛋以及半頭豬。

霍大栓拎著油紙包上前來，滿臉的抹不開，粗聲粗氣道：「那兩罈酒是自家釀的，那罈醬菜是我那渾家的手藝，還有那些牲畜都是咱自家養的，肥實的呢。」他將油紙包往蔣嫵手裡塞。「三丫頭收著，這是燒雞，我琢磨著蔣御史愛吃。」

霍十九不做好人，帶累他羞於見蔣家人，這會兒已是硬著頭皮示好，一群人中就只有蔣嫵的穿著與身量熟悉，他只得先與蔣嫵說話。

蔣嫵笑著接了，將燒雞遞給冰松，先屈膝給霍大栓以及他身後的婦人和少女行禮，弄得霍大栓與趙氏滿臉紅透，笨拙地攙扶她，一瞧就是樸實的老百姓。

霍初六臉上也遮著面紗，露出濃眉大眼，熱切地上前拉著蔣嫵雙手，屈膝，好奇地打量她。蔣嫵也笑著與她執手行禮。

蔣學文道：「得知今日霍老太爺光臨寒舍，在下特地沐浴焚香，掃榻相迎。老太爺，夫人，請進吧。」

霍大栓雖不識字又憨厚，卻不傻，蔣學文話說得客氣，何嘗不是在告訴他霍十九如何作惡？好端端地將人下了詔獄，要會親家還頭一日先放出來洗個澡，他大約是天下最憋屈的老丈人……

霍大栓恨不得找個地縫鑽，厚著臉皮與蔣學文寒暄著進了屋。

兩廂分賓主落坐，蔣嫣、蔣晨風、蔣嫵與蔣嬌四人便客氣地給客人行禮。

蔣學文客套道：「讓霍老太爺見笑了，這便是老夫不成器的四個孩子。」

「哪裡，哪裡。蔣御史太謙虛了。」霍大栓十分侷促。

趙氏給霍初六使眼色，霍初六忙上前來，爽朗地給蔣學文、唐氏以及蔣嫣等人行禮。

霍大栓大咧咧地道：「她是我家丫頭，叫初六。」

蔣嫵挑眉。霍十九、霍初六，敢情霍家孩子取名都是日子來的？

冰松與幻霜上了茶，霍大栓與趙氏忙道謝。

蔣學文面不改色，也不先開口，似在思考什麼。他不言語，唐氏自然沈默。

一時間前廳中氣氛凝重，兩家人相對無言。

這件事到底是霍十九起初做得不對，霍大栓想著伸脖子縮脖子都是一刀，不如乾脆一些，索性硬著頭皮道：「蔣御史，我能否與你單獨說幾句話？」

蔣學文一愣，對上霍大栓的眼眸，頷首道：「也好。」引他去西側間。「請吧。」

霍大栓起身應了，回頭叫趙氏先坐著，就進了裡頭去。

唐氏雖恨霍十九，但見霍大栓夫婦都是本分老實的人，也不忍為難，笑著與趙氏道：「他們去說話，不如咱們也去偏廳裡歇著，只在這處待著也沒意思。」

趙氏笑著頷首，就與霍初六一同隨著唐氏、蔣嫣、蔣嫵和蔣嬌去了裡屋。

蔣晨風不便於女眷在一處，就回了房。

此處再無外男，霍初六先將面紗摘了，笑道：「戴著這個悶得慌。」好奇的大眼睛只盯著蔣嫵。

蔣嫵只做沒瞧見，與蔣嫣一同取下面紗。霍初六就盯著她的臉呆愣了一瞬。

趙氏起身拉過蔣嫣和蔣嫵的手，道：「蔣御史家的姑娘果真是極出色。」

蔣嫣心中為妹妹憋著氣，只冷淡一笑，抽回手道：「多謝霍太夫人誇讚。」

若不出色，霍十九會如此百般威逼嗎？

趙氏察覺得到對方的情緒，低落地垂眸。

蔣嫵笑著站在一旁安靜不語，場面又一次冷下來。

唐氏見狀，體貼地與趙氏說一些家長裡短，諸如家裡種多少地、地裡有幾頭牛之類的話題，終於讓趙氏不那麼如坐針氈。

蔣嫵眼角餘光瞥向冰松，冰松立即會意地頷首，悄然退了下去。

與此同時，西側間之中，二人一前一後方進了門，霍大栓就撲通一聲雙膝著地。

蔣學文聽見後頭的動靜，卻沒回頭，負手站在窗前，望著半敞格扇外的安靜前院。

霍大栓愧疚道：「蔣御史，千錯萬錯，都是我家那不成器的混蛋的不是。我先擱這兒給您賠不是了！」

「咚咚咚」磕了三個頭，他隨即又道：「您也有孩子，為人父母的，誰又能狠得下心對孩子下手？我知道霍十九不好，我幾次三番下定決心，想毒死他，再不成就打死他算了，可我又下不去手。十九，他早些年並不是這樣的啊！年少時是既懂事又孝順，他弟弟、妹妹都喜歡他，就連鄰居對他都無不稱讚。我真不知他怎麼就變成了這樣。」

說到此處，霍大栓已語帶哽咽。「蔣御史，我是個粗人，不懂得怎麼教導孩子，終究是讓霍十九長歪了，可我還是不願白髮人送黑髮人，希望十九能學好。他脾氣強，從來不聽誰的話，我和他娘說的，他就當耳邊風，然而他卻是真心對待三姑娘，也肯聽她的話。這些話，我做公爹的沒法跟兒媳去說，只求求蔣御史好歹與三姑娘說說，成婚後千萬規勸著那孽障。若他肯學好，不再作惡，我與十九他娘這一輩子吃長齋，幫三姑娘立個長生牌位，我們天天燒香，保佑她一輩子平安享福，就是將來死了，我變頭牛、變匹馬，也要報答她的大恩啊！」

霍大栓跪地請求之時，蔣學文一直背對著他，只聽他聲音哽咽、情真意切，又憐憫他是樸實的百姓，轉回身，似才發現他跪下一般，雙手攙扶，笑著道：「霍老太爺何須如此？皇上金口玉言一出，你我的親家便是做定了。將來嫵姊兒進了霍家的門，還指望您與太夫人多多照拂，是我該拜託您二位才是。」

「不敢，不敢，是我們高攀了。」霍大栓生怕蔣學文訓斥拒絕，這會兒終於放下心，心裡對蔣學文除了愧疚更增佩服。「您放心，我家孽障能有幸迎得您家千金過門，是我們霍家幾輩子修來的福氣，旁的不說，我與十九他娘就將她當自己的女孩來對待！求蔣御史，千萬將我方才說的那些，與三姑娘說一說。」

蔣學文笑著頷首，因笑瞇起了雙眸，掩藏住眼底情緒，客氣地道：「那是自然。他們二人若成婚，霍指揮使便是我的賢婿，他從前行事是乖張一些，可我統共三個女兒都是極寶貝的，我又何嘗不希望嫵姊兒過得好？往小裡說，若嫵姊兒能勸著霍指揮使一些，他們小日子過得好了，你我為人父的放心；往大裡說，霍指揮使改過了，對大燕朝何嘗不是好事？」蔣學文攙扶霍大栓的手臂，請他入座。

霍大栓簡直受寵若驚，感激不已，誠懇地道：「蔣御史當真是太客氣了，我養的那孽障哪裡是乖張？分明就是欠揍！有時我真恨不能打死他一了百了，又下不去手。我是個粗人，不懂得如何教導，往後有了您這樣才智雙全的老丈人，他也終於有了個好榜樣，又有三姑娘那般賢能的媳婦，想來是會學好了。倘或他真的改過了，我與他娘就是死也能閉上眼，好歹到了下頭也不至於沒臉見他爺爺。」說到此處，霍大栓已聲音哽咽。

蔣學文似能深刻體會霍大栓此時的感受，嘆息一聲，安慰地拍了拍他的肩。

霍大栓也頗為感慨，因終於將事辦成放下心，又與蔣學文說了幾句話，就從懷中掏出一張大紅紙來，憨厚笑道：「這是我家十九的庚帖。」

蔣學文接過庚帖展開，上頭的字跡工整地寫著「男霍十九乾造乙丑年戊子月壬辰日壬寅時建生」。

在他看時，霍大栓靦覥地道：「我不認得字，我家廿一又不肯幫忙，這庚帖還是初六寫的。」

「原來是霍三姑娘的字，很是娟秀。」蔣學文從善如流地誇獎，隨後笑道：「霍指揮使是屬牛的？我家嫵姊兒屬鼠。」

說著吩咐人進來預備筆墨，在那張紅紙下頭填上「女蔣嫵坤造丙子年丙申月辛丑日辛卯時祥瑞生」，又將庚帖謄抄了一份，其中一份交還給霍大栓。

霍大栓瞧著蔣學文行雲流水一般的字跡就已很是羨慕佩服，對他敬重更深了，將庚帖珍而重之地貼身揣好，道：「我回頭就讓十九找欽天監去合八字選日子。」

這會兒合八字還有用嗎？就算八字不合，皇帝的話在那裡擺著，誰能違拗？就算八字相合，難道霍十九就能從此洗白成好人？

蔣學文極好地掩飾心事，與霍大栓熱切地說起話來。

不多時，外頭喬嬤嬤來回話。「老爺，午膳已預備得了，夫人請您與霍老太爺入席呢。」

蔣學文說了句「知道了」，就與霍大栓去了正廳。

只見正廳地當間擺著一座半新不舊的插屏，插屏另一側唐氏已引著趙氏以及女眷們入席。屏風這邊放了張方桌，上頭十道菜，葷素冷熱搭配，菜色誘人。

蔣晨風恭敬地在一旁垂手而立，見二人前來，忙笑道：「請父親、霍老太爺入座。」

霍大栓與蔣學文便入席，蔣晨風在一旁與小廝一同伺候布菜，一餐飯吃得賓主盡歡，用罷了飯，霍大栓就攜趙氏與霍初六一同告辭了。

蔣學文與唐氏帶著兒女將人直送出了帽檐胡同。

霍大栓坐在馬車上，一直探身出來揮手，直到轉了個彎再看不到蔣家人，這才坐正了身子嘆道：「蔣御史當真是好人啊！」

「不只蔣御史人好，蔣家的姑娘更好，個個水靈。」趙氏笑著道：「咱們家阿英是個有福的。」

霍大栓雖知能叫霍十九瞧上的姑娘容貌不會差，這會兒也有點好奇地道：「是嗎？妳瞧見三姑娘是什麼樣了？」

趙氏點頭。

霍初六這會兒已經扯了面紗，搶白道：「爹你是不知道，你覺著我大哥和二哥長相如何？都隨了娘生得俊俏吧？我未來嫂子可比大哥漂亮多了，嗯，怎麼形容……」霍初六敲了敲腦袋。「怪我沒好生唸書，這會兒竟想不出個詞兒來形容，反正就是比大哥漂亮，也溫柔，叫人看著心裡就喜歡。瞧著談吐舉止，根本就不像是傳言中那麼厲害嘛！是不是傳言弄錯了？」

「是啊，我也不覺得蔣三姑娘是粗魯的人。」趙氏道。「恐怕外頭訛傳有誤。」

「這樣好的姑娘，咱們往後可要好生對待，本來跟了咱家阿英那樣的混帳就已夠委屈了。」霍大栓嘆息道：「我剛才答應了蔣御史，往後就將嫵姊兒當自個兒家的女孩一樣。」他從懷中掏出庚帖遞給趙氏。「等會兒繞路去一趟阿英那兒，這個是庚帖，也好找欽天監的人合算一下。」

趙氏也不識幾個字，倒是霍初六將庚帖接去，低聲唸道：「『蔣嫵坤造丙子年丙申月辛丑日辛卯時祥瑞生』，哎呀，嫂子是屬鼠的，比我還小了兩歲呢，那就是小了大哥十一歲。」一抬頭嬉笑道：「可不該叫大嫂，該叫『小』大嫂！」

霍大栓與趙氏見女兒如此開朗，都禁不住笑了。

趙氏見霍大栓心情頗好，乘機道：「你剛才說要好生對待嫵姊兒，可咱們住在莊子裡，嫵姊兒過門是要跟著阿英住，那府裡頭還有十三房小妾。我一想都覺得是委屈了嫵姊兒，好在阿英還沒荒唐到先生出庶長子來。他爹，我是想，要不咱們想法子幫幫嫵姊兒？」

「夢田，妳的意思是？」

「咱們一家子也分開多少年了，我好歹是做娘的，將來更是做婆母的，我去了，姨娘們好歹要看在我的分上收斂些，也有人給嫵姊兒撐腰。再者說咱們自個兒養出了那樣的孽障，不能全依靠嫵姊兒自個兒去規勸不是？咱們也該幫襯一把。」

霍大栓聞言沈吟。

霍初六則期待地看著霍大栓。

過了半晌才見霍大栓點頭，勉為其難道：「那好吧，咱們直接去霍府，跟阿英說一聲，回家去還要和廿一商量。」

「嗯。」趙氏微笑，心裡終於放鬆了些。好歹他們霍家是因為這樁婚事驅散了烏雲，終於見到陽光了。

霍家人心情愉悅時，蔣家卻是寂靜得針落可聞，喬嬤嬤、銀姊輕手輕腳地拾掇了餐桌，蔣學文則是面沈似水地坐在臨窗的炕上發愣。唐氏見他面色難看，更不好貿然開口。

蔣嫣、蔣晨風、蔣嫵和蔣嬌四人站在一旁，人人低垂著頭。

蔣嫵這會兒心中其實已有了一些思量，方才冰松將偷偷聽得的那些對話都告訴了她，她已猜到了一些，估計父親是不好開口。

正如此想，蔣學文突然站起身，道：「嫵姊兒，妳跟爹來。」負手走向裡間。

蔣嫵便在唐氏、蔣嫣幾人的注目下隨著進去。
誰知蔣嫵才剛關好房門，剛要開口詢問，蔣學文卻提袍子撲通一聲跪在蔣嫵面前。
「爹，您這是做什麼！」蔣嫵驚呼，忙去攙扶。
蔣學文卻連連搖頭，眼中已有淚意，鬍鬚顫抖道：「嫵姊兒，是爹對不住妳！」
蔣嫵見蔣學文不肯起身，又不好動蠻力，便提裙襬與父面對而跪。
「爹，我此身是您所賜，您對女兒做什麼吩咐都是應當的，有什麼話就請直言吧。」
蔣嫵聲音低柔，語氣平緩，明明有一雙洞徹是非的幽深雙眸，且她的話已揭示她對他的要求似有領悟，卻仍舊能以如此平靜的語調彷彿在說旁人的事那般說話。
蔣學文望著劍眉星目、神色堅毅的女兒，心緒越發無法平靜，顫抖聲音道：「嫵姊兒，如今大燕已是生死存亡之際。北方金國虎視眈眈，朝廷內佞臣當道，皇上被奸臣宦官攛弄得不問政事，整日只知道玩，國庫空虛，雖不致民不聊生，可蔡京把持朝政卻容許黨羽借貸國庫庫銀。如此下去，大燕只會越來越孱弱。金國皇帝如今老邁，他膝下三子，長子驍勇、文韜武略堪比太祖；次子善謀，雖體弱卻勝孔明；三子仁德，交友天下最善收買人心，他們又是立賢不立長，立賢不立嫡，將來還不知誰能繼位。他們在日益強大，可咱們大燕卻讓這些專政的佞臣和貪官攏弄得日益衰敗。」
說到此處，蔣學文已是愁緒滿懷，哽咽道：「我雖有滿腔報國熱忱，卻人微言輕，我即便拚死覲見，皇上不聽，不肯動用手段，又能如何？嫵姊兒，國將不國，何以為家啊！」
蔣嫵抿唇頷首。她從前跟在大帥身邊，雖為刺探消息與殺人的兵器，但手中沾染的大多是侵略者和漢奸的血。她自幼便被灌輸效忠大帥、匡復華夏的信念，是以許多時候無情冷血的她在遇到艱難之事，都是憑藉這個心念支撐下來。

作為一個熱愛國家的兵器，她此即對蔣學文的痛苦感同身受。

蔣學文見蔣嫵面色依舊平靜，下定了決心道：「嫵姊兒，如今朝堂大事由英國公把持，霍英是英國公心腹，又憑皇帝寵信，時常在一旁哄騙皇上不要親政。皇上不親政，英國公儼然便是攝政王，這些毒瘤只會越來越壯大。為父的雖彈劾霍英，證據確鑿，但能抓到的證據也只關乎他個人風化，並無其他。英國公與霍英身邊又密如鐵銅，根本無法安插人進去，如今，妳既要嫁作霍家婦，正巧是個機會。」

蔣學文聲音漸弱，再難啟齒。

霍大栓是粗人，沒文化，可他為人父的卻百般為兒子著想，只想讓兒子改過，能低三下四來求他說服蔣嫵。

他才高八斗是清流之首，同為人父，他卻要女兒委身於一個人渣來刺探消息，且還在霍大栓面前虛與委蛇，在沒有徵求女兒同意之時，已決定將女兒「出賣」。

他淚目充血，如失了力氣一般跌坐在自己小腿上，喃喃道：「嫵姊兒，妳若不答應，爹絕不勉強妳，就算拚了這條老命，爹也不叫妳去。」

蔣嫵平靜地望著蔣學文，理智分析道：「可是如今已經箭在弦上了。縱然爹你可以一死，難道咱們全家人不要活了嗎？難道帶累了老家的祖父叔伯，爹也覺得無所謂嗎？且不論皇帝金口一開，無人能違拗，就說霍英素來手段，出爾反爾玩弄他，他也不會善罷甘休。

爹，如今已騎虎難下了。」

「是啊，騎虎難下……」蔣學文抬眸望著嬌美的女兒。「嫵姊兒，妳怨恨爹嗎？」

他等著她罵他連霍英那狗賊的爹都不如，可他卻看到蔣嫵如沐春風般的微笑。

她緩緩搖頭。「我方才便說過，我此身是爹所賜，我感激爹娘對我的養育寵愛之恩。我在咱們家過得如此幸福，一直是躲在爹娘的庇護之下。如此大恩，豈能不報？」

「嫵姊兒？」

「左右我要嫁過去，如果有機會得到消息順帶告訴爹一聲也不是難事，爹也沒有叫我每日去聽霍英的牆腳吧。」

蔣學文忙點頭。「妳切記要以自身安全為重，其次才是取得信任，得取霍英與蔡京一派的情報。」

「所以，爹不必覺得愧疚。男婚女嫁，我與霍英成婚已是天定。至於爹吩咐的，只是捎帶，左不過我從前想嫁過去逍遙度日不理會他便罷了，如今卻要接近他，取得他的信任。」

「終歸是爹對不起妳。」蔣學文低垂著頭，懊喪不已。

「無礙的。」蔣嫵攙扶著蔣學文起身，笑道：「爹的要求並不過分。」

蔣學文老臉一紅。「我不配做父親。」

「不，爹胸懷的是國家，我覺得很了不起。」

「可終究虧待了妳。」

蔣嫵聞言莞爾，劍眉一挑，倨傲道：「誰說那樣的日子我就過不好呢？」

女兒的灑脫，讓蔣學文頓生豪情，大手拍拍蔣嫵肩頭。「好，嫵姊兒，妳凡事以自身安全為重，倘或妳真過得好，爹的愧疚也少些。」

蔣嫵笑著點頭，道：「咱們出去吧，免得娘和大姊他們懸著心。爹剛一副天塌了的表情，我還當是什麼大事呢！」

難道關乎她一生幸福還不是大事？蔣學文知道她是故意寬慰他，也露出憐愛的微笑。

二人到了正廳，就見全家人立即面色凝重地看過來，就連蔣嬌都白著一張小臉。

蔣嫵噗哧一笑。「你們這是做什麼？」

蔣學文也道：「一副要吃人的模樣，方才沒吃飽？」

見他們父女二人還有心思玩笑，全家人都鬆了口氣。

唐氏面上終於有了笑容，道：「老爺要不這會兒歇個午覺？」

「也好。都累了，都歇午覺去吧，下午我要考晨風的書。」

蔣晨風「啊」了一聲，忙道：「我這便去唸。」慌腳雞（注）似的，逗得眾人皆是笑。

誰知笑聲未歇，院門就被叩響，只聽得銀姊去應了門，昨日送蔣學文回來的獄卒差役們橫衝直撞進門，見了蔣學文就套上枷鎖。

「霍老太爺也見過了，這會兒就跟咱們繼續回去吃鞭子吧，蔣大人！」

蔣家人剛才輕鬆的心情驟然跌落谷底，眼看著蔣學文被獄卒拖死狗一般粗魯地向門外拉扯，也不顧地上是否有臺階，他步伐是否跟得上，踉踉蹌蹌幾次險些摔倒。

注：慌腳雞，形容人行動慌忙，不穩重，毛手毛腳。

唐氏心疼地追出去。「官爺們開恩，可手下留情啊！」

蔣嫣與蔣嬌急得當場落了淚，蔣晨風憤然，撩起袖子就往前去。「你們手上放尊重些！」

只是還不等眾人接近，蔣嫵已經先一步到了即將出門的獄卒跟前，抄起門閂打在瘦高個兒的小腿上。

因不能在外人面前顯露功夫，蔣嫵以四棱門閂凸起處擊打他小腿臨近脛骨中間的豐隆穴。

瘦高個兒疼得「媽呀」一聲慘叫，丟了鎖鏈抱著小腿亂蹦。

另外幾人見此人這般，都作勢拔刀。「妳活得不耐煩了！」

「你們才活得不耐煩。難為你們在錦衣衛衙門當差還能活到今日，你們腦子裡裝的都是屎尿嗎？我與霍英已訂親，我父將來是霍英岳丈，今日長輩見過面，只等欽天監選定吉日就完婚，你們如此虐待我父，仔細我叫霍英一個個扒了你們的狗皮做燈籠送給你們老子娘使去！」一番話說得既快又狠，隨後門閂一點旁邊一個身材敦實、三十出頭的漢子。「你，叫什麼名字！」

被點中的漢子身上一抖，哪裡敢回？真叫姑奶奶記住他姓名，改日去指揮使跟前吹個枕頭風，他還要不要活命了？

他咳嗽道：「是咱們奉命辦差心急了一些。」

「奉命？皇上雖吩咐定了婚期就放我父出詔獄，又說每日抽一鞭子，可也沒叫你們有別的苛待吧？你們膽敢違逆聖旨，也不看看腔子上的腦袋夠不夠結實！」門閂「呼」地掃過幾人面前，帶起一陣風聲。

果然是個河東獅，哪有正經姑娘說抄門閂揍人就揍人的？難不成，霍大人被她給踢跪了的傳言是真的？

幾人面面相覷，不敢再魯莽，對蔣學文客套了不少，也不敢再如方才那般對待，道了聲。「蔣御史，請吧。」

蔣學文眼瞧著蔣嫵搶在全家人以及自己開口之前，剽悍地解決了問題，心下既安慰又心疼，對她笑了笑，又回頭看看唐氏等人，這才跟著獄卒離開蔣家。

蔣嫵將門閂放回牆角。「娘，往後不必求這些人，既然與霍家結親，放著霍英這個靠山不用豈不浪費？妳只管擺出霍英岳母的姿態即可。」

唐氏十分受教地點點頭，最後還是忍不住道：「女兒家的，不要舞刀弄棍的，妳沒有功夫在身上，又不是天生神力，不過是脾氣膽量都大些罷了，那些漢子今日是被妳的出其不意一時嚇住了。若真動起手來，吃虧的不還是妳嗎？」

「是啊，三妹。他們固然該打，下次也該哥哥出手才是。」蔣晨風笑道：「每次妳都一陣風似的就衝上去了，平日看妳行事慢吞吞、懶洋洋的，這等出頭的事妳卻總是第一個，這樣顯得哥哥我很沒用啊。」

蔣嫵聞言噗哧笑了。「等我嫁了人，有你出頭的時候。」

一句話，幾人心情都有些沈重。

第六章　商定婚期

各自回了房，蔣嫵想著方才唐氏說的話，腦子裡便浮現那次夜探霍府與曹玉交手時的窘迫。她已經半夜裡勤加練習身法了，然而只會這些還不夠。既然將來她的婚姻生活不會平靜，多一技傍身總沒壞處，別的不說，必要時一擊制敵的功夫就很要緊，總不能每次都逃跑吧？

思及此，蔣嫵拿了上次杜明鳶給她的銀子，吩咐冰松看家，也不與唐氏說一聲，就獨自一人去了集市東頭的鐵匠鋪子。

她先看了現成的匕首，大小倒也還好，鋼口也不差，就是設計上遜色一些。

她突然想念起前世慣用的勃朗寧手槍、匕首和瑞士萬用刀，如今只得退而求其次，自行畫了個背有鋸齒、側有血槽的匕首圖樣，告知了尺寸，請鐵匠加緊趕工出來。

回家時，順手去柴房抄了根柴火，劈成匕首長短，大約磨掉毛刺就回了臥房。

這一日，蔣嫵沒去霍家學規矩，只在房裡關起門來拿著柴火練習出刀。她前世可以談笑間斬敵人首級，現在以這個出刀的速度卻做不到。不過她有恆心，每日練習出刀千次，就不信她練不成。

如此她白日裡去霍府喝茶嗑瓜子、睡覺，晚上除了出去「練腳程」，再練習出刀一千次。

前幾日她用柴火，冰松見她手舞足蹈還不知是做什麼，過了幾日趕工好的匕首拿了回來，只聽微不可聞的兵刃出鞘聲後，寒光一閃，小巧鋒利的匕首已被蔣嫵反拿抵在床柱上，且那高度就像是成年男子的喉嚨處……

冰松看得滿身冷汗直冒。從前練腳程可說是強身健體，現在小姐這是要殺人啊！她膽寒，可也心疼蔣嫵，只每天盡職地為她望風。

到了六月初，天氣一下就暖和了，帽檐胡同口那兩棵大柳樹已是綠蔭如蓋。蔣學文重新下詔獄又有六天了。

早飯時，蔣嫵因拿筷子的手發抖——她勤於練習，渾身痠疼，胳膊已經痠疼得不像自己的——怕叫家人看出破綻，就用湯匙隨便吃了幾口了事，只等著待會兒到了霍家吃點心便是。

唐氏卻心疼地又為她盛了一碗湯。「嫵姊兒這些日清瘦多了，飯進得也不香，可是有心事嗎？還是霍家那邊有人對妳不好？」

蔣嫣與蔣晨風也嘆息，眼見著蔣嫵的鵝蛋臉瘦出了尖下巴，纖腰又纖細不少，都只當她為了婚事的事傷感，他們雖心疼卻無能為力。

「娘想哪兒去了，我不對人不好就不錯了。」蔣嫵接過湯小口喝著，知道家人誤會了，卻不好辯解。難道能說是運動量太大所致？

正當此時，銀姊快步到了廊下，面色緊張又奇怪地道：「夫人。」

「怎麼了？」唐氏笑著問。

銀姊吞了口口水。「是，是霍大人來了。這會兒馬車就在門外。」
唐氏要給蔣嫵挾菜的手就懸在半空。
蔣晨風起身。「他來做什麼！難道羞辱咱們家還不夠嗎？」
蔣嫣搖頭，拉了下蔣晨風的袖子道：「你不必太過激動，他現在好歹也是咱們未來的妹婿了，就算不喜，面上也要過得去，不要叫嫵姊兒難做。」
蔣晨風就看了眼這些日消瘦許多的蔣嫵，目露不忍，也不多言語了。
蔣嫵扶著唐氏起身，寬慰道：「他能有什麼事，十有八九是欽天監將婚期議出來了。」
若真如此，蔣學文就可以回家了！
蔣嫣一則以喜，一則以憂，扶著唐氏另一隻手臂一同下了丹墀，才剛站定，就見蔣學文穿了一身質地上乘的月牙白杭綢直裰、面沈似水地走在前頭。他後頭跟著穿了縹色素緞直裰、眉目如畫的霍十九，還有穿灰布道袍、戴方巾做書生打扮的曹玉。再其後，侍衛僕從們都恭敬地於門口站了兩列。
「爹，您回來了！」蔣嬌提著裙襬小跑過去，拉著蔣學文的手道：「三姊說是欽天監選定日子了，所以您要回家了，您這次真的不走了嗎？」
蔣嬌清脆的童音在安靜的院落之中清晰得令每個人都聽得清楚。
霍十九濃眉微挑，眼尾上揚的秀麗眼眸看向蔣嫵，唇角揚起，笑得十分俊朗，竟有些孩子氣。
「嫵兒還有未卜先知的聰慧。的確，欽天監已經算定妳我婚期定在八月三十，且妳我八字十分相合。」說話間，已徑直走到蔣嫵跟前，從懷中掏出燙金的小帖子遞給她。

蔣嫵接過，展開小帖，上頭寫著「緣定三生」，下解道：「三生石上刻前盟，引渡魂靈破虛空。此乃天作之合，緣定三生大吉之兆，海中金夫，千騎龍背，龍歸大海，主大貴。澗下水妻，性暴心慈，靈秀守家，主大貴。乃是『水金夫妻坐高堂，錢財積聚喜洋洋，子女兩個生端正，個個聰明學文章。』」

蔣嫵隨手將小帖遞給唐氏，對霍十九嫣然一笑。「的確，你我八字相合。」

她不懂為何霍十九會突然轉了性子，竟對她如此溫柔。不過他若喜歡在她父母面前表演深情不渝，她自當配合，是以她垂眸，臉頰浮現淡淡的紅暈。

她方才出來得急，並未遮面紗，這會兒站在霍十九跟前，紅霞滿面、不勝嬌羞的模樣，看得眾人呆愣。霍十九本生得高眺俊朗，與嬌柔少女相對而立，一人嬌羞一人含情脈脈的模樣，瞧得人心頭有些異樣感覺。

霍十九的下人在想，原來他果真是迷戀上了蔣三姑娘，否則也不會心甘情願被她管著。

蔣家人則為了蔣嫵心疼，尤其是蔣學文。

因為在他看來，蔣嫵是為了完成他交付的任務，從現在開始就在企圖獲得霍十九的喜愛和信任，他不自禁看向唐氏，突然心中一陣發寒。

若是家人得知他安排蔣嫵去做刺探之事，他們會怎麼想？霍十九這廂似不喜蔣嫵的容貌被外人瞧去，回頭冷冷掃了一眼，原本站在院門前的僕婢忙低垂了頭退開去，就連曹玉都深深垂頭。

「霍指揮使，請吧。」蔣學文整理心情，即便內心煎熬，也絕不會在霍十九面前露出絲毫破綻，冷冷做了個請的手勢，便先上丹墀。

霍十九在面對蔣學文時，方才的溫柔微笑蕩然無存，就如戴上了冰冷的面具，又恢復高高在上的模樣，只哼了一聲就走向前去。

唐氏、蔣嫣幾人對視一眼，不免憂心忡忡。此二人已成為翁婿，還如此針尖對麥芒，蔣嫵夾在其中豈不是難做？

到了前廳，就見霍十九與蔣學文並排坐在首位，絲毫沒有對待岳父的恭敬和自覺。蔣學文原本也不打算與霍十九相處融洽，見他如此張狂，只恨不能將人攆出去，又因為說定婚事只得忍耐。

蔣學文強硬地道：「既然欽天監選定了八月三十為吉日，在此之前，霍老太爺是否也該露面商討一番？怎地叫霍指揮使一個晚輩拋頭露面。」暗指霍家人不懂禮數。

霍十九看也不看蔣學文，漫不經心道：「若非家父下令，今日我也不必坐在此處。」如果不是霍大栓勒令他必須將蔣學文親自迎出大牢送回蔣家，他也不必在此處聽「蔣石頭」的風涼話。

氣氛一瞬變得詭異。普天下哪裡見過當面就這般針鋒相對的翁婿？

唐氏與蔣嫣、蔣晨風就開始擔心起蔣嫵來。蔣家與霍家的矛盾是不可調和的，尚未成婚，翁婿就如此彆扭，成婚之後該如何？

正當氣氛詭異陰沈讓人窒息之際，院中突聽得一陣愉快的笑聲。聲音的主人正值變聲時期，公鴨嗓笑得很是刺耳。

隨聲音傳入耳畔，蔣學文神色肅然，忙起身向外迎去。

霍十九卻吩咐蔣嫵身旁的冰松。「面紗呢？」

這是冰松首次聽到霍十九的吩咐，他聲音低沈溫和，卻有不可忽視不怒自威的氣勢，嚇得她身上一抖，忙從懷中掏出面紗來給蔣嫵遮好。

霍十九這才滿意，竟不顧眾人目光，右手執起蔣嫵左手，向院中而去。

蔣嫵費了很大的力氣才抑制住當場將他掀翻在地的衝動。他的手乾燥溫暖，將她左手緊緊包裹住。她的柔荑在他掌心，方讓她感覺到她並非自以為那般陽剛。

然而她立即想到另一個問題：她即將與這個陌生的男子結為夫妻，共同生活，生兒育女，即便不願，她必然會與他牽扯上關係，恨也好、仇也好、敵對也好、做間諜也好……絲絲縷縷今生怕也難解開。就算有朝一日她親手宰了他，她依舊會被印上這個男人的氣息，刻上屬於此人的印記。

蔣嫵垂眸，強迫自己以嬌軟的力度去回握住他的手。

柔若無骨的溫軟觸感，在他掌心稍動，霍十九卻覺一股酥麻從指間傳入內心，下意識看向身旁的她。

此刻她低垂螓首，原本至他下巴處的身高就矮了一些，梳著雙平髻的長髮黑亮，髻上淡綠絲帶綁的小巧蝴蝶結剛好入目，顯得她十分嬌柔可人。

霍十九的心有些柔軟。

她性子不好，無一點溫婉閨秀形象，無口德又不懂禮數，還生了一雙與眾不同、氣勢凌人的眼睛，讓人瞧著便覺不是善類。除了她楚楚可人的容顏外，她身上當真無半點他可喜的特質。

可是命運使然，她終究將是他的妻子，而且……終歸是他對不住她。

思及此，霍十九對她的笑容更加溫和，只想對她好些，算是彌補歉疚，也算是不辜負了到底夫妻一場的情分。

霍十九的手上又緊了一些，溫柔又霸道地牽著她的手出了門。

在人們眼中，如此膽大不計禮數的做法荒唐至極，但霍十九行事素來乖張，蔣嫵又不拘小節，這會兒倒覺得他做什麼都是理所當然。

二人身後的唐氏和蔣嫣、蔣晨風等人面色各異，心情皆很沈重，總覺霍十九對蔣嫵雖好，可光天化日就敢這般，是沒拿她當成良家女子的做法。

院門前，已給小皇帝行過禮的蔣學文見霍十九與蔣嫵攜手而來，內心更是難過。他覺得女兒如此，是被他出賣了。

小皇帝卻沒想那麼多，瞧見霍十九牽著蔣嫵的手走來，好奇地盯著他們袍袖交疊之處，一反方才對蔣學文的冷淡，很是熱切地上前來，一拍霍十九手臂笑道：「英大哥，昨兒怎麼沒見你？你要成婚啦，恭喜恭喜。」

皇帝身旁伺候的內侍宮人們並不意外，因為在別院中，皇帝對霍十九素來如此親近依賴。可看在蔣學文眼中，這分明是霍英蠱惑小皇帝失了君臣禮儀，加之平日他哄騙皇帝只顧著玩那些新奇刺激的遊戲，甚至不顧人死活，視宮人百姓性命如草芥，他心頭火瞬間騰起，剛要開口進諫，卻被蔣嫵刺來的眼神制止。

都這個時候了，還想再回詔獄去？

蔣學文內心一痛，只得垂眸，對蔣嫵存了愧疚之意，是以也格外在乎她的想法。

霍十九已經與蔣嫵和唐氏等人給皇帝行了禮。

「臣昨日忙於婚事，未去給皇上請安。請皇上莫怪罪。」

「無妨，無妨，朕又不是怪你，就是不見你想念得緊。」小皇帝大咧咧拉著霍十九的袍袖，似撒嬌地對著兄長，伸著脖子瞧蔣嫵。「你們好日子定了不曾？」

霍十九恭敬地道：「回皇上，已經定了。欽天監將日子選在八月三十。」

「八月三十？」小皇帝眨著眼，像模像樣地抬左手掐指算了算，故作深沈道：「朕看欽天監那群狗奴才辦事越來越不用心了，好日子分明是七月初五！」

皇帝身邊那卑躬屈膝的少年內侍立即奉承道：「到底是皇上掐算得準！」後頭一應宮人紛紛讚道：「那是自然，皇上博古通今，什麼不懂？」

「皇上英明！」

讚許聲一片中，小皇帝驕傲地仰著下巴，謙虛道：「朕不過是隨手一算。英大哥，你婚事就趕在七月初五辦了吧！至於欽天監那群蠢材，你也不要放在心上，朕回頭教訓他們。」

話畢，嘿嘿笑了。

霍十九笑道：「多謝皇上，那麼臣便按照皇上所說的去辦。」

哪有這樣？成婚吉日也是可以如此隨便說改就改的？

蔣學文原瞧小皇帝稱呼霍十九「英大哥」，還於眾人面前，甚至是在霍十九即將成婚的未婚妻面前大大方方拉著手臂說話，內心已怒火升騰，再看他又玩起了「掐算」的遊戲，還有一群狗腿子奉承，以他的性子哪裡忍受得住？

「皇上，臣認為不妥！」蔣學文撩袍便跪。「皇上身分貴重，怎可與霍大人兄弟相稱？皇上身為九五之尊，當著緊於朝政，怎可又玩起卜算來……」

「閉嘴！」小皇帝公鴨嗓吼了一聲，聲音沙啞尖銳。「蔣石頭，若非看在你是英大哥岳丈的分上，朕定還要關你幾天！你不要朕算，朕偏偏要算！朕現在就要看看你家三女兒的面相是否配得上英大哥！」

「皇上，這不妥，這不合禮數啊！」蔣學文叩頭。

「禮數？朕的話是聖旨，還要被你以禮數拘束？」小皇帝倔強地瞪著蔣嫵，竟有些仇視。「妳還不摘了面紗，能叫朕給妳相面，是妳的造化！」

如此荒唐的行為，偏偏是皇帝所為。唐氏等人人微言輕不敢插嘴，蔣學文又痛心疾首不知該如何勸解。

蔣嫵已痛快地撤去面紗，給小皇帝重新行禮。「臣女蔣氏，見過皇上。」

「咦？」小皇帝摸摸下巴，放開一直抓著霍英袍子的手，在蔣嫵跟前踱步，將她上下打量個遍，才悶聲悶氣道：「原來英大哥喜愛的是妳這樣子的。」

霍十九笑著上前，身形遮住皇帝視線，道：「皇上今日可用了早膳？」

「用了。朕就是來瞧瞧。」

「臣看也快到皇上『出攤兒』的時候了，仔細那些人去『集市』找不到皇上。」

「啊！對啊！」小皇帝巴掌一拍，笑道：「朕現在可是集市上賣餛飩麵的，朕要回去出攤！」

「那微臣送皇上？」

「不必不必，你記著七月初五成婚便是，到時候朕來給你做『高堂』！」小皇帝吩咐著身旁的人起駕，走了幾步才回頭看了眼蔣嫵，突然嬉笑著說了句。「朕瞧著，她倒有『皇后相』呢。」似挑釁又似頑皮地看了霍十九一眼，這才上了華麗的翠帷朱纓華蓋琉璃流蘇的馬車。

眾人當即愣在當場。皇帝此言，難不成是看上蔣嫵美貌？

的確，皇帝年十四，蔣嫵十六，二人年齡倒也相當，且蔣嫵生得的確出眾。可是仔細分析方才皇帝表情，為何有一種對霍十九的挑釁在其中？

蔣嫵抬眸看向霍十九。

皇帝對霍十九的依賴、信任和親近顯而易見，更可以說言聽計從，又對她這般敵視……難道外界傳言，說霍十九之所以得皇帝寵信是因他以色相邀是真的？可看皇帝的那種依賴，卻又像弟弟對兄長的依賴，然她又聽孫嬤嬤說過，霍十九對府中的姨太太們其實並不熱衷……

蔣嫵有些糊塗了。

她若有所思的模樣盡數被他收入眼中。霍十九唇角抽了抽，面色如常地掃了周圍之人一眼，眼神銳利，清俊面龐上表情欠奉，顯得高不可攀，竟比小皇帝還要矜貴。隨行之人全部垂首，包括曹玉。

蔣學文最看不慣的便是霍十九那驕傲模樣，區區一個錦衣衛指揮使，就能使得多少高官認個年輕人做乾爹，那些人趨炎附勢，連小皇帝都被他玩弄於股掌之上，這會兒又在他家門前擺什麼威風？

蔣學文冷哼一聲，轉身便走。

霍十九這會兒已雙手執起蔣嫵柔荑，溫和地道：「我這就回去了，妳好生歇著，瞧妳最近清減不少，這下蔣御史回來，妳也該放心了。」

蔣嫵嬌顏羞紅，「嗯」了一聲。

霍十九又道：「那我走了，明日再見。」

蔣學文一腳門裡一腳門外，聽霍十九那般呢喃之語竟在大庭廣眾之下說出來就已強壓火氣，畢竟霍十九如此喜愛蔣嫵，也是方便日後她行動。

可是婚期都已定下，他也回了家，難道霍十九還打算叫蔣嫵去霍府學規矩？這對女子來說，是多大的羞辱！

「霍指揮使差事多，就回去吧，小女明兒起也要在家備嫁，再去貴府上怕是不妥。」蔣學文十分強硬。

霍十九聞言看向蔣學文，四目相對。一人皺眉，一人怒目，竟一副快要吵起來的模樣，看得唐氏等人冷汗涔涔。

許久，在蔣嫵以為霍十九會還口時，他卻有些孩子氣地看向她，眼神不捨又無辜，像是在說「若不去學規矩，豈不是不能見面嗎？」

蔣嫵身上雞皮疙瘩顫慄，只當作看不懂他的眼神。

霍十九也不理會蔣學文，又重重握了下她的手，吩咐曹玉備車回府。

目送霍十九的華麗馬車在僕從簇擁之下離開，蔣嫵與唐氏一同回了府裡。

蔣學文終於出了詔獄，一家人還能聚在同一屋簷下，唐氏歡喜地張羅著去預備飯菜。蔣學文就與子女們在一處說笑，只談論一些輕快的話題，蔣嫵的婚事與朝政絕口不提。

就在蔣家人共聚天倫之時，傳言又一次長了翅膀般飛遍了京都城的大街小巷。

「霍英狗賊對蔣三姑娘十分寵愛，言聽計從，府外養的那些小倌外室都給了銀子驅散了！」

「想不到蔣家的河東獅也嫁得出去，霍英還如此疼寵她，真真草包一個！」

「蔣御史清正廉明，難道也屈服於霍英權勢了？」

「連蔣御史都與霍英成了翁婿，花貓和黃狗都要生出雞蛋來了！」

這些傳言銀姊出去買菜時聽到許多，回了府裡是一字不敢提，以蔣學文的性子，若聽了這些還不氣得當場投繯以證清白？

蔣嫵一夜只睡兩個時辰，其餘時間除了練習身法就是在房中練習出刀。她不點燈，悄無聲息地一遍遍重複著動作，將床柱當作敵人，從不同角度攻擊。

冰松夜裡醒了兩次，只看到寒光閃爍，卻聽不到一丁點動靜，蔣嫵身法輕盈靈巧，楚楚纖腰一動便已閃身而至，輕得像是一片羽毛。冰松內心佩服她的毅力與堅持，睡得更加警覺，等著蔣嫵隨時的吩咐。

清早一家人才用過早飯，蔣學文綳著臉進了書房。

蔣嬌就悄聲問唐氏。「娘，爹怎麼今日不高興？」

唐氏嘆道：「咱們應下霍英的條件裡，須得叫妳爹上疏稱讚霍英才華品行，妳爹現在憋著氣，今兒誰也別惹惱他，仔細你們被波及，可知道了？」

蔣嬌連連點頭。蔣嫣與蔣嫵對視一眼，都很無奈。

正當此時，銀姊小跑著上了丹墀，一撩簾子道：「夫人，霍大人來了！」

他來做什麼？

如今蔣家人一聽見霍十九的名字，便覺不是好事。

蔣嫵見唐氏臉色發白，忙道：「娘切勿焦急，我去瞧瞧。娘、大姊和四妹先迴避吧。」

蔣嫣頷首道：「三妹要多加小心。」言畢，就拉著唐氏與蔣嬌進了裡屋。

蔣嫵與蔣晨風到了廊下。

霍十九穿了件翠玉色雲錦交領道袍，長髮以碧玉簪綰起，步履瀟灑，若臨水御風一般緩步而來。晨光下，他白淨的細膩肌膚猶如上等瓷器，瑩潤光潔，更顯得他濃眉秀目、瓊鼻殷唇，倜儻臨風。

曹玉依舊一身灰色長衫，做書生打扮，手提食盒亦步亦趨。

「大人。」蔣嫵與蔣晨風一同上前。

霍十九看也不看蔣晨風，笑著接過曹玉手中的漆黑食盒，道：「妳不能來我府上，我便來瞧妳。這是我娘清早預備的牛乳燕窩。」

蔣嫵詫異地望著他。「大人清早前來，就為了送燕窩？這種事吩咐下人即可……」

「是我想見妳。」霍十九拉著她的手上了丹墀，旁若無人走向正廳。「我覺得，皇上改算的婚期，極好。」

跟在蔣嫵身旁的冰松臉上已經紅透了。想不到霍大人這般鐵血無情的人物竟還是個癡情種子，又生得這樣俊俏。

蔣晨風不喜霍英，又不願蔣嫵與他單獨共處，只得進屋去。

霍十九端坐首位，悠哉地吃了兩盞茶，眼瞧著蔣嫵將燕窩吃完才離開。

如此連續幾日，他不是帶了趙氏親手做的點心，就是帶了霍大栓讓他捎過來自家母雞清晨才下的紅雞蛋。

他來了也不多言，更不多留，往往只陪著蔣嫵一會兒就走。可他如此作為，當真讓旁觀者對他喜愛蔣嫵的認知更深一層。

唐氏就開始擔憂，趁夜與蔣嫵說了許多話，既歡喜她能得未來夫婿如此疼愛，又擔心她希望越高，未來有個萬一失望越大。

如此過了幾日，清晨落雨，天氣陰霾，一家人都以為霍十九不會來了，他還是帶了雞湯來，與蔣嫵待在正廳之中，她喝湯，他看書。

就在這時斑駁的漆黑院門被叩響，不多時銀姊就來回道：「是薛公子來了。」

蔣晨風聞言，就要出去迎。

霍十九卻道：「慢著。」問蔣嫵。「他可是當初被妳痛打的那個？」

蔣嫵點頭。

霍十九扔下書冊，起身撣了撣袖子，冷聲道：「嫵兒並非無理取鬧之人，他討打，自然是他不好。敢欺負我的人，這會兒還敢上門來？墨染，隨我出去看看。」

曹玉道：「是。」就跟著霍十九往外頭去。

第七章　癡情種子

蔣嫵有些看好戲的心思。

霍十九這些日對她實在太好，前世她感情經歷為零，此即已分辨不出他到底是真情還是假意。然而從理智上分析，她不信他對她的感情會一瞬間野火燎原，但她想不出霍十九的目的，以她的觀察，霍十九應當是那種極好臉面且大男人主義十分強的男人，他雖品行不好，然被劃在羽翼之下的便是屬於他的，他會霸道圈制，也會強勢保護。若他的人受了欺負，對他是面子上的傷害。

薛俊原本不是好東西。她這會兒已經拭目以待了。

蔣嫵悠哉戴上面紗，緩步走向門前。

蔣晨風憂心忡忡地跟上。雖欠了薛家的銀子已經還了，但當初有了難處時去與薛家張口，到底沒如別人家那般被拒絕——就連身在宛平的本家人都對他們敬而遠之，叔伯祖父都當沒有他們這一房人。這會兒他還是記著薛家給的恩惠。

蔣嫵與蔣晨風帶著婢子小廝站在廊下時，已看到薛俊笑容諂媚恭敬地給霍十九行禮。

傾盆大雨轉為小雨，曹玉高撐紙傘。

薛俊的小廝卻已跪在雨地裡，傘放在一邊，只餘薛俊滿臉堆笑地蝦腰淋著，淺色直裰雙肩和背部濕出大片深色痕跡，巴結道：「想不到霍指揮使在，平日裡就算想求見您老人家都不能夠，今日一睹真容，當真驚為天人啊！」

霍十九蹙眉，不理會薛俊的語無倫次，冷漠地問：「薛俊？」

「是，是。」薛俊點頭哈腰。

「當初就是你在外頭傳嫵兒的是非？」

薛俊面色一窒，額上淌下來的也不知是雨水還是冷汗，半天才擠出一句。「沒，我、我只是……那、那三姑娘還打了我呢。」

「打你難道不該？嫵兒雖性子急些，可也並非不講道理之人，你會討打，自然是你不好。我不問你如何欺負嫵兒又在外頭傳她的不好，你倒來與我狡辯。」霍十九緩步走向薛俊，噗哧一笑。「這麼些年了，我還是第一次瞧見敢與我這樣抗辯的人呢！墨染，你說薛公子的膽量不也算得上首屈一指？」

曹玉笑了，細聲細氣地道：「屬下的確沒見過敢與爺擺架子的。」

薛俊臉色煞白。不過捉摸著今日大雨霍十九不會來，才找機會來與蔣家拉拉關係，看看美人兒，誰料想就碰上這個煞星了，還如此蠻不講理，一副要給蔣嫵出頭的模樣。

霍十九的手段誰人不知，連清流之首的蔣御史都說下詔獄就下詔獄，他無功名在身上，家裡也不顯赫，還指望他手下留情？好漢不吃眼前虧！

薛俊雙膝一軟，撲通跪在霍十九跟前，痛心疾首道：「過去一切都是我的不是，是我開罪了三姑娘。」

「既是開罪，你倒說說你是怎麼得罪嫵兒的？」霍十九似對這個話題很感興趣。

薛俊嘴唇顫抖，臉色慘白，抬眸乞求地看向廊下的蔣嫵和蔣晨風。

蔣晨風見狀，就要出言解釋，卻被蔣嫵一把拉住了袖子。知妹妹素來有主見，蔣晨風就以詢問的眼神看向蔣嫵，蔣嫵卻只搖了搖頭。

「嗯？我的話，你聽不清？」霍十九問薛俊，聲音還是溫和的，可其中不悅已十分明顯。

薛俊忙道：「聽清了，我聽清楚了。早前，就是言語上衝撞了三姑娘。三姑娘的脾氣，呃，大了些，抬手就打，我的肋骨也被打斷了。」

「言語衝撞？」霍十九笑了。「你一個爺們，言語上衝撞一個姑娘，該不會是與她談論女紅中饋上有了分歧吧？」眼神一冷。「罷了，你起來吧。過去的就過去了。」

薛俊抖如篩糠，哪裡敢起身，焦急道：「我那時候一時豬油蒙了心，言語上不、不得當，並非存心，三姑娘罵也罵了，打也打了，若是這會兒覺得不出氣，就再賞我幾巴掌也使得。指揮使日理萬機，千萬不要在這般小事上費神。」

「小事？嫵兒的事於我來說，從來不是小事。」

輕飄飄一句話撂下，薛俊哪裡不懂他的意思？今日是咬定此事非要個說法了。他寧可這會兒折些面子，也不想出了這個院門就被霍英的人拿了去，是以他連滾帶爬地到了蔣嫵跟前。

「三姑娘，早先是我的不是，我那些混話，污了三姑娘的耳朵，您打罵都使得，千萬不要為了這事再動氣了。至於外頭是誰瞎了狗眼、嚼舌根，姑娘，我實在是不知啊！」

蔣嫵沈默，看向霍十九。

霍十九道：「墨染，你看呢？」

曹玉領會霍十九的意思，道：「既然不知是誰嚼舌根，查一查便知了。查到了拔舌頭就是。」

錦衣衛別的本事沒有，這樣本事卻大著呢！而且說到查，那定然是從薛家開始查。

薛俊這才意識到事情的嚴重性。若說霍十九為了個女子命錦衣衛的人去薛家，也不是不可能的事。這世間的荒唐事到了霍十九這裡能不做盡？

薛俊連連叩頭。「三姑娘，我那日喝了點馬溺就不知東南西北了，錯看了姑娘，是我的不是，請姑娘大人不計小人過，看在咱們兩家的交情上，就求指揮使大人饒了我家吧！」

蔣晨風也焦急，緊忙給蔣嫵使眼色。

薛俊雖不好，可薛家人倒是不差的，蔣嫵自然不會眼看著霍十九胡來，剛要開口說話，卻聽見外頭一陣叩門聲。

銀姊去應門，轉眼就見一行人繞過影壁到了院子中。

走在前頭的是身穿藕荷色素緞褙子、戴著面紗的杜明鳶。她後頭是一名身段高䠷，穿了橙色對襟盤領褙子、鵝黃挑線裙子、脖子上掛著金項圈珠光寶氣的少女，便是葉澄。

因為雨天在繡鞋外頭套了木屐子，木屐與地磚敲出清脆響聲，漸行漸止，見到院中的架勢，二人都愣住了。

霍十九回眸看了來者一眼。

銀姊已道：「回幾位姑娘，這位就是指揮使大人。」

杜明鳶關切地看了眼蔣嫵，見薛俊跪在她跟前，她又不像有麻煩，這才放心，屈膝給霍十九行了禮。

葉澄羞紅兩腮，收回方才呆愣的眼神，嬌聲道：「小女子葉氏，見過霍大人。」

葉澄的聲音與蔣嫵低柔慵懶的聲音不同，她的聲音甜膩清脆，若黃鶯出谷般婉轉，不見其人，只聞其聲也想得出聲音的主人是個嬌滴滴的美人兒，再論她如今行禮，舉手投足都透著端秀風範，腰肢纖軟，又有無限嬌美。

她如此端雅，就顯得草草屈膝的杜明鳶毛躁了一些。

蔣嫵挑眉，唇畔的笑意被面紗遮掩。

誰知霍十九始終背對葉澄，連個眼神也沒給，就似沒聽見聲音，沒瞧見人，嘲諷道：「薛公子敢惹我家嫵兒，我當你有膽量，也該是條漢子，怎麼這會兒就認慫了？你求她，不如來求求我。嫵兒心善，不與你計較，我卻是睚眥必報的，你說，有人欺負我心愛女子，在外製造流言蜚語玷污她名聲，我會不理會？」

薛俊聞言，嚇得險些失禁。他那時候若能未卜先知，早知道霍十九會發神經瞧上蔣嫵，打死他也不敢調戲她啊！心念百轉，他想拿道理辯白，可在霍十九面前，他敢有什麼道理？

慌忙爬到霍十九面前，也顧不得楊妃色直裰沾染泥污，叩頭道：「早前是我的不是，我如今已經知錯了。霍大人只要能消氣，要我做什麼都成。」

「做什麼都成？」

「是、是，只要霍大人開口，此番消了氣。」今日了事，往後不要糾其家人之錯，他就謝天謝地了。

「也好。你當日四處散布謠言，說嫵兒那些什麼來著？喔，『蔣御史家三姑娘不學女紅中饋，不讀《女訓》、《女誡》，又懶又饞又無口德，還是河東獅』，是吧？」

薛俊低垂著頭，身子抖得如風中之葉，應是也不對，不回話也不對。

「我也不強迫你，你若是認了這事是你做的，現在給嫵兒磕三個響頭致歉，再扒了衣裳去集市上跑一圈，邊跑邊報你自個兒的姓名，這事也就到此為止。否則明兒個我就吩咐人去徹查當日到底是誰開始傳了嫵兒的流言。」

薛俊「啊」的一聲驚呼，連連搖頭。「霍大人叫我磕一百個頭也使得，扒了衣裳……這可萬萬不能啊！」若真如此，他可真是名譽掃地了，就算有人說他被奸臣欺負，可名聲沒了就是沒了。他還沒娶親呢，往後還有哪家姑娘願意跟他？

「那也無妨，你走吧。」霍十九笑容爽朗，露出皓白整齊的牙齒，有些孩子氣。

如此輕易地允許他離開，薛俊敢走嗎？

院內靜謐一片。

原本想替薛俊求情的蔣晨風這會兒也猶豫著，因涉及到三妹名聲，他哪裡能不氣？

杜明鳶滿臉詫異，眼神在霍十九與蔣嫵之間流轉。

葉澄眼角餘光分明瞥見東側廂房半敞的窗內有人負手而立，可她也並未過多關注書房。

她想不到，傳言中的煞星竟果然是個美男子。蔣嫵那樣粗魯的女子，也能得到這般英俊男子的全心關愛和維護，甚至稱得上護短的霸道維護，她心裡很不是滋味，更是羨慕。

曹玉見薛俊不答，便輕聲道：「爺，外頭涼，要不進屋去吃杯茶吧。看來薛公子也是急著回家去呢。」

「也好。」霍十九繞過薛俊走向丹墀。

眼見霍十九就要與自己錯身，薛俊把心一橫，站起身就開始扒衣裳。

杜明鳶與葉澄一聲驚呼，皆羞紅臉背過身去。

蔣嫵這會兒似笑非笑瞧著薛俊光著膀子，只穿了條綢褲，還在繼續脫褲子時，霍十九抬起修長白淨的手蒙住了她的眼睛。

蔣嫵半靠在他胸前，身上與臉上都感覺到他的溫度，耳邊傳來他低語。「回頭我脫給妳看。」蔣嫵費了很大的力氣才克制住自己，沒有給他來個過肩摔。

薛俊這會兒脫得只剩下褲衩，光著腳丫子抱著雙臂，洗白皮膚被雨淋著，冷得他雞皮疙瘩顫慄，哆嗦著道：「我這就按著大人說的做。」

「你去吧，你在集市繞一圈，這事就一筆勾銷。墨染，你遠遠跟著，不許他耍滑。」

曹玉道：「是。」

薛俊一咬牙，赤足就往外衝，出了門便大喊。「我是薛華燦！」

曹玉行禮，慢條斯理跟了出去。

薛俊的叫聲很遠了還聽得見。

杜明鳶與葉澄早就呆愣住了，有覺得霍十九做得過分的，也有覺得他這般「護犢子」叫人豔羨。轉回身時，正看到霍十九拿下遮住蔣嫵雙目的左手，而蔣嫵還保持半靠在他胸前的模樣。

他下巴正好擱在她頭頂，俊美的面龐上掛著孩子氣的笑，與他身前遮了淡綠面紗的蔣嫵站在一處，當真是極養眼的畫面。

蔣嫵羞澀地上前一步，回頭嬌嗔瞪了他一眼，隨即下了丹墀。

杜明鳶、葉澄快步迎上，兩廂屈膝行了禮，蔣嫵引著二人到了前廳。

霍十九跟了進來，卻未入座。「嫵兒，我先回去了，明兒再來看妳。」

蔣嫵嬌羞垂眸，生硬地應了一聲。「知道了。」有少女的羞澀，還有倔強的驕傲。

霍十九一笑，也不理會蔣晨風，不與廂房裡的未來岳丈告別，更別提旁人，看也不看一眼，就旁若無人地撐傘步入雨中，身影消失在影壁後。

蔣晨風快步走向東廂書房。

冰松為幾位姑娘重新上了茶，就領著她們帶來的婢子去廊下低聲說話。

屋內沒了旁人，杜明鳶才嘆息一聲。「嫵兒，瞧他這般，我真不知該為妳喜還是為妳憂。」

葉澄把玩著白瓷蓋碗，嗤了一聲道：「如何，他不也還是那個無惡不作的大奸臣嘛！」

葉澄的話，將杜明鳶剛才生出的一絲安慰澆熄，思及霍十九從前種種惡行，再看他今日雖是為了蔣嫵出氣，卻也沒有考慮過外頭的人將會如何傳言，她急得眼淚在眼眶裡打轉。

「嫵兒，這可怎麼好？他自個兒名聲壞了也就罷了，妳又何辜？」偏命運蹉跎，要蔣嫵那般驕傲的人跟著個沒德行的人過日子，她真怕蔣嫵往後會受不住輿論，自個兒想不開。

一想到有這個可能，杜明鳶就急得臉色發白，手心冒冷汗。

她的手被蔣嫵溫暖柔軟的手握住。「他對我好就行了，鳶兒何必想這麼多？」

葉澄嘆息道：「話雖如此，可嫵兒將來入了霍家的門，少不得要應酬一些，到時候那些人……許是我杞人憂天吧。嫵兒靈慧，霍指揮使又喜愛妳，當無礙的。」

「是這個理。」蔣嫵笑容如常，全無芥蒂。

葉澄心裡莫名堵得慌。不過也好，蔣家如今終於穩定下來，總比頭些日子無頭蒼蠅似的到處亂求人好，弄得父親與她都擔憂許久，就怕「蔣石頭」一高興做出什麼過激言行，引火焚身不算，再燎了他們。現在她的手帕交成了霍指揮使夫人，她往後也有個依仗，葉澄的笑容便多了些真摯。

杜明鳶愁緒滿懷，全在為蔣嫵擔憂，自然沒有多想。

蔣嫵將一切看在眼裡，只覺那些小女兒心思十分有趣。她經歷不同，生死都已看淡，且覺得任何事都大不過生死，心胸自然豁達，前生她沒有朋友，即便一同訓練的那些同伴在生死關頭也難保不會出賣對方，人性冷漠她熟稔得很。杜明鳶真摯熱烈的友情她視若珍寶，至於葉澄，她的確是善妒了一些、驕傲了一些，若旁人過得都不如她好，她才舒坦，但本質上她也並非大奸大惡。

蔣嫵笑道：「今日澄兒來得正好，上次妳製的那些胭脂膏子我用了，還想再求妳製一些，外頭買來的總不如妳製的好。」

「那有什麼難的？」葉澄笑道：「如今天兒正好，花兒也不缺，我回頭製好了讓丫頭給妳送來。」

「那我要先謝妳了。不過先說下，我可沒有什麼謝禮。」

「瞧妳說的，妳我相交多年，難道那麼點胭脂膏子我還吝嗇不成？」

二人說笑，屋內的氣氛自然活絡起來。

此時書房裡的蔣晨風低聲問：「爹，華燦不會有事吧？」

「能有什麼事？當初他在外頭傳嫵姊兒的流言，尚且沒有顧及女兒家的聲譽呢，你擔心這個做什麼？難不成嫵姊兒在流言之下能好生的，他一個爺們就不能？」

蔣學文正站在水曲柳貼面大畫案旁臨帖，筆下不停，又道：「他當日傳嫵姊兒的謠言，我早有心與他計較，奈何他父與我是同科，且為人素來不錯，我無法與個晚輩扯破了臉皮讓薛公難做，這會兒正好借霍英的刀。」

蔣晨風瞧著蔣學文的眼神變得異樣。

蔣學文似知道兒子在想什麼，放下狼毫筆，將方才書的「心如止水」四個字拿起來端詳，道：「你啊，還是太嫩了些，自我上疏，大肆讚美霍英那狗賊之後，你當我在外人眼中如何？現如今，我願意不願意也是霍英的岳丈了，不利用利用他，豈不是白白背負罵名？」

蔣學文語氣輕快，讓蔣晨風想起前兒蔣嫵與唐氏說的話，禁不住笑了。

「怎麼了？」

「無事，只是想起三妹說娘的話，她叫娘只當自己是霍英的岳母罷了，與父親說的有異曲同工之妙。」

蔣學文捋著鬍鬚，面上帶笑。「嫵姊兒是極好的，只可惜是個女兒身，若是個兒子，定不比你差。」

蔣晨風臉上一紅。「爹教訓的是，兒的確不及三妹剽悍，還要多練練。」

蔣學文聞言，又是笑，許久才道：「回頭你與我一同去薛家拜訪薛公。」

「是要致歉嗎？」

「出了這樣大的事，縮著脖子總會叫人疑心。」

蔣晨風覺得蔣學文這一次做事陰險得很，不過薛俊那樣敗壞蔣嫵名聲也的確不該，是以也不多評，只道：「既然如此，兒這便備上禮，咱們早些去才是。」

「也好。」

蔣學文去更衣，不多時爺兒倆就帶了兩樣禮出門。

杜明鳶這會兒與葉澄也啟程告辭了。

蔣嫵笑著拉住杜明鳶，道：「鳶兒稍等，我還有些事。」

葉澄好奇得很，卻不好硬留下，心裡泛酸先走了。

待屋裡只剩她們二人，杜明鳶道：「澄兒心細，有什麼事妳這樣單獨當著她的面留下我，仔細她多心。」

蔣嫵奇道：「我與妳說幾句話，她有什麼好多心的？再說多心，頭先也沒見她每次都跟著妳一起來啊。」

杜明鳶語塞，點了下蔣嫵的額頭，圓潤面龐上掛著無奈的笑。「妳呀！真真不知叫我說妳聰慧好還是魯鈍好。怎麼平日瞧妳敏銳得很，這樣的事又全不在乎呢？」

「鳶兒考慮得太多了，她若喜歡多想就多想去，也沒什麼大不了的事。再者咱們與她相交多年，她的性子早就曉得，即便小心翼翼什麼事都迎合她，她也還是會找得到能多想的事。」

「妳說的有理。」望著蔣嫵，杜明鳶只覺得喜歡得緊，笑著拉她的手。「看妳多好，大大方方，又溫和豁達。我只道霍指揮使是個有福之人，能得妳為妻。」

杜明鳶生了一雙剔透明亮的杏眼，此時瞧著她的眼神中盛滿了喜歡，是真心實意地說這番話。

被如此當面誇讚，蔣嫵的臉上越發熱了。「我說我是個女土匪，妳偏想出一車的說詞給我開解，瞧得出妳與我是真的要好，可也不許這般偏幫著我，將黑的說成白的，霍英娶我，於他來說也未必是好事。」

「說的什麼話！」杜明鳶拉著她坐下，道：「妳若不厲害一些，那段日子艱難至此，以伯母和妳大姊、二哥的性子，你們如何能支撐下來？」

蔣嫵噗哧一笑，端過半舊的紅木妝奩打開，從裡頭拿出個絲帕包的小包來，雙手遞給杜明鳶。「留下妳就是為了這個。」

杜明鳶原本眼神放在蔣嫵妝奩中為數不多的頭面上，聞言好奇地接過。「是什麼？」說話間打開絲帕，裡頭竟是一對和田玉的鐲子，正是她生母留下的遺物，先前為了給蔣嫵湊銀子，她去典當了。

她沒想到，這對鐲子這麼快就能回到她手中！

「嫵兒，妳……」

「妳快仔細看看，是不是妳那一對，我瞧著是，可也怕叫人哄騙了。」

杜明鳶將沁涼的鐲子戴上仔細撫摸，連連點頭。「是我那一對，難為妳找到當鋪，還將它贖回來。」

蔣嫵鬆了口氣，歡喜地道：「找它倒也容易，從妳府上來我家，路上總共就三間當鋪。我前兒不是去霍家學規矩嗎？就吩咐霍家的下人去那三間當鋪先打探了，後來在『向誠當』聽到眉目，我就去看了看，確定是妳的鐲子後，原本沒有當票人家不肯給贖的，但霍英的名號還真好用。」

杜明鳶感動地拉著蔣嫵的手。「嫵兒，多謝妳。」

「說的什麼話，當初若不是為了我，妳也不會將伯母的遺物拿去典當了。我若不完璧歸趙，是一輩子不會安生的。」

二人相視一笑，蔣嫵又問起杜明鳶繼母對她好不好，二人說了好一陣子體己話。

此時的薛家卻是一片混亂，裸奔回來的薛俊就如同癡傻了一般，身上被雨水淋得冰涼，抱著肩膀披著棉被盤膝坐在炕上，薛老太君和兒媳婦在一旁又是叫又是喚的，薛俊只雙眼發直全無反應，她們急得嗚咽著大哭。

「我的兒，你這是怎麼了啊？」

又有人罵說：「霍英狗賊欺人太甚！我兒到底怎麼開罪了他！」

前廳的薛光赫和蔣學文都愁眉不展。

「含芳，此番都是我的不是。」蔣學文起身，掃地一揖。

站在一旁的蔣晨風也跟著行禮。

薛光赫忙起身相攙，道：「玉茗，快休如此，此事原本怪不得你，都是霍英做得太過。」玉茗是蔣學文的表字。

蔣學文站直身，痛心疾首地道：「慚愧，慚愧！我蔣玉茗竟成了那樣人的岳丈。」

「那也是無可奈何之事，玉茗不必多言，我都懂得。況且我那孽障平日的確也是叫他祖母和母親寵壞了，行事多是淘氣，聽跟他的小子說，指揮使是因那孽障開罪了貴府上三姑娘，我竟不知！」

說到此處，薛光赫面紅耳赤，羞愧地道：「那小子，行事也太過魯莽，都是我管教失當的緣故，請玉茗千萬莫怪。你放心，我回頭定叫那孽障好看！」

「含芳休要如此，過去的事原本我就打算叫它過去，不欲追究的，誰承想今日霍英會如此？」蔣學文連連搖頭，就差沒捶胸頓足。

「原來玉茗早就知道貴府上千金的名聲是毀於我那孽障之手？那你做什麼不大巴掌抽死他！」薛光赫十分激動，大聲罵著「孽障」。

蔣學文忙阻攔他如此，勸解了許多，直到薛光赫情緒平復，再不提此事才回去。

他們才出了門，就有暗藏在薛家外頭的探子撒腳如飛地去回了霍十九。

此時霍十九正歪在書房圈椅上看書，聞言沈思片刻，才道：「繼續去盯著薛家的舉動。至於蔣家，不必去了。」

探子有些意外。

霍十九沒聽見回答，抬眸道：「怎麼？」

隨口一問而已，卻嚇得探子身上一抖，額頭貼地道：「卑職遵命，即刻去辦。」隨即飛快退下。

曹玉見狀笑道：「爺往後溫和些，那些人膽兒小。」

霍十九沈默地看了他一眼，又看書。

曹玉道：「爺，蔣家不必再監視了嗎？」又道：「蔣御史作為，卻有些不亮堂。」

霍十九並未馬上回答，而是看完了這一頁書，才緩緩道：「蔣家那群親戚來，亂糟糟一團，市井之態！那蔣玉茗混跡官場多年，能坐到今日位置上，你當他只靠清耿即可？世上沒有那麼簡單的事。」

曹玉十分受教地點頭，想了想又道：「還有一件事，抱香閣後頭的菊花都讓老太爺給挪了，那塊地都已備好壟，說是要種小黃瓜。」

眼見霍十九的臉就黑了幾分。霍府乃皇帝所賜，是精通土木建造的蘇大師仿造蘇州園林精心設計的。可以說霍府內每一處都有美景，每一個角度都可以入畫，而景致最別致的，要數梅、蘭、竹、菊四院：「暗香園」、「幽蘭居」、「翠竹苑」、「抱香閣」。

「抱香閣」是後宅一處二層樓閣，構建心思巧妙，院中遍植各類菊花，又有暖房精心培育出的名貴菊花搬來應景，院名是霍十九依詩句「寧可枝頭抱香死，何曾吹落北風中」而取，是他在內宅時最愛去的一個去處。他在霍府的內、外兩處書房，內宅的便是「抱香閣」。

他很難想像，原本推開格扇便瞧得見滿園菊花，如今變作推開格扇看黃瓜地，說不定還看得到他那強壯的爹光著膀子在地裡種些別的。若是趕上施肥，必然一股大糞味……

他黑著臉繼續看書。

曹玉則是垂眸站在一側，時不時看他一眼。自己與霍十九形影不離，自然最瞭解他的喜好習慣，這會兒霍十九雖看起來鎮定，可自己知道，他已經瀕臨爆發的邊緣。

果然，過沒多久，霍十九就煩躁地將書冊一扔，起身沈穩道：「咱們去瞧瞧。」

曹玉忙細聲細氣地道：「是。」即便忍笑忍得腹痛，也不敢在他跟前表現出絲毫笑意。

霍十九負手走在前頭，如閒庭信步一般進了垂花門，徑直往抱香閣方向去。

早有守在垂花門附近的小丫頭們瞧見霍十九進來，匆匆地去回各自的主子。

不多時，霍十九來到抱香閣後院，果然看到他預想中的畫面。

霍大栓穿了件土黃色的粗布短褐，半拉膀子光著，另一隻手臂穿在衣服裡頭，正拿著鐵鍬翻地，每一下動作，黝黑的手臂就顯現出長年勞作的結實肌肉線條，一副老當益壯的模樣，且一邊翻地還一邊抱怨。「……什麼破宅院，種個菜都沒地。到底是莊子裡好，有雞窩、豬圈味，聞著踏實，這破花園子噴香的，叫人想打噴嚏！」說著就禁不住打了個噴嚏。

在一旁伺候的小廝小子們，已經無語問蒼天。

「你們，再去給我抓點雞崽回來，要幾隻大公雞，我要養著玩。沒有雞叫怎麼成，要起不來早呢，平日裡也不習慣！」

「老太爺，府裡有時辰鐘，早上您什麼時辰想起身，只吩咐丫頭們就是。」

「我不要丫頭服侍，你們這些鱉孫還要人伺候，難道自己沒有手腳？還有那個破玩意兒，下頭墜個破秤砣亂晃，晃悠得我眼暈，誰看得懂啊！還要仔細別磕碰壞了，比個活寶貝還要留神，你不說我還沒想起來，趕緊將那扔貨給老子丟出去！」

「老太爺……」那是價值連城的西洋玻璃罩時辰鐘啊，怎麼就成扔貨了！

霍十九遠遠地看著聽著，頓覺無力。原本備好了一肚子勸解的說詞，連「皇上賜給的別院不得亂動」這樣的理由都想好了，可看著翻地翻得十分快活又底氣十足的老爹，他又妥協了。罷了，就隨他鬧去吧！霍十九嘆息一聲，轉身離開，曹玉緊忙跟在後頭。

待人走了，霍大栓將鐵鍬往地裡一戳，抹了把臉上的汗，哼了一聲。「兔崽子，見了老子也不知問個好。」嘴角卻如何都忍不住揚起愉快的笑。

眼角餘光瞧見院門前似有人影，仔細看卻是四位花枝招展的姨娘在丫頭們的服侍下跨進門檻，走在前頭的就是他最看不慣的苗家丫頭。

霍大栓哼了一聲，嚷道：「妳們幾個，來幫忙翻地！」

苗姨娘、鄭姨娘、周姨娘和王姨娘聞言都花容失色，一時愣怔在當場。

霍大栓越看那些嬌滴滴的美人越堵得慌，因為這些姨娘，都是證明霍十九為人不正經的證據！

他狠勁挖了一鍬，罵道：「一個個不知勞作，就是這麼把自己身子嬌慣壞了，仔細不到四十就都一身的病！」

姨娘們本是得了消息要來見霍十九的，不承想卻撲了空，這會兒去也不是，留也不是，個個灰頭土臉地聽著老太爺的訓斥，一聲不敢吭。

此時的蔣家正在為親戚們到了卻住不下犯愁。

蔣家統共一進，面闊三間，家裡兒女幾人已經將各屋占了，如今大伯父和大伯母帶來兩個女兒，三叔和三嬸帶來一個兒子，另外還有隨行貼身服侍的小廝婢女，趕車的車夫，跟車的小子和婆子，共十六、七人，這會兒當真是安排不下。

蔣嫵心中不大願意搭理這些人。當初逢難時他們將去籌銀的蔣晨風拒之門外，現在眼瞧著她與霍英的事要成了，有攜家帶口的貼了上來，可到底這些都是蔣家人，又不好攆出去。

蔣學文犯了愁。就算將庫房的東西都丟出去，大家伙兒睡地鋪也住不開，除非住院子……唐氏便悄悄地與長女商量。

蔣嫣道：「不然就留女眷們在家裡，讓爹和晨哥兒陪著大伯父和三叔他們去住客棧？」

仔細想想，似也只能這樣。唐氏就吩咐喬嬤嬤去悄聲回了蔣學文。

蔣學文聞言擺擺手，吩咐喬嬤嬤退下，內心掂量著，又吩咐婢女給蔣宗文和蔣崇文續茶。

大哥和三弟來一趟，偏偏家裡住不開，還要讓人住客棧去，他覺得若開口是極落面子的。

正當這時，銀姊突然快步到了廊下，道：「老爺，霍指揮使來了。」

蔣學文聞言，臉上頓時一黑。

他此生最跌面子的事就是要將女兒送到霍英狗賊的身邊去，偏偏這人不知分寸，趕上這會兒來，是成心讓他難看不是？

蔣學文端坐原位，紋絲不動，竭力控制才能保持面上的雲淡風輕。蔣宗文和蔣崇文對視了一眼，便也沒有動。

裡間的女眷們也得了喬嬤嬤的回話。

唐氏和蔣嫣、蔣嬌如今聽到霍十九來已見怪不怪了，這些日霍十九本來就是成日裡往他們家跑。

大伯母興奮地道：「想不到咱們才來，就有機會和未來的姪女婿見個面，當真是難得。」

見她如此，三嬸也站起身附和道：「大嫂說的是。」

大伯母就吩咐女兒。「妳們也都遮了面紗，出去給霍指揮使行個禮吧，免得叫人覺得咱們蔣家人失了禮數。」

蔣姝和蔣婉都輕聲道是，嬌羞無限地拿面紗遮面。

唐氏心中不悅，礙於情面沒有開口。蔣嫣擰眉，受不了大伯母急於巴結的模樣，將臉別開。

蔣嫵明媚的杏眼一轉，目光在大伯母與兩女身上掃過，了然道：「既如此，我就陪大伯母出去吧。」語氣稍頓，回頭望著唐氏。「若不願意出去的可以留下吃茶、說說話，霍英應當不會介意。」

唐氏和蔣嫣點頭。

大伯母大驚失色。「好姪女兒，可不能直呼指揮使的名諱啊！」

蔣嫵接過冰松遞來的面紗戴上，緩步走向外頭，並不理會大伯母錢氏。

大伯母理了理孔雀藍交領錦緞褙子的前襟，又正了正插在圓髻上的金絲鳳釵，隨手給親女兒蔣姝順了順披垂在身後的長髮，就拉著蔣姝跟上蔣嫵的步伐，庶女蔣婉亦步亦趨地跟在蔣姝後頭。

三嬸站在原地，看了看並無動作的唐氏，略一想，又坐回原位。「大嫂就是好奇心重，二嫂，我留下與妳說說話。」

唐氏面色略緩，重重「嗯」了一聲。

蔣嫵先行到了前廳時，恰看到霍十九帶著書生打扮的曹玉站在地當間，蔣學文端著茶坐在原位，像瞧不見這個人。大伯父和三叔則坐也不是，站也不是，行禮也不是，端著長輩的範兒也不是，兩人表情很是精采。

霍十九今日穿著剪裁得體的鴨卵青交領寬袖雲錦仙鶴紋道袍，展翅欲飛的仙鶴用同色繡線夾銀線繡成，若不細看，只當是素面雲錦，但光下一照，那栩栩如生的仙鶴就如要從袍子上飛離出來，足見繡工精美。他本就生得容貌無雙，看似隨意穿戴，也在慵懶處彰顯貴氣，加之他的神態從容，眼神疏離，讓人有高不可攀之感，好似這個人與他們這簡陋的宅子格格不入。

緊隨蔣嫵身後的錢氏與二女都是一愣。蔣妹和蔣婉先是呆望霍十九。瞧他看過來，恐與他目光相對，忙嬌羞垂頭。

霍十九脣角微揚，喚了聲。「嫵兒。」

蔣嫵早習慣他對她的溫柔，也樂得配合，屈膝行了禮，水眸晶瑩，語氣有強忍歡喜的驕傲。「大晚上的，怎麼來了？」

大伯母一家和三叔都倒吸了口涼氣。蔣嫵這是作死，怎能與霍指揮使這樣說話！

可霍十九露出包容的微笑，溫聲道：「知道妳家來人，恐親戚們住得不慣，我恰好在不遠處有間二進的宅子閒著，叫三、五僕婦看著的，不如讓妳家裡人到那兒去住，也免得勞頓妳父母，要見面也容易。」

蔣嫵驚訝抬眸，正撞進他眼尾上揚的秀麗眼眸中。蔣家的監視原來沒有撤走？

心念電轉，蔣嫵劍眉微挑，彆扭地道：「虧得你想得周到，難不成衙門裡的事今日不多？」

霍十九笑道：「衙門的事永遠忙不完。」回頭從曹玉手中拿過鑰匙，道：「我已吩咐人去打理好了，待會兒叫人送妳家人過去便是。」

杏眼中碎芒璀璨，飛快地看了霍十九一眼，蔣嫵點了點頭，將鑰匙遞給身旁的冰松。

霍十九望著她半掩面紗的俏臉，笑意不自禁逸出唇角。

他們說話時，除了常見的幾人，其餘人已愣住了。

大伯母早知霍十九已有二十七歲，雖外界傳言他是本朝首屈一指的美男子，可她也只當是旁人巴結亂捧的，她心目中的霍十九有可能是個腦滿腸肥、滿臉橫肉的中年人。誰料想，真正的霍十九果真如此眉清目秀、丰神俊朗，怎麼看也只是二十出頭。

有權，有錢，又俊，又溫柔！

大伯母狠勁地掐了蔣姝的腰一把。

蔣姝吃痛，不敢驚叫跌了形象，只得忍著，嬌羞目光中含水，更顯楚楚可人，拉著蔣婉屈膝，嬌滴滴地道：「霍指揮使好。」

大伯母也在後頭頷首，端著長輩的身分。

蔣嫵聞聲，這才想起身後的人，道：「那是我大伯母和兩位堂姊。」

霍十九看向她們時，目光中就有冷厲與鄙夷，竟連寒暄也省了，只對蔣嫵道：「妳好生歇著，瞧妳又清減了許多，也不知那些補品都吃哪兒去了。我回去了，有事就叫婢子來告訴我。」

蔣嫵點頭，送霍十九走向門口。

直到他高瘦的背影消失在影壁後，屋內依舊鴉雀無聲。

第八章　大俠駕到

從霍十九進門來，自始至終只與蔣嫵一個人說話，未來的岳丈看也不看，其餘的親戚都似不存在。

蔣學文倒不氣霍十九的態度，只是心疼女兒，能得霍十九的喜愛的確方便往後行事，可到底委屈了她。

站起身，蔣學文冷笑。「大嫂這是做什麼？婉姊兒是庶出也便罷了，怎麼姝姊兒不是個寶貝疙瘩，這會兒也打算為人婢妾了？」

官海沈浮多載，能穩居此位又是名揚天下，哪裡會連錢氏那麼一點小心思都瞧不出？

蔣宗文很尷尬地輕輕咳嗽了一聲。

大伯母羞臊的臉上發燙，不依道：「二弟這話說得就沒道理，你哪隻眼睛瞧見我要叫女兒為人婢妾？你姪女兒冰清玉潔的，做叔叔的可不要為了逞口舌之快，侮了人的清譽！」

「要清譽，就別自侮。」蔣學文不與女流之輩計較，只望著大哥與三弟，道：「我雖不孝，不得爹的喜愛，或許也叫你們提心弔膽，可我從未為權貴所折腰，即便今日嫵姊兒要嫁與霍英狗賊為妻，也是情勢所逼，她雖深陷泥垢，依舊冰清玉潔。大哥，你們可不要動了歪心思，叫我看不起！」

蔣宗文被說得臉上紅一陣白一陣，卻只沈默，可見是習慣了蔣學文如此言詞犀利的性子。

大伯母怒極冷哼。「二弟有能耐可到外頭使去，怎麼在咱們姊妹跟前就來了能耐？嫵姊兒是冰清玉潔，還沒成婚就得了霍指揮使那般憐愛。咱們姝姊兒和婉姊兒難道就差在哪裡了？我是怕孩子們不出來見禮，你臉上無光，這會兒又說這般下流的話，你也配做個叔叔？呸！」

先暗指蔣嫵與霍十九之間不乾淨，又句句咬著道理，蔣學文氣得臉色鐵青，想與她計較又覺得與個女人家吵跌了體面，只瞪著兄長。

誰知蔣宗文卻沒瞧見他的眼神似的，依舊不語。

還是蔣崇文見場面尷尬，起身打圓場。「……嫵姊兒成婚是大喜事，自家人不要為了這些雞毛蒜皮的事傷了和氣。」

蔣宗文面色稍緩，道：「罷了，哪裡有舌頭不碰牙的。」

大伯母憋著一肚子氣，想再辯駁幾句，可眼珠一轉，又閉了口。

蔣嫵冷著臉吩咐。「冰松，去叫外頭霍英留下的人來，送大伯父和三叔一家人去別院下榻。」

話沒說完，就被個小輩送客，大伯母鐵青著臉，強自忍耐著脾氣，笑道：「那好，明兒我們再來，嫵姊兒還沒選媵嫁的丫頭呢。」語氣溫和得好像方才的吵鬧都是幻覺。

蔣嫵冷淡地「嗯」了一聲。

待到客人走後，一家人各自歇下，蔣學文被唐氏提著耳朵訓斥了一番自然不必說。

次日清早才剛開了城門，大伯母就領著女兒、帶著婢子們來了，笑臉迎人的樣子就如沒發生過昨日的不快。

「……他們都起得晚，我先醒了，就緊忙帶著人來給姪女兒選。媵嫁的人可是馬虎不得，好姪女兒，看看誰比較合妳的眼緣？揀好的帶走，餘下的留下伺候妳父母親，妳出閣後也不必擔憂家裡頭了。」

蔣嫵是被冰松強行叫醒的。昨兒練出刀兩千次，一直練到天色矇矇亮，好像才睡下就起來了，這會兒心情不好，也懶得搭理人，就只道：「我陪嫁的丫頭有冰松就夠了，多謝大伯母費心。」

錢氏笑道：「姪女兒還與我客氣個什麼？再說這也是妳祖父祖母吩咐的呀！」

蔣嫵就看向門廊下站著六個穿紅戴綠年齡十二、三歲的丫頭。她一個人即將步入霍家這個是非地，這些女孩子們何其無辜？

「不必了，霍家規矩大，恐咱們帶去的人適應不得。」

大伯母見今日蔣嫵態度與昨日大不相同，只道是蔣學文背地裡不知說了什麼，賠笑道：「既然丫頭們不得體，不然嫵姊兒就帶著妳兩位堂姊媵嫁？」

大燕舊俗，的確有出閣的女子帶了親族之女媵嫁的，媵嫁之女便為夫婿的妾室。

蔣嫵挑眉，看來她還真的低估了大伯母的臉皮厚度。

「不必了，霍府已有十三個小妾等著伺候我。」

大伯母想不到蔣嫵會直言拒絕。

蔣嫵轉而道：「對了，年前祖父提出分家之事，當初大伯母與三嬸也是贊同的，只不過因為我父親事情多，暫且沒得空來思考，如今他閒了，也想得通了。我們家也贊同分家，父親今兒就跟著大伯父和三叔回一趟本家，將分家的事定下來吧！田產商號也要提前清算。」

大伯母如吞了一顆生雞蛋，面色紫脹，唇角翕動。她先前是張羅要分家，可那時候蔣學文只不過是個倔強的窮酸，在京都城做個窮官，還指不定哪一日就將家族帶累了。可現在不同了，蔣嫵馬上就是指揮使夫人，分了家，許多便宜就行不得。

「姪女兒，如今妳的婚事要緊，咱們……」

「嫵姊兒說的是。」蔣學文笑道：「我如今告假在家，也得空，正巧跟著大哥大嫂回去，至於嫵姊兒的嫁妝，也不必公中來出，到時候我們自個兒張羅便是。」

「哎喲，到底是嫵姊兒年輕，怎麼二弟也跟著瞎胡鬧。你們呀，這是冒傻氣！這會兒分了家，才能得多少？那嫁妝……」

蔣嫵不等大伯母把話說完，已淡淡道：「我們不缺銀子。」

她不恨這些見死不救的親戚，可也喜歡不起來，他們既然撕破臉做事，她何苦忍耐？她素來不是個有修養的人。

大伯母梗在喉中的生雞蛋似已經孵出雞崽，在她嗓子眼裡亂蹦亂跳。人家得了個金龜婿，當然不缺銀子。

唐氏與蔣嫣在側間聽了許久，見外頭氣氛緊張，就要出來打圓場，恰好外頭有說笑聲靠近，是蔣宗文、蔣崇文夫婦和蔣清風一道來了。

唐氏便迎了出來，吩咐了擺飯。

早飯是簡單的麵食和清粥小菜，餐桌上的氣氛怪異得很。

用罷飯，蔣學文又將贊同分家的事說了，最後道：「咱爹的想法，做子女的不順從就是不孝，我先前是沒想開，這會兒想開了，等大哥和三弟回去，我就跟著一道去。」

蔣宗文聞言，木訥地看著媳婦；蔣崇文則與于氏對視了一眼。

這其中還不知發生何事，他們想要勸解，還尚未開口，就聽見外頭有叩門聲。聲音急促刺耳，似是硬物碰撞出的聲音。

當初蔣學文被捕，來抓他的錦衣衛就是用刀鞘這般撞開院門。唐氏、蔣嫣等人聽了動靜，就渾身發寒。

蔣嫵面色凝重，先與蔣學文和蔣晨風快步到了院中。

恰好銀姊開了門，就聽見一公鴨嗓大吼一聲。「呀、呀、呔！我乃獨行遊俠陳贊！」

話音方落，就見一黑衣蒙面人手持木劍，一個箭步竄到院中，遮在面巾下的臉只露出靈動圓眼，瞪著蔣嫵，寶劍一指。「妳！我要跟妳決鬥！」話音稍頓，又補充道：「生死鬥！」

一少年內侍領著一群宮人和侍衛一擁而入，大聲附和道：「皇上武功蓋世！」

此人開了頭，後頭的宮人侍衛就一同吆喝起來。「皇上武功蓋世！皇上天下第一……」

蔣宗文和蔣崇文不過是尋常百姓，哪裡見過皇帝？這會兒額頭貼地，緊張得渾身發抖。

唐氏帶領女眷們手忙腳亂遮了面紗迎來，稀稀落落跪了一地，七嘴八舌高呼萬歲。

蔣學文上前行大禮，嚴肅地道：「皇上，您御駕親臨，可有要事？」

小皇帝將木劍扛在肩上，哼道：「我現在不是皇上，是江湖第一劍客！我要找她決鬥！」手指快戳到跪地行禮的蔣嫵。

「皇上！」蔣學文氣急。「皇上乃一國之君，怎能只想著玩鬧？前兒賣餛飩麵，今日又做起大俠，您幾時能做皇上啊？大燕風雨飄搖之際，您的心思不放在朝務上，就只聽從霍英的話變著法兒地玩，您如何對得起陳家的列祖列宗！」

「放肆！你算哪根蔥，敢給朕指手畫腳！朕現在就是要當大俠，就是要跟蔣三決鬥，你管得著嗎？小魏子，把蔣石頭給朕抓起來，免得他礙手礙腳！」

一旁少年內侍應是，揮手吩咐隨行侍衛上前，一左一右架著蔣學文到一旁。

蔣學文不過文弱之軀，如何掙得脫？痛心疾首地呼著。「皇上，您要以朝政為重啊，您不能再玩下去了！」

蔣宗文和蔣崇文夫婦家眷早已抖如篩糠，個個面如死灰，心裡大罵蔣學文多事，生怕牽累到他們。

唐氏萬念俱灰，虧得蔣晨風與蔣嫣一左一右攙扶住，才沒讓她躺倒。

正當情況著緊之際，卻聽低柔的一聲輕笑。

蔣嫵站起身，隨手抄起靠牆倚著的掃帚，一指小皇帝。「你便是獨行俠陳贇！既稱之為『俠』，何故綁了我父逼我與你決鬥？」

小皇帝一見蔣嫵陪著他玩，立即進入狀態。「哼，妳若是打得贏本大俠，我就放了妳爹！不然……不然我就把他送詔獄裡去！」
在場之人都覺得心中一沈，暗道：完了。
「這可是你說的，你得言而有信！」蔣嫵話畢，掄起掃帚衝了上去。
大伯母差點嚇尿。「嫵姊兒！哎喲喂，這是要人命啊！」說完，便瞪唐氏。「瞧你們教的什麼女兒啊！」
唐氏也緊張得雙目圓睜。
「大膽！」小魏子斥責，方要阻攔，就被小皇帝一把推開。
「滾一邊去！別礙著本大俠決鬥！」說著揮舞木劍迎擊。
一時間狹窄的院中塵土飛揚。
小皇帝出手毫無章法，明擺著不會功夫，只為了姿勢瀟灑漂亮，口中還配合喊著「吼吼哈嘿」。
蔣嫵也將掃帚當成齊眉棍亂掄，若要給她的功夫取個名，那只能叫「潑婦棍法」。
兩人你來我往，蔣嫵很快占了優勢，掃帚把子打在小皇帝腳踝的外踝尖穴，疼得他哎喲一聲，彎腰去揉。趁著他單腿落地時，又一記橫掃，正掃在他「金雞獨立」那隻腿的跗陽穴上。
蔣嫵雖不敢使全力，可也拿捏著力氣瞄準穴位，既讓小皇帝吃痛，又不留下瘀青。
小皇帝站立不穩，跌倒在地，手中木劍也落了地，抱著腳踝呼痛。「哎喲！妳敢打朕！」

「你不是獨行俠陳贊，要與我來生死鬥嗎？」蔣嫵將掃帚放下。

小魏子忙去攙扶皇帝起來，指著蔣嫵罵道：「大膽！竟敢對皇上如此無禮，來人，把他們給我抓起來！」

「難道皇上言而無信？我還從未聽說過有食言的大俠。」蔣嫵嘲諷道。

瘋了！這家子爹和女兒都是瘋子！做爹的罵皇上，做女兒的打皇上，還要不要人活了？蔣宗文和蔣崇文兩家人趴伏在地，只後悔為何要主動來蔣學文家，早知道他們一窩子瘋子，打死也不會來！

小皇帝灰頭土臉，癟著嘴瞪著蔣嫵，已在怒氣爆發的邊緣。

正當氣氛緊張之時，突聽得一道低沈溫和的男聲奇怪地道：「這是怎麼了？」

眾人神經緊繃，根本沒注意霍十九與手提食盒的曹玉幾時進門。

小皇帝瞧見霍十九來，一掃陰霾，歡喜地道：「英大哥，你怎麼來了？」

霍十九見他身上滿是塵土，蹙眉。「皇上怎麼弄成這樣？」

小魏子蝦腰道：「回指揮使的話，是蔣三姑娘將皇上打了。」

霍十九濃眉擰著，看向蔣嫵。

「『陳大俠』找我決鬥，輸了。」蔣嫵表情很是無辜。

小皇帝臉上一紅，嘿嘿笑道：「無礙的、無礙的，朕是一時疏忽，既是如此，朕自然信守承諾。」朝著侍衛揮手。「把蔣石頭放了吧。」

侍衛領命，放了蔣學文。

蔣學文雙臂疼痛，心情已是極差。

霍十九展顏道：「既無事，臣陪皇上回去？」

「好啊！」小皇帝盯著食盒。「那個，也給朕拿著，朕要吃！」

「是。」霍十九關切地看了蔣嫵一眼，就與曹玉跟隨皇帝離開。宮人侍衛們一擁跟上，須臾間出了院門。

小皇帝扶著霍十九的手登上馬車之際，還不忘扯下面巾回頭大喊。「蔣三，朕下次再來找妳決鬥，定然不會輸給妳！」

院內恢復了安靜，眾人依舊呆呆跪著。這都叫什麼事啊！

蔣嫵攙唐氏起身，又去扶蔣學文。

蔣宗文和蔣崇文夫婦也都相互攙扶著站了起來，恐懼一時間化作指責，七言八語地責罵蔣嫵和蔣學文，無非是膽大妄為、不管眾人死活之類。

眾人不傻，方才若不是霍十九來得巧，小皇帝對霍十九又很重視，今日哪得善了？蔣學文和蔣嫵自己作死，定了罪也無可奈何，他們何其無辜！

蔣學文此刻正為皇帝如此荒誕痛心疾首，自然不理會大哥與三弟一家。唐氏、蔣嫣、蔣晨風也覺得蔣嫵是兵行險招。

蔣嫵卻道：「此處是非之地，諸位就暫避吧。不送了。」

一句話提醒了眾人，大伯母一眾來不及氣蔣嫵逐客，再不逗留，忙吩咐人套車，連那原本要留給蔣嫵媵嫁的丫頭都一併帶走了。

唐氏與蔣學文送人至帽檐胡同口，大伯母錢氏還不忘探身出來叮囑。「二弟解決了此間的事就回家去吧，我回去就先與爹說你已同意分家之事了。」竟然一改先前的巴結，似生怕小皇帝一時興起再殺個回馬槍牽累了他們。

眼見馬車漸行漸遠，蔣學文心情低落。他惆悵的事情太多，父母兄弟愛富嫌貧不與他親近也就罷了，他致力於大燕的昌盛，這會兒憑一己之力也斷無法扭轉乾坤。每見小皇帝那荒唐樣子一次，他就灰心一次，再看英國公和霍十九之流跋扈之時，又要重振信心，告訴自己不要放棄。

為了大燕，連女兒的幸福都搭上了，皇上卻始終是個扶不起的阿斗……

唐氏見他愁眉不展，當他為家人避他們如蛇蠍而難過，便也將責怪壓下，只撫著胸口心有餘悸地道：「好在今日有驚無險。」

蔣學文也不願被妻子埋怨，見她不提，鬆了口氣，溫柔應道：「虧得嫵姊兒機敏，若非她與皇上打那一場，恐怕我真要再進詔獄。」

她不動手，他這個「人質」就不是人質，自然也不存在獲勝即放出的道理。

唐氏聞言點頭，嘆道：「當真是為難了嫵姊兒。也虧的是她，若是擱在嫣姊兒身上，還不知會如何。老爺就聽我的一句勸吧，如今朝堂上的事，你還看不清楚嗎？想憑藉你一己之力，力挽狂瀾，我瞧著比登天還難。」

蔣學文心中挫敗煩躁，不忍與髮妻爭吵，只敷衍地應了一聲就上了丹墀。

唐氏看著他的背影，嗓子眼裡似塞滿了黃連，吸口氣壓下淚意。

方走上丹墀，就聽見背後一陣馬蹄聲響，回頭，只見是一清秀書生策馬而來，卻是曹玉。

「馭！」曹玉在帽檐胡同前勒馬，翻身躍下，快步到了唐氏跟前，行禮道：「蔣夫人。」

唐氏冷淡道：「曹公子有何吩咐？」

「大人吩咐我來見三姑娘。」曹玉態度有禮恭順，卻也不容拒絕。

唐氏無奈，只得吩咐銀姊。「去請三姑娘出來。」又道：「曹公子請進來吃杯茶。」

「多謝蔣夫人，在下還有其他公務，只與三姑娘說幾句話就走。」

「那公子請自便吧。」

「蔣夫人不必客氣。」

唐氏走向院中，恰與迎面而來的蔣嫵擦身而過。

蔣嫵到了門前，眨著明媚的杏眼，著實是嬌俏可人。

然而曹玉最是不喜輕浮女子，總覺此女粗魯低俗，沒心沒肺，配不上霍十九，是以此時只有生硬的恭敬而已。

「大人吩咐屬下來問三姑娘方才發生何事，他也好應對，還有姑娘可有傷到不曾？」

蔣嫵將方才經過細說了一遍，最後道：「我沒傷到，就是不知道皇上可有傷到，畢竟我的棍法可是一流的。」

曹玉唇角抽動。他方才來時仔細打探過，確認蔣嫵花拳繡腿，掃帚舞得比皇上還要「花架子」，她一個女兒家，也好意思說「一流」？

「既然姑娘沒有傷到，屬下就告辭了。」曹玉再懶得與她多說，且霍十九正在等消息，便拱手行禮退了下去。

蔣嫵也不相送，轉身回了臥房，關上半舊的木門，靠著門板，長吁了口氣。

她與曹玉畢竟交過手，就怕露出馬腳被疑心，往後不好行事。在功夫高於自己的人跟前，想要掩藏就要多費心一些，好在他也沒有多問。

蔣嫵輕撫手中薄繭，就換了身居家常穿半新不舊的細棉襖裙，將長髮盤起，去院中劈柴了。

霍十九陪同皇帝到了位於澄清坊的別院，才剛吩咐小魏子去服侍皇上沐浴更衣，就到了院中，站在廊下平復心情。

他的身分，在別院中儼然是第二個皇帝，是以宮人們都畢恭畢敬不敢上前打擾，沈浸在思緒中只有片刻，就見曹玉快步而來。

「爺。」曹玉行禮。

「如何？」

「如方才打探那般。」

「嗯。」霍十九沈吟，輕描淡寫地問：「三姑娘呢？」

「三姑娘無恙。」曹玉抬頭，詫異地望著霍十九，欲言又止。

霍十九抬手撥弄廊下的琉璃風鈴，笑道：「有什麼話就說。」

「沒什麼，只是屬下從未見大人像今日這般焦急，難道大人不是為了方便行事才選了蔣三姑娘？」曹玉垂下眼瞼。

他們今日原本如平常那般往蔣家去，卻得了皇上親臨與蔣嫵「決鬥」的消息。霍十九當下棄車騎馬，且吩咐他提著食盒，食盒裡的燕窩粥不許灑出一滴。到了蔣家，還要做出不知情的模樣。

他可沒見過大人對哪個女子上心，對方竟是蔣三那樣的粗鄙女子，曹玉心下很不痛快。

霍十九仰頭，修長手指有一下沒一下撥弄著琉璃風鈴，清脆的叮鈴聲寧靜美妙，能滌人心。

小皇帝換了身大紅錦袍，披著半乾的長髮繞過迴廊，正看到霍十九悠哉撥弄風鈴的側臉。暖陽斜照入廊下，為他玉色長袍灑上金芒，墨髮高綰，更顯身姿挺拔修長。

「英大哥。」小皇帝笑咪咪地走到了近前，公鴨嗓聲音興奮。「英大哥剛才給蔣三拿了什麼好吃的？朕也要吃。」

霍十九行禮，道：「回皇上，是燕窩粥。」

曹玉便吩咐人將食盒送過來。

小皇帝坐到桌邊，一口氣吃了個乾淨，才道：「英大哥怎對她那麼好？」

霍十九一愣，溫和又堅定地道：「她將是我的妻子，便是我的人，無論將來如何，我也該盡責。就如皇上，每做一個角色，就要盡這個角色的本分。」

小皇帝挑眉。「是嗎？」

霍十九笑而不語。

小皇帝終究嘆道：「剛才蔣石頭還問朕『幾時能做皇上』。英大哥說，朕這個皇上是不是太不盡本分？」

霍十九唇角翕動，剛要作答，就有一小內侍慌忙跑了進來，行禮道：「回皇上，英國公到了。」

話音方落，就見一年近六旬錦衣華服的壯碩男子，快步穿過月亮門，霍十九忙站起了身。

其餘宮人一眾皆行禮。「見過國公。」

英國公蔡京，時年六十五歲，身材挺拔壯碩猶如壯年，花白頭髮整齊綰起，以鑲藍寶網巾固定。生了張方正臉，濃眉鷹目，鼻梁高挺，略有些鷹鈎鼻，許是兩撇鬍髯微翹的緣故，總顯得他面上帶笑，使人忽視他眼中的精芒。

英國公的嫡出么女乃先帝正宮，只不過福薄，分娩時血崩而死，誕下一子也不足月就夭亡了。同年，徐妃誕下一子，便是如今的小皇帝。

「臣參見皇上。」英國公拱手行禮。

小皇帝笑咪咪地擺手，親熱地道：「英國公不必如此多禮，來人，看座。」

「多謝皇上。」

英國公便在宮人搬來的黃花梨木官帽椅上落坐。

霍十九微笑拱手。「國公爺。」

「霍指揮使。」英國公慵懶撐膝而坐，隨意頷首還禮。

「英大哥也不必多禮了，都是自家人，快坐吧。」小皇帝笑著說罷，又吩咐人看茶。

霍十九這才欠身，在英國公下首側偏著身子坐了一半。

捋了捋鬍鬚，英國公笑道：「皇上，多日不見，您依舊神清氣爽，精神煥發啊。」

「多謝英國公掛念，朕一切都好。這些日多虧了英大哥，想出了許多有趣的玩法，朕玩得開心，心情就好，心情好了，自然哪兒都順當。」

「霍指揮使與微臣一般，都是一心為了皇上著想。」

「是啊，朕知道，所以朕也信任你們，更倚重你們。」

小魏子端上茶來，小皇帝啜了一口，皺著眉道：「朕不吃這個，朕要吃酸梅湯。」

英國公品了口茶，因是他最愛的鐵觀音，笑容更深幾分，放下精緻的青花蓋碗，笑道：「皇上既喜歡酸梅湯，臣府裡恰有個婢子，做酸梅湯是一絕，回頭臣就將人獻給皇上。」

「好啊，那她除了會做酸梅湯，還會做什麼？會陪著朕玩嗎？」

「自然是會的。」霍十九也道：「那婢子的手藝我是嚐過的，的確是好，模樣生得也真是俊俏，讓她來伺候皇上吃酸梅湯，也不算辜負了她的好手藝和好相貌。」

「是嗎？」小皇帝拍手道：「好，好，那快叫她來陪著朕！」

英國公對霍十九笑笑，恭敬地道「是」，又道：「皇上，如今宮中依舊一切齊備，皇上打算幾時回宮呢？您如今也有十四歲了，也是該親政的年齡。」

小皇帝聞言，隨手擲了茶碗，不悅道：「朕說過多少次了，宮裡有什麼好的，還是別院舒坦，還有朝堂之事，別拿來煩朕。」

英國公忙起身行禮。「臣惶恐，皇上息怒。」

霍十九也隨著起身。「皇上息怒，英國公是一片好意，一心為國。」

「朕知道，你們都是為了朕好。」小皇帝怒氣來得快，消得也快，道：「英國公就偏勞一些，俗話說能者多勞嘛！有什麼事，你只管來回了朕，叫朕知道便是，朕只要有好吃、有好穿、有好玩的，叫英大哥多來陪陪朕玩，多想些新奇好玩的東西來，其餘的朕一概不管。」

英國公忙行禮道是，又稱讚起小皇帝今日蔣家之行，實屬平易近人之典範，讚小皇帝品行高潔，歷代皇帝無人能出其左右，霍十九也隨聲附和，說得小皇帝很是受用。

又說了一會兒話，英國公行大禮告退。行至於霍十九身畔，對他頷首微笑才與他擦肩而過。

待他離開，小皇帝興致高昂地道：「英大哥，本大俠要跟你決鬥！」

「皇上，臣不會功夫。」

「朕現在是大俠，說與你決鬥，你就要聽從！」

霍十九無奈道：「罷了，那便決鬥吧，只是大俠手下留情，我當真不會功夫。」

小皇帝吩咐人去取了兩把木劍，給了霍十九一把，二人脫了外袍，就拉開架勢打了起來。霍十九一路潰敗，小皇帝自覺姿勢瀟灑、勇猛無敵，公鴨嗓喊著。「再吃本大俠一寶劍！」將木劍揮舞得虎虎生風。

「決鬥」片刻覺得累了，霍十九又說：「不如皇上這回做耍猴的？」

小皇帝聽聞拍著大腿說好，一時間又找不到猴子，眼珠一轉，吩咐道：「把趙相宜那老小子給朕帶來當猴子！誰叫他辦差不認真，叫他給你算個良辰吉日大婚，他卻給定在那個破日子！」

趙相宜是欽天監監正。

霍十九莞爾。「皇上果真聰慧，臣這就吩咐人去宣趙相宜前來。」

第九章　公府邀請

蔣嫵這會兒正在劈柴，蔣嫣和蔣嬌知她心裡不痛快，又不好勸說什麼，只各自搬了交杌坐在院中陪著她閒聊。

姊妹三人正是有說有笑之際，突聽得院門被輕輕叩響。

銀姊在圍裙上蹭著手上的水，從廚房快步跑去開門。「誰啊？」

話音方落，卻見門前站著的是個模樣標致、遍身綾羅的高眺僕婦。只見她頭梳圓髻，戴著銀纍絲嵌翡翠的大簪，穿了件秋香色葡萄纏枝的團花大袖衫，下著茶白八幅裙，容長臉上見人先露三分笑。「敢問這位嫂子，此處可是蔣御史府上？」

銀姊忙頷首。「您是？」

「我是英國公府的，特地來給貴府上三姑娘送請帖。」她說著從袖中拿出燙金的帖子來，笑道：「今年咱們國公府上的荷花拔了頭籌，開得最早最好，老夫人歡喜得很，辦了個賞荷會，還請了最有名的春山班來唱堂會。請蔣三姑娘屆時務必賞光。」

銀姊先前當此人是個富家太太，想不到卻是英國公府的下人，國公府的下人竟如此體面！

她又在圍裙上蹭蹭手，珍而重之地接過請帖。

那僕婦微笑頷首，轉身上了青帷的小馬車。

蔣嫵與蔣嫣、蔣嬌，早已將影壁另一側的對話聽得清楚，銀姊鄭重將請帖交到蔣嫵手中時，蔣嫣已是擔憂地眉頭緊鎖。

「嫵姊兒，這可怎麼是好？那樣的公門之家妳又沒有見過，況且既說是要辦賞荷會，又說請戲班子唱堂會，就必定會請許多簪纓望族的夫人小姐，那樣的場合，妳若是露了怯，必定會叫她們拿住話柄，往後嘲笑妳可該怎麼好？」

蔣嬌也道：「三姊不要去了，那個什麼英國公夫人定是沒安好心！」

蔣嫵看著燙金請帖上的內容，自然知道。即使英國公與霍十九外界傳聞是極為關係堅實的一對奸臣，但世事無絕對，眼見難為憑。

唐氏聽聞動靜，也到了院中，惆悵道：「妳爹才回本家去，家裡也沒個作主的人……要不就讓晨哥兒去一趟，幫妳推了這事？」

不等蔣嫵回答，蔣嫣就道：「不妥，這等事二弟去未必夠分量。不如去問問霍英？近些日，霍英對蔣嫵的好全家人都看在眼中。或許他在外不是個好官，更不是好人，但對於蔣嫵來說，卻有可能是個好丈夫。

蔣嫵笑道：「何必這般麻煩？這樣大的事他當會知道的。將來入了霍府，少不得會有這些繁瑣事，不如乘機去見見世面。霍英是英國公的手下，自然關係密切，想來英國公夫人只是好奇而已，再者也好先帶我進了她們勛貴婦人的圈子，方便以後行事罷了。」隨手將請帖丟給冰松，就又抄起斧頭。

唐氏道：「快別劈柴了，廚房那兒也夠用了，妳個姑娘家，將手磨得粗糙了不好看。」

「是啊，我剛就勸三妹，她偏是個倔驢。」蔣嫣嘆氣。

「我在家日子也不多，況且我好動不好靜，妳們就別攔我了。」

唐氏等人聞言，果真不再阻攔，只道她心裡不爽快，就給她一法子發洩。

劈柴一下午，用罷了晚膳後，蔣嫵就回了臥房又練出刀，因怕叫外頭瞧見人影動作，冰松的針線活也不敢做了，早早就吹了燈。

冰松靠在臨窗的炕上打瞌睡，蔣嫵則穿著中衣在地當間重複前世歸結出的那些高效實用的匕首招式。

誰知眼瞧著到了戌正，萬籟寂靜之時，院門就被毫不客氣地重重叩響。

蔣嫵忙收起匕首點了燈，與此同時蔣家小院裡各屋也都亮了燈。

銀姊繫著腰帶心急火燎地奔去應門——宵禁之後能如此明目張膽來叩門的人屈指可數，是不是小皇帝又興起來決鬥也未可知。

蔣嫵生怕有事，披了件襖子就到院中，卻見銀姊引著兩人繞過影壁，書生裝扮的曹玉在前頭提著燈籠，燈籠上明晃晃的一個「霍」字，他身後的人卻是霍十九。

才一靠近，蔣嫵就聞到霍十九原本有淡淡橙子清香的袍子上傳來一股汗臭味。

唐氏、蔣嫣、蔣晨風這會兒也都下了臺階，提燈籠的、端燭臺的，院中明亮不少。

霍十九冷淡道：「你們都歇著去吧，我與嫵兒說幾句話。」

大半夜的，孤男寡女，有什麼話好說？

唐氏防備地瞪著霍十九，沒有挪動。唐氏不動，蔣嫣與蔣晨風自然不動。

霍十九已有些不耐煩。「要麼你們回去，我與嫵兒在院中說話；要麼你們在這裡，我帶嫵兒回馬車上去。」

唐氏哪會允許蔣嫵隨霍十九去馬車上，無奈之下，眾人只得一步三回頭地走回前廳。

霍十九疲憊地扶額道：「今日與皇上決鬥，又玩耍『猴』，玩過耍『猴』又決鬥，直打到現在皇上乏累睡下了，我才得空來。」

他在與她交代行蹤？

蔣嫵微笑，妍麗面容在昏暗燈光下便有朦朧之美，難得沒對他冷言冷語。「怎麼皇上這麼大的玩興？」

愛美之心人皆有之，霍十九是正常男子，哪裡會不愛看美人，且面前女子即將是他名正言順的妻，他理所當然欣賞英氣與嬌美完美結合的俏姑娘，笑道：「皇上經常如此。」

沒有套出話……霍十九還真是謹慎。

「難怪一股汗味。」

被嫌棄了？霍十九瞠目，不自禁退後一步。「英國公夫人給妳下了帖子？」

「說是後日開賞荷會，還要請春山班去唱堂會。」

「唔，那妳便去玩玩也好。」霍十九沈吟道。「我明兒就叫人來給妳量身，趕製幾件新式樣子的衣裳給妳穿，至於頭面，家裡庫房中有許多，我回去請娘幫妳選幾套來。」

蔣嫵驚訝地抬頭，正與他四目相對。

她英氣劍眉下波光瀲灩的杏眼水汪汪的，有驚訝和歡喜，還有彆扭和嬌羞，真真一副小女兒態。

霍十九禁不住笑了，其實若用心些對一個人，想要發現她的好處也不是很難，只是越是發現了好處，才越覺得嘆息。

「英國公夫人最疼的便是么女，也就是已歿的端容皇后。妳只要在她面前不要提起端容皇后相關的事，也不要提起荷花酥、葡萄和碧螺春茶即可。」

蔣嫵這一次是真的驚訝了，禁不住問：「那其他夫人呢？我還有什麼需要注意的？」

霍十九道她是小戶人家的閨女，沒見過這等大場面會怯，就笑著摸摸她的頭。「別人妳都不用在乎，有我呢。」

蔣嫵迅速垂眸，點了點頭。這回答還真是……霸道又窩心啊。

蔣嫵嘆息，若此人不是個無惡不作的奸臣，她或許會好生與他過日子，生一雙兒女，種幾畝閒田，悠哉一生也就罷了。只可惜，他們是站在對立面上的兩個人。

「我知道了。虧你想得周到，我也會仔細，不給你丟了面子。」

霍十九笑道：「沒什麼丟體面的，妳做自己便是。做人難道是給別人看的？自個兒怎麼舒坦怎麼是。」

那還提點她英國公夫人不喜的事？可見她先前分析的沒錯，霍十九在英國公面前是極為小心的。

霍十九掩口打了個呵欠，道困倦了，就帶著曹玉離開。

蔣嫵將人送到門前，折身回來，唐氏和蔣嫣、蔣晨風已經站在廊下。

蔣晨風哼了一聲，不情不願道：「那個衣冠禽獸對妳還算好。」

何止是好？蔣嫣已覺得霍十九如此細心十分意外。

唐氏嘆道：「嫵姊兒，既然你們的紅線已綁在一處，剪不斷、分不開，妳便認了吧，他雖品行不好，可畢竟對妳是真心的。妳爹那兒，為娘的會常常勸說，免得他總是挑事讓妳夾在中間左右為難，娘沒有別的期望，只要你們都能平平安安，也就滿足了。」語氣十分悵然。

各自回了房後，蔣嫵抱膝坐在臨窗炕上，許久才道：「冰松，今兒也乏了，我也不練了，咱們都睡吧。」

冰松笑著熄了燈。「阿彌陀佛，總算姑娘體恤了我一次，不必提心弔膽地守夜。幻霜都說我眼下有青印子，問我怎麼不好生睡覺，我又沒法解釋。」

「何止妳有，我也有呢。」蔣嫵與冰松說笑幾句，迷迷糊糊進入夢鄉，倒是睡了一宿好覺。

次日清早用罷了飯，蔣嫵先叫冰松將她手中磨起的水泡挑了，擠了水，又去廚下尋了自家釀的烈性糧食酒來搽手消毒，依舊拿了斧子去劈柴。

她掌上若沒有「合理」的繭子，將來如何能逃得過霍十九那等精明之人的眼睛？

為了次日赴宴能有個好精神，蔣嫵當夜仍舊沒有練功。

清早天色矇矇亮，霍十九就命人將連夜趕製的一身鵝黃褙子和茶白挑線裙子並兩套頭面送來了。
蔣嫵穿著妥當，梳隨雲髻，揀了根白玉梨花簪戴，又搭了白玉蝴蝶形的領扣。才剛用了胭脂，冰松就來回。「姑娘，霍指揮使的馬車來了。」
蔣嫵應了一聲，隨手放下把鏡，拿了面紗遮面。
見她如此氣定神閒，冰松不禁扯了扯身上簇新翠綠襖子的下襬。今日為了出門，連平日捨不得穿的新衣也換上了。
「姑娘，我這樣會不會跌了您的體面？」
「不會，這樣很好。」蔣嫵微笑。「到了國公府只管跟在我身邊就是，其餘的不必理會。」
冰松點頭，眼神興奮又期待。
蔣家原本備了馬車，然與霍十九華麗的朱輪華蓋翠帷馬車相比，藍帷小馬車就寒酸許多，蔣嫵出門時，蔣晨風已命人將藍帷馬車趕回後院去了。
蔣嫵與冰松先後下了丹墀，正見一身淺灰長衫的曹玉玉樹臨風地站在馬車旁。
「三姑娘。」曹玉行禮，見蔣嫵並未濃妝豔飾打扮成個「脂粉妖怪」，也沒將頭髮插成「花瓶」，有些意外——那兩套頭面之名貴他是見識過的。
昨晚趙氏開了庫房，好一番揀選，那些珠寶瞧著哪個都不滿意。若不是霍十九說「不給嫵兒用舊的」，苗姨娘頭上那套名貴的金剛石頭面險些被扒下送來。
苗姨娘保住了頭面，跑去跟霍十九哭訴委屈，事後霍十九又挨了霍大栓的數落。

「一個背棄你的賤貨，你還給這麼好的頭面戴，都不如給咱家大黃拴脖子。」又說：「三丫頭跟了你這孽障不易，可不能虧待了人家。明兒要是叫我聽說丫頭受屈，你仔細你的皮！老子窩心腳能把你腸子踹出來你信不信……」

「爺在馬車上，請姑娘上車吧。」曹玉忍下扶額的衝動，當真不懂蔣三好在哪裡，值得全家那般對待。

車夫端了踏腳的漆黑小杌，蔣嫵提裙襬輕盈躍上，撩簾入內，舉止灑脫卻不粗魯。

霍十九穿了身玉色交領納紗道袍，正盤膝坐著看書，見她進來，笑著拍了拍身邊空位。「坐吧。」

蔣嫵坐下。「這樣用功？又不必再考舉人了。」低柔溫和的聲音，偏偏見了他總這樣刻薄說話。

霍十九只當她是小女孩逆反心重，放下書溫和道：「妳不必緊張，我已吩咐了幾人照應妳。妳的婢子也沒見過那樣的場合，怕伺候不周，我也安排了人跟著妳。」說畢揚聲道：「聽雨。」

馬車外便傳來清脆的一聲。「是。」

霍十九撩起墜在車窗上的珍珠簾子，指著跟車而行的一個少女。「她是聽雨，原本在我書房伺候筆墨的，今日就跟妳去吧。」

蔣嫵探身往外瞧，就見一身著桃紅長比甲、模樣極為出挑的少女盈盈行禮。她約莫十四、五歲年紀，瓜子臉，細長的柳葉眉下是一雙眼尾上挑的杏眼，眉心一點美人痣映襯膚光賽雪，是個十分美貌的女孩。

見蔣嫵看向自己，聽雨又一次屈膝。「見過三姑娘。」

「起來吧。」蔣嫵指一旁的冰松。「她是冰松。」

聽雨便與冰松相互見禮，馬車前行，二人緊跟在車後。

蔣嫵坐正身子，望著珍珠簾子搖曳時淡雅的光暈，打趣道：「揮金如土，嬌婢侈童，這才是高門風範嗎？」

霍十九濃眉微挑，露齒而笑。「妳或許與我父母合得來。」

蔣嫵便搖著團扇笑道：「我倒真欣賞老太爺的性子，不滿的斜視，不屑的鄙視，不高興的拉過來踢就是。」

她自然不知昨兒霍大栓罵霍十九的話，只是嘲笑他一個爺們當初被她一腳就給踢跪了。

霍十九卻是想起「窩心腳踹出腸子」的話來，無奈搖頭，不想與個小姑娘拌嘴，繼續低頭看書。

蔣嫵一下下搧風，也不再言語。

馬車橫穿東長安街，往太液池方向而去，片刻之後緩緩停下。

英國公府的門房早便迎了上來，點頭哈腰道：「是蔣三姑娘嗎？哎喲！霍指揮使，您老也大駕光臨了，快些裡面請！」

霍十九先下了車，回身扶蔣嫵踩上踏腳的漆黑小杌子。

見霍十九對一身鵝黃的姑娘如此上心，門房愈加不敢怠慢，忙引進了府門。

若說霍府是精緻的蘇州園林，英國公府便處處透著氣派奢華。朱漆點金，雕梁畫棟，就連路旁隨處擺放的花草也均為名種。

蔣嫵跟在霍十九身畔，隨意打量四周，不禁計算若她是此處主人，當在何處布防，若是夜探英國公府，又當如何躲過哪些崗哨。

進了內儀門，便有管事的和年長些的僕婦一同迎了上來。

「國公爺方才還說起指揮使，您這就來了。」管事的引著霍十九去書房見英國公。僕婦則引蔣嫵穿廊過棟，一路往內宅裡去。

蔣嫵記憶力極佳，待到了後宅名曰「慈孝園」的上房時，腦子裡已有了英國公府一部分的地圖。到了廊下，便有位遍身綾羅、十分體面的大丫鬟親自打起珠簾，往裡頭回了聲。

「老夫人、太太、奶奶、小姐們，蔣三姑娘來了。」

蔣嫵搖著團扇從容進了門，冰松與聽雨一左一右隨侍一旁。

比起雅緻的霍府，此地到處透著奢華。繞過擺放紅珊瑚的多寶格便到了裡間，只見入目一片珠翠圍繞，鼻端各種脂粉香混雜。

蔣嫵美目一轉，數清人數，除去婢子，在場除了她之外，只有一個少女打扮的女子，瞧著卻是花信年華。

其餘三旬貴婦兩名，年長些的貴婦人三名，都圍簇著盤膝坐在炕上、穿暗金色褙子、珠光寶氣的六旬老嫗。

英國公夫人生得圓臉龐，眼尾下垂、唇角上揚的一張笑面，華貴又慈祥。

蔣嫵將團扇遞給冰松，屈膝行禮。「見過老夫人。」又團團行禮。「見過各位夫人。」冰松與聽雨隨著行禮。

聽聞她不疾不徐的低柔聲音，眾人均好奇。

敢踢跪霍十九，打趴小皇帝，又讓霍英那樣的人一心只對她好，還為了她收拾薛俊的女子到底是何方神聖？

蔣嫵摘下面紗，眾女見之，一瞬覺得恍然。

英國公夫人身側一位身量豐腴年過四十的婦人便笑了。「哎喲喲，怪道霍指揮使都轉了性，娘，我怎麼瞧著她有些當年大嫂的品格呢。」

英國公夫人贊同地點頭。

一旁的五旬美婦便用淡粉帕子沾了沾唇角。「弟妹說笑了。蔣三姑娘芳華正好，哪裡能拿來與我比較。」

那兩名三旬婦人已到蔣嫵跟前，一人一邊拉著她的手，七言八語道：「如今您尚未與指揮使大人成婚，我也就冒昧稱呼您三姑娘了。」

「正是呢，成婚後，可不要改口叫乾娘？」

「乾爹那般倜儻人物，身邊早該有個模樣、品行都令人稱讚的可人兒了，有了三姑娘，往後乾爹便無後顧之憂，愈加能專心為朝廷辦事。」

「妳說的極是。」穿玫紅大衫的那位又笑道：「瞧瞧，我們見了三姑娘太過歡喜，竟忘了介紹自個兒，小婦人孫氏，夫家鄭方龍，是霍指揮使手下的一名千戶。」

另一穿寶藍色對襟襖子的婦人笑道：「小婦人劉氏，夫家是光祿寺少卿王季文。」

蔣嫵聞言微笑頷首。

外頭有人回話。「老夫人，戲臺子那邊已經預備妥當了。這會兒開戲嗎？」

英國公夫人下了地，道：「吩咐春山班預備，便去吧。」又笑著引眾人。「請。」

一眾人簇擁著老夫人離開慈孝園，往前頭雪梨院的大戲臺子去。

雪梨院此處已是外宅，比鄰芙蕖苑，距離英國公的書房也很遠。眾人在抱雪樓二層外露的臺上入座，手邊已擺上了各色果子點心。

蔣嫵因年齡身分，坐了最末席，孫氏和劉氏原想挨著坐的，不料那位花信年華、做少女裝扮的清秀女子卻坐在她身邊的空位上。

蔣嫵疑惑時，聽雨已在她耳畔道：「這位是新昌侯家的長女宋氏，閨名可兒，年二十四歲，尚未成婚。新昌侯與指揮使大人算得上是忘年交。」

忘年之交的女兒，二十四歲的老姑娘。

蔣嫵不禁多看了宋可兒兩眼，卻與宋可兒投來的打量目光不期而遇，蔣嫵微笑。

宋可兒笑道：「蔣妹妹，待會兒妳想點齣什麼戲？」

蔣嫵道：「我不懂這些，也不怎麼看戲，今兒來還是第一次瞧做堂會的。」

她大大方方說出這些話來，卻叫夫人們都不好嘲笑。

春山班班主捧著戲折來行大禮，請諸位點戲。老夫人先讓蔣嫵，蔣嫵自然推辭，讓眾人，眾人也不敢踰矩。

老夫人點了齣〈還魂記〉，又將戲摺子遞給長媳。

大夫人笑道：「我就愛昆曲優雅精美的唱腔，就點個〈玉簪記〉吧。」

二夫人道：「正好，瞧瞧時辰，兩折戲唱罷也快用飯了。」

「那便先這兩齣吧。」

不多時，樓閣對面的戲臺子上敲敲打打，絲竹傳來，便先唱起了〈還魂記〉。

蔣嫵本不愛這些咿咿呀呀的唱腔，不過今日既來之則安之，又有婢女將詞折送來，對著詞兒再聽戲，就明白了許多——「夢回鶯轉，亂煞年光遍，人立小庭深院。注盡沈煙，拋殘繡線，恁今春關情似去年？」細細聽來，別有一番韻味。

蔣嫵專注於臺上之時，便有個僕婦到二夫人跟前低語了幾句。

二夫人聞言，湊近身側的大夫人說了句什麼，妯娌二人就都笑了起來。

老夫人手中打著拍子，禁不住問：「什麼事，妳們笑得這般？」

二夫人便看向蔣嫵。「您有所不知，霍指揮使這會兒還留在國公爺的書房裡下棋呢。要我說，指揮使公務繁忙，擱著平日裡怕已去忙了，今日不走，莫不是怕咱們怠慢了蔣三姑娘？」

眾婦人聞言都笑，尤其孫氏和劉氏，就稱讚起「霍乾爹」的體貼，又道蔣嫵是有福的人。

蔣嫵身後的冰松都覺得掛不住，羞紅了臉頰，畢竟未出閣的姑娘叫人這般議論未婚夫婿是不成體統的。可蔣嫵卻不在意，眼角餘光漫不經心瞥著宋可兒，只見宋可兒的唇掩飾不住地抿了起來。

蔣嫵對「敵意」最是敏感的。前世時有一段住宿舍的日子，身邊環境再嘈雜，人再多，她也照常能睡覺。可一旦有人將注意力放在她身上，她立即就能醒來，若非如此敏銳的感官，她怕會死得更早，所幸這份敏銳今生並未丟去。

從在慈孝園見了宋可兒，她就發現她不大對勁，不過宋可兒也真沒有表現出任何異常罷了。

宋可兒這會兒端了手邊的果盤，伸長玉臂隔著雞翅木雕花小几遞給蔣嫵。「蔣妹妹嚐嚐，這西瓜在井裡鎮過，十分爽口。」

不等蔣嫵動作，聽雨就已取來小碟子和銀叉，要伺候蔣嫵吃果子。

誰料，她手中的銀叉剛碰到西瓜，宋可兒手上一滑，一小碟西瓜連湯帶水都灑了出來，正濺得蔣嫵的鵝黃前襟上都是。

「哎呀！」宋可兒手忙腳亂去幫她擦拭。「對不住妹妹，這可怎麼好，我當真是無心的。」

聽雨跪下道：「是奴婢伺候不周，請三姑娘責罰。」

一旁一直沈默不語的三夫人就道：「這身褙子聽說是霍指揮使送給三姑娘的呢！鵝黃色淺淡，弄污了怕難清洗。」

蔣嫵素來不拘小節，笑著起身道：「無礙的，不過是一件衣裳，宋姊姊不必放在心上。」

老夫人見狀就吩咐二夫人。「老二家的，妳就帶著蔣三姑娘先去更衣吧。」

「是。」

二夫人笑著到了近前，挽著蔣嫵的手臂往樓梯處去。聽雨和冰松連忙跟上。

宋可兒接過婢子遞來的帕子擦了擦手，面色懊惱地又看起戲來。

然而宋可兒是真的懊惱嗎？在座之人無不好奇，有意無意地側目打量，畢竟她對霍英的心思並非秘密。

蔣嫵這廂跟隨二夫人下了樓閣，繞過抄手遊廊，自一側月亮門穿過，便覺荷葉馨香隨夏風撲鼻，入目是蓮葉無窮碧色，粉白芙蕖半開，一座漢白玉拱橋橫跨荷塘窄處貫通兩岸，垂柳隨風擺動，奇石假山嶙峋，當真是奇美之景。

二夫人帶領婢女在前頭引路，笑著介紹。「此處便是芙蕖苑，接連著花園，咱們從此處往後宅去較近。」

蔣嫵隨二夫人上了漢白玉拱橋，往對岸假山石陣中走去。「有勞二夫人走一趟。」

「蔣三姑娘說的哪裡話，今日是我們待客不周，疏忽了果盤裡的汁水有可能染污衣裳。三姑娘莫怪罪才是。」

「二夫人太客氣了。」

二夫人便笑著與她閒聊，多是問些家中父母可好、姊妹可好之類。

一番談話下來，二夫人發現蔣嫵實則並非印象中那般的破落戶，卻是個溫柔寡言的女子，身上有些孤冷純粹的氣息，不似繁華中雕琢而出的那些世家女子，沾染了高門市儈，學會許多油嘴滑舌。

繞出假山，又進葫蘆形門洞，上抄手遊廊，不多時便到了一處寂靜小巧的院落，早已有婢子預備了裙裳等候著，見一行人來恭敬行禮。

二夫人笑道：「姑娘在此處更衣，待會兒咱們一塊兒回去。」

蔣嫵又一次道謝，便與冰松、聽雨一起進了屋。

臨時預備的是一身蜜合色盤領對襟素面妝花褙子，料子輕薄柔軟，光澤柔雅，觀之即為上品。蔣嫵穿上那身衣裳還是略寬了一些。

最近運動得多，身上不見得清減很多，但是結實了不少。

聽雨伺候蔣嫵戴好白玉蝴蝶領扣，就要收撿換下的鵝黃褙子。

那留下伺候的婢女笑著道：「二夫人吩咐了，姑娘的衣裳奴婢即刻就去漿洗乾淨，回頭原樣不變地送還給姑娘。」

蔣嫵頷首。聽雨便不再多言，服侍蔣嫵離開小屋。

到了院中，二夫人笑道：「三姑娘生得標致，穿什麼顏色都好看。這件衣裳是我前兒吩咐人新做了要給小女的，如今姑娘穿著好，就贈與姑娘，希望姑娘莫嫌棄。」

「既然是為了令嫒預備，我怎好如此橫刀奪人所愛？」

「哎，妳不知道她，她平日裡不愛這些，給了她也只嫌我多事，未必如三姑娘這般領我的情，給了妳不是更好？」

蔣嫵發覺二夫人是個極會說話的人，言語親切不托大，又善於察言觀色，盡是說一些兩面都討巧的話，如此八面玲瓏，她倒佩服。

離開後宅，往雪梨院的方向去，才剛要到芙蕖苑門前，卻有個平頭正臉、穿著體面的僕婦跑來，遠遠地給二夫人行禮。「夫人，廚房剛才來人回話，說新進的鰒魚有些問題，還有國公爺今日留了指揮使的飯。」

二夫人主持中饋，這樣的事自然不能怠慢，何況霍十九又是貴客，更不敢疏忽，忙對蔣嫵道了個罪，吩咐貼身侍婢好生送蔣嫵一行回雪梨院。

蔣嫵與二夫人作別，就隨那婢女走上芙蕖苑的石子路。

聽雨笑吟吟上前，親切地給那婢女行禮。「這位姊姊好，我叫聽雨，是三姑娘的婢女，姊姊怎麼稱呼？」

聽雨生得美貌，卻並無高冷之色，笑起來梨渦淺淺，十分討喜，加之十四、五歲年齡不大，叫人防備心也提不起來。

那婢子還禮，笑道：「聽雨姊姊好，我叫碧香，是二夫人屋裡的。」

聽雨便羨慕地道：「碧香姊姊是有福之人，英國公府如此華麗，當真是我們從前沒見過的。每日能在此處當差，走走看看也是眼福啊。」

聽聞她的讚嘆，碧香覺得與有榮焉，笑著謙虛了幾句。兩人很快便挽起手來低聲閒聊著走在前頭，一副相見恨晚的模樣。

蔣嫵搖著團扇，笑著給冰松使眼色。

冰松這會兒已是目瞪口呆。想不到，套近乎還能這樣容易。

不多時，一行人過了漢白玉拱橋到了對岸，進了一片假山石陣之中。

碧香笑道：「從此處走不僅蔭涼，還能抄小路呢。只不過假山石陣中岔路多，請姑娘跟緊奴婢。」

聽雨道謝，回頭請蔣嫵和冰松跟上。

蔣嫵對如迷宮似的假山石並無感覺，可冰松是頭一次見到這樣陣仗，未免有些擔心掉隊，走得便急了一些。二人原本並肩，冰松不知不覺就走到了前頭。

蔣嫵並不在意，如此景致，她樂得細細欣賞。然而就在方出一個山洞，要步入另一個石洞時，她敏銳地聽到假山另一側有對話聲，且她捕捉到「清流」二字。

事關朝堂，或許關乎她父親，蔣嫵哪裡能放過此消息？

看了看已經步入岔路的冰松，她略一思索，擔心她跟上會壞事，又怕錯失機會難以聽到重要細節，索性直接轉了個彎走了另一條路，往聲源處走去。

隱約之間，對話聲愈加明顯了。

「……國公爺說的是，那群窮酸著實是作死，先皇那般英明的都沒將錦州奪回，如今小皇上才幾歲，毛都沒長全呢，他們也敢參奏要收復失地？難道金國大皇子回了都城不再留守，錦州那些金國兵就都變成白菜了？」

「小譚，你還是沒看透澈。」

「國公爺有何高見？」

「你道那群窮酸是無辜慫恿仇將軍上疏小皇帝的？他們為的，還不是國庫裡那點名堂。」

蔣嫵不敢走近，在石壁另一側將二人對話聽得清清楚楚。

雖未窺探全部，可也猜得到大概。這個姓譚的中年人和英國公，怕是為了避開人才來此處密談，要避開的或許正是在遠處書房中的那位。

金國大皇子鎮守錦州，為何突然回都了呢？

正想著，突然傳來焦急的一聲喚。「姑娘，妳在哪兒呢？姑娘！」

是冰松！蔣嫵心頭一跳，生怕她壞事，忙原路奔回。

冰松原本追著聽雨與碧香的步伐，一是擔心跟丟了，二也是因對聽雨懷著佩服之心，想看看她那等八面玲瓏的人是如何與人談天，又如何套話的。

誰料想走著走著，一回頭竟發現蔣嫵已不在自己身邊。她當真著了急！

蔣嫵與她自小在一處，她沒見過的，蔣嫵自然也沒見過，這會兒人不見了，莫不是走失了？若出了個什麼萬一，她如何對老爺和夫人交代！

「姑娘，妳在哪兒？快回答我啊！」冰松聲音哽咽，焦急地原路返回，出了個石洞，在三岔路前卻分不清來時路，方要再叫，突見眼前人影一閃，只呼吸間，口便被捂住，將她即將出口的喚聲掩住。

見是蔣嫵，冰松大喜！

蔣嫵低聲道：「別嚷，先離開此處。」

冰松連連點頭。

蔣嫵放手，拉著她快步進了石洞，正與聽到冰松呼喚的聽雨和碧香走了個對面。

聽雨也急得白了臉。「三姑娘，您方才……」

「沒事。」蔣嫵搖著團扇。「不過故意藏起來嚇她，誰知她膽子小，竟哭了。」說罷以團扇掩口而笑。

冰松並不知蔣嫵話中有假，羞赧道：「我不就是著急嘛。」

碧香與聽雨也鬆了口氣，此番再不敢獨自說話走在前頭，與蔣嫵和冰松一同離開了山石陣，過了葫蘆形的門洞到了隔壁的雪梨院。

與此同時，正有一身著淺棕錦緞道袍、頭戴員外巾的四旬男子慌亂地沿著蓮池畔的石子路繞過假山而來，卻慢了一步，並未看到是何人走進雪梨院。

他面色因焦急而泛紅，方才議論之事，也不知被哪個「姑娘」聽去了多少。如若壞了國公爺的大事，他往後可一輩子再沒有翻身機會。

「小譚，瞧你急成那樣子。」

身著寶藍錦衣、身材壯碩、打扮俐落的英國公面帶笑容，負手踱步到了跟前。「今兒宴請來的女客能被稱呼為姑娘的只有兩個，稍後一查便知了，你只管追上來又有什麼用？」

「國公爺英明。到底是卑職關心則亂。」譚光恍然，羞慚道：「若查出是誰，國公爺打算如何處置？」

英國公捋鬚大笑。「你我說過什麼不曾？難道還怕人聽？」

譚光恍然，笑道：「的確沒說什麼。」

第十章　殺機重重

看過戲，眼見時辰也差不多了，老夫人就吩咐二夫人擺飯。

二夫人才剛問：「是將飯擺在此處還是擺在前廳？」

外頭就有個穿著體面的僕婦來回。「回老夫人，國公爺留了霍指揮使的飯，說是他們單獨吃沒什麼意思，問老夫人這邊兒可願去前廳一道用飯，有說有笑也熱鬧些。」

老夫人素來不會忤英國公的意思，當下笑道：「既然國公爺有如此雅興，咱們豈可拂了他的興致？」回頭看著孫氏、劉氏以及宋可兒和蔣嫵，幾人自然客隨主便。

老夫人吩咐擺飯，一眾人就徑直往前廳而去。

前廳之中此時已經擺放了一座精緻的紅木鏤刻花開富貴插屏，隱約瞧得見屏風對面的人影，卻瞧不真切。

蔣嫵隨老夫人等人坐在女眷之側，按著身分來排，孫氏與劉氏竟自覺排在蔣嫵之下，宋可兒坐了末席。

大家門戶講究食不言，蔣嫵儀態並不粗魯，反而顯得比在座女眷更端莊瀟灑，眾人便對她愈加好奇了。

今日見面，知她與外界傳言那般不大相同，若說她粗鄙，她的確直言承認自己並非高門大戶的千金，可她說話坦然並不自卑，反而讓人覺得她坦白可愛。若說她是端莊閨秀，她行動之間又有些尋常女子沒有的灑脫英氣，大方氣質和時下婉約的女子截然不同。怎麼看，她也不像是會踢跪未婚夫，打趴小皇帝的潑婦……

席間，蔣嫵不著痕跡打量席間女眷神色，見宋可兒的眼神不自禁往屏風另一側瞟，心裡已更篤定了猜測，禁不住一笑。

這些小女兒心思，還挺有趣的。

用罷了飯，女眷們就去側廳說話。

不多時英國公身邊得力的侍從小順就與僕婦們一同到了側間，行禮道：「回老夫人，國公爺說，今兒個宋姑娘和蔣姑娘頭回來府上，身邊的人伺候得也辛苦，這會兒預備了一些見面禮和賞賜，叫姑娘們不必勞動，只管陪著老夫人和夫人們說話，請身邊隨侍的婢女去領賞便是。」

聽雨和冰松以及宋可兒身邊的兩名婢女聞言都面上含喜。

蔣嫵卻是心頭一跳。

英國公此人，當真不是一般人物！剛才冰松在情急之下叫了她，難不成英國公想以此為引，抓她出來？若當真暴露，英國公又會如何處置她？

蔣嫵有心提醒冰松說話留神，卻因在場人多無法開口，只得給她使了個眼色。

冰松與聽雨行禮，跟隨侍從小順出去，不多時就各自捧著禮盒回來。裡頭是給宋可兒和蔣嫵每人一套的頭面。至於她們，則各自賞了十兩銀子。

發了筆小橫財，四名婢子都很是開懷。就連老夫人說這會兒去芙蕖苑臨湖的小亭子裡打葉子牌，一路上她們都是喜笑顏開的。

女眷們嬉笑著走向芙蕖苑時，蔣嫵笑著問冰松。「剛見到國公爺了？」

冰松點頭又搖頭。「國公爺是在，不過那等場合，我哪裡敢抬頭？看也沒看到一眼。國公爺倒也和氣，問了我們四人家中的情況，還賞了銀子。」

「妳們四人，每個都問了？」

冰松笑著點頭。「正是呢！」她也有些納悶，畢竟外界傳聞之中英國公並非善類，今日能如此平易近人地與她們這些下人說話，難不成是她在作夢？

蔣嫵此時已是有了思量，面色如常地搖著團扇，走向臨湖而建的涼亭。

老夫人已張羅起來，興致勃勃地安排蔣嫵一起玩。

蔣嫵笑著推辭。「我不會。此處荷花開得正好，稍後我便去瞧瞧。」

宋可兒笑道：「我也正有此意。」

二夫人笑道：「兩位姑娘不同咱們一起玩，倒少了樂趣。」

宋可兒便去挽著蔣嫵的手臂拉她起來。「難得我與蔣家妹子一見如故，此等良辰美景，豈能虛度？」

蔣嫵忍下一手按她纖細脖頸、腳下使掃堂腿的衝動——被人近身，當真不習慣。又因宋可兒對她的敵意和方才的「故意」，哪裡會給好臉色？

她抽出手臂，道：「宋姑娘自便就是。」

宋可兒的笑容僵住，眾人也是愣怔。

在場之人慣於人堆裡打轉，歷來是惱在心中、笑在臉上，少見有蔣嫵這般直接拒人於千里之外的。如此率性，讓人當面下不來臺，果真不好，可也實在爽快。

蔣嫵並非張揚跋扈之人，也非傳聞中那般粗鄙，加之她英氣的劍眉和幽深的杏眼給人不同於尋常女子的感覺，如此清冷坦然，倒真讓人討厭不起來。

劉氏和孫氏奉霍十九的吩咐，自然給蔣嫵解圍。「三姑娘性子嫻靜，又喜愛荷花，可見品行。」

「是啊，老夫人，既然三姑娘想去賞荷，便由她去吧，咱們在此處陪您打牌。」孫氏說著擠眉弄眼道：「咱們就多輸點唄。」

老夫人失笑。「誰就差妳那幾吊錢了。」

夫人們的注意力被孫、劉二人轉移，蔣嫵便在宋可兒強忍羞怒之時下了臺階，聽雨與冰松跟隨其後，在午後豔陽之下，緩步走向無窮碧色之畔。

望著蔣嫵在二婢女陪伴下的嬌柔背影，宋可兒眸中的妒恨再也掩藏不住，所幸的是一旁之人都專注於牌桌，並未在意她，否則她多年來維持的閨秀形象就要因一個陌生女子而崩碎。

蔣嫵此即面色如常，並無半點不同，可只有她自己知曉，她身上每一寸肌肉都在緊繃，因為她感覺到來自三方的注意集中在她一人身上：一方來自於涼亭邊的宋可兒；其餘兩方則來自於對岸方向。三方的殺氣，數宋可兒的最為微弱。

她知道，預想之中的事即將發生。

冰松方才去回話，或許已讓英國公肯定方才在假山石陣中的是她。眼下殺氣越來越濃，她也明瞭英國公此番是「寧可錯殺，絕不輕縱」。

「姑娘，您瞧啊，那荷花開得多好。」冰松指著池中半開的芙蕖興奮不已，長這樣大，她還是頭回見到如此美景。

聽雨雖見慣了大場面，這會兒也不禁為眼前美景所迷。

蔣嫵莞爾。「的確好看。」

冰松雖壞了她的事，可她是無心且無辜的。聽雨更是無辜，就算有危險，她也無法平白拉著兩個人給她陪葬。

思及此，蔣嫵笑道：「妳們別跟著了，我想一個人靜靜。」

「姑娘？」冰松聞言愣住，不自禁回頭瞧了眼依舊立在涼亭邊上的宋可兒，唇角翕動，卻不知該如何勸解。

聽雨也犯了愁，斟酌道：「回三姑娘的話，奴婢在指揮使大人書房裡伺候已有了段日子，對那宋姑娘也知道一些，他們是『落花有意，流水無情』，姑娘著實不必為了宋姑娘而氣惱。」

蔣嫵莞爾，笑容沖淡她眉目中的英氣，整個人都柔化在清新荷葉清香之中。

「我不是氣惱，只是覺得此處美景，需獨自去賞。」

二婢子勸解之後，更不好強跟著忤逆主子的意思，只得行禮道是，蔣嫵便踏上漢白玉拱橋。

蓮池對岸的殺氣並未減弱，蔣嫵輕移蓮步，一派舒適從容地一步步走上緩坡，欣賞著池中半開的粉白荷花。

就在此時，由對岸走來一手捧茶盤的十七、八歲青衣婢子，蔣嫵眼角餘光一掃，便清楚此人來意。

那婢子一手托漆黑茶盤，茶盤上放了四個青花蓋碗，另一手提裙襬，不走漢白玉拱橋中間的緩坡，而走兩側的臺階。

蔣嫵此刻已到拱橋中央最高處，悠閒地抬團扇遮擋陽光，舉目往荷塘遠處望去。她知道那婢子越來越近，也感覺得到殺氣和她自身的緊張。

心念電轉，飛快計算著。那婢子要做什麼？茶盤之下會否藏了匕首？若是匕首，她當如何不在大庭廣眾之下施展功夫躲開？若非匕首，她又要做什麼？

此時此刻，蔣嫵只覺束手束腳，她必須要隱藏真本事，是以許多事都無法放手去做，例如明明一招便可制伏的人，如今卻要想如何使用巧勁。

一股淡淡茉莉花茶香和廉價脂粉香氣混合進淡雅的荷葉香中，蔣嫵警覺，知此女已到她身畔。

三步，兩步，一步……

就在錯身之際，那婢子卻是不留神踩到曳地裙襬，趔趄之下茶盤歪脫，滾熱茉莉花茶先灑了出來。

隨著尖銳的碎瓷聲響，婢子已驚呼往橋下倒去。不偏不倚，她撞到了蔣嫵身上。

拱橋扶手只到腰部高度，蔣嫵所站立之處又是扶手平坦低矮之處……

一切發生不過電光石火之間，遠處之人只聽一聲驚叫伴隨碎瓷聲響，回頭時，只看到一碧青一蜜合兩道倩影同時掉落蓮池，「撲通」落水聲音傳來。

「姑娘！」

冰松被嚇得三魂出竅，大呼奔上拱橋。

聽雨也緊隨其後，她會一些拳腳功夫，很快便超過冰松，然而即便如此，她們趕到兩人落水之處，也只看到兩個女子浮浮沈沈，眼看著蔣嫵和那婢女都沈入水中，池水荷葉搖擺瞬間渾濁，可見池中淤泥。

「姑娘，姑娘！」

「哎呀，是怎麼了！」

「快來人，有人落水了！」

呼喊聲自水面傳來，漸漸遠去。

蔣嫵憋著一口氣，也不掙扎，任由面前婢女死死抱住自己，一同沈落池底。

荷塘的水不深，只是渾濁。

然而就算一口水也能嗆死一個人，何況面前的婢子一心求死？

蔣嫵眼看這婢子表情痛苦地張大了嘴，渾濁的池水灌進她口中，感覺到那婢子抱住自己的雙臂漸漸失去力氣，以及她的抽搐與痛苦，與此同時，蔣嫵憋住的那一口氣也在迅速消耗。

那婢子似對蓮池之中水位深淺極為熟悉，就在她不住痛苦掙扎的時候，依舊抱緊蔣嫵往橋下深水處沈去。

這裡已不是先前落水處只有一人來深，更不是養荷之處及腰之深了。池底淤泥翻攪，竟也看不出究竟有多深，只能看到水面那一點光亮越來越遠。

氧氣消耗，肺部逐漸有燒灼擠壓之感，蔣嫵禁不住掙扎。

若她是英國公，此時就會派人下水「救人」以確保萬無一失，她必須在這個人下水之前呼吸到一口空氣。

那婢子雖然力氣告罄，雙臂依舊執著地將她抱住，她知道婢子已漸漸失去生命，可沾水的衣袍沈重，外加婢子的體重，氧氣用盡的她一時很難順利掙脫。

蔣嫵並不焦急。因為她懂得若是此時情緒激動，胡亂用勁，只會愈加消耗體力而已，她每一次掙扎的動作都仔細著不白費一點力氣。

漸漸的，婢子終究在抽搐中痛苦死去。

蔣嫵終於掙脫開雙臂，腳下一蹬屍體借力，就要向上浮去。

隱約中，她聽到了破水之聲，在波光粼粼的水面，一束陽光照射進來的方向，一個修長的人影猶如一尾魚，靈活而下。

蔣嫵看不清那人是誰，只能以最壞的角度考量，當那人是英國公派來「救人」的人。本能地伸手摸向右腿，那裡本該有她常用的匕首，可一摸空才想起今日為赴宴，怕露出破綻，並未帶匕首來。

蔣嫵焦急之下嗆了一口水，也不知是她力氣用盡動作太慢，還是那人動作太快，轉眼之間就已到近前。

在渾濁池水之中，她隱約看清霍十九的臉。心頭一跳，想不到英國公派來「救人」的竟然是他。

正在她痛苦地閉緊口，阻止池水灌入，力氣卻越來越少之時，霍十九已抓住她前襟，如提包袱那般將她自以為矯捷、實則已柔若無骨的身子拉近。不待她做出躲避動作，他已覆唇上來，渡了一口氣給她。

蔣嫵腦子裡「轟」的一聲，渾濁水中張不開眼，看不清他的臉。

霍十九卻更加焦急，緊緊拉住已經「昏厥」的蔣嫵，翻身向上游去。

光越來越近，希望就在眼前。霍十九破水而出，隨即將蔣嫵摟在身前，橫臂在她腋下，向淺水之處游去。

「大人！您沒事吧！」曹玉焦急地下了水，由於淤泥濕黏，鞋就黏在泥裡拔不出來。

「姑娘，妳別嚇我啊，姑娘！」冰松和聽雨急得也下了水。

蔣嫵緊閉雙眼，只在破水而出時呼吸兩次，就含著一口水壓抑住呼吸，癱軟在霍十九臂彎中。

曹玉和冰松、聽雨幫襯扶著蔣嫵和霍十九，好不容易爬上了岸。

岸邊鋪設整齊的石子路上，圍觀眾人不自禁讓出一塊空地。

蔣嫵被放平在地，只見長髮披散，面色蒼白，已然沒了呼吸。

冰松滿身泥污哽咽一聲，跪倒在蔣嫵身邊，抱著她的手臂大哭搖晃。「姑娘，妳不要死，妳若死了，我這就隨著妳去了！姑娘求您快醒過來吧……」

她悲切哭聲，引得在場眾婦人都禁不住跟著濕了眼眶，就連方才還恨死蔣嫵的宋可兒，此時都不免淚濕眼角。生命無常，剛才好端端的人，就這麼去了，可還需她再付諸一恨？

「都讓開。」霍十九焦急，一面抱起蔣嫵讓她枕在臂彎，同時道：「都圍在此處，她無法呼吸。」

隨即抓著蔣嫵的手揉搓，又讓她趴在懷中，讓她面貼著他左上臂，右手拍著她的背，一聲聲喚著。「嫵兒、嫵兒，好姑娘，沒事的，快醒醒……」

霍十九一身狼狽，頭髮散亂，泥污全身，可就是這樣的他，那一聲聲焦急又悵惋的呼喚，才叫眾人看得心酸。

冰松和聽雨失聲痛哭。

老夫人閉目唸佛，大夫人、二夫人、三夫人、孫氏和劉氏都已落淚，宋可兒雖有妒忌，可也有悲感。

此時的蔣嫵已察覺到，對岸那注意自己的人離開了，周圍不見殺氣，再憋下去恐怕真要將自己憋死，這才藉著霍十九拍她背部時嗆咳了一聲，剛灌進去的池水都吐了出來。

驟然呼吸，肺部疼痛，渾身痠軟，她只得暫且癱在霍十九身上，痛苦地呻吟了一聲。

「姑娘！姑娘活過來了！」冰松大喜。

霍十九聲音越發溫柔沈穩。「嫵兒，沒事的，將水都吐出來。」

一下下拍著她的背，幫她將池水吐出，感覺到她漸漸開始呼吸，霍十九終於鬆了口氣。

二夫人張羅著快請太醫，又叫人預備熱湯盥洗和替換的衣裳。

霍十九推開一旁粗壯婆子伸來要接蔣嫵的手，自行抱著她站起身。雖吃重走得艱難，仍舊一路隨婆子往內宅去。二人的衣袍一路滴著水，著實狼狽，瞧來卻又如此深情得叫人豔羨。

蔣嫵此時已經無恙，左右方才那樣折騰也覺累了，索性借重他的力氣，心安理得地將他臂彎當吊床來躺，絕不去想水中他渡給她的那口氣。

霍十九低頭望她，見她雙目緊閉，濕潤長髮黏貼在臉上，臉色越發蒼白，著實可憐，不免輕顛了顛她，加快腳步。

特殊時刻，也顧不得男女之防，二夫人直接引二人到距離芙蕖苑最近、供客人休息的小跨院，請霍十九將蔣嫵放上床榻，便道：「指揮使與隨從先去沐浴更衣，這兒有丫鬟婆子伺候，待會兒太醫也就到了。」見霍十九白淨面皮上無喜無怒，又勸。「您在此處，反而不方便。」

霍十九這才點頭，道：「那便有勞二夫人了。」

「哎喲，指揮使說的哪裡話，畢竟是我們府上下人辦事不力，才讓三姑娘出了這等意外，指揮使放心，我定好生照顧三姑娘，嚴懲那走路不長眼的死蹄子！」

霍十九面帶淺笑，回頭問曹玉。「將嫵兒撞落水的人呢？」

「已經撈上來，死了。」

霍十九笑容更加溫和。「是買來的還是家生的？」

「屬下查問了，是家生子。」

「那就將她爹娘叫來看著，鞭屍。」

此等嗜血之言，竟是談笑間說出，且霍十九對英國公素來謙恭有禮，斷不會在英國公府指手畫腳，此番竟為了蔣嫵頭回霸道一次。

幾位夫人此時都在外間，聞言也都一驚，進了裡屋，見霍十九一身泥水滴滴答答、面上含笑，那笑容卻叫她們心底的寒氣直冒，竟連英國公夫人一時也說不出辯駁的話來。

二夫人機靈，給婢子使了眼色，方才陪蔣嫵去更衣的碧香就悄悄退下，出了門飛奔著去回英國公。

二夫人又拖延道：「指揮使息怒，那蹄子雖可恨，想也是無心之失，況且蔣三姑娘這會兒沒事，那蹄子卻已殞身，何不就此罷了？也為了三姑娘積陰德。」

二夫人話一出口，老夫人才道：「阿彌陀佛，指揮使何不瞧在老身的面子上，就放了她屍首一回？」

霍十九望著床上渾身泥污、冰冷顫抖、緊閉雙眼的蔣嫵，尤其她那雙白膩的小手緊握著拳頭，似竭力忍耐痛苦，不免心痛。

「國公夫人也不必勸說在下。此番既是婢子不留神，我重罰婢子，又沒糾她全家之錯。難不成，國公夫人覺得覺得我的處置法子不當？」

話音稍頓，霍十九愈加溫和，慢條斯理地道：「要麼鞭屍，讓她爹娘來看；要麼就將她爹娘全族中的奴才都變作屍體一起來鞭。我還從未聽說過身為奴僕犯了錯，不必懲罰的，還是各位瞧不起在下，覺得我未來夫人合該受個奴僕的欺負？沒溺死是我們好運氣，溺死了就活該倒楣？」

話到此處，霍十九竟噗哧笑了，回眸望著國公夫人。「我雖不才，可我自己的人只能我自己欺負，是死是活我說了算，旁人膽敢動一根指頭試試！」

他明明沒發怒，甚至說話聲音沒有提高，語速也沒有加快，可他看過來時，老夫人卻覺得平日深宅中「指點江山」的魄力都隨他那一眼消弭殆盡了，動了動唇，找不出適當的話。

正當此時，院內丫頭朗聲回道：「國公爺來了。」

老夫人心裡一喜，可算來了救星。

英國公負手而來，步履沈穩，霍十九恭敬地行了禮。

見他如此狼狽，英國公忙道：「才聽說花園裡出了事，你快些去更衣吧，我府中的人既然不好，你只管懲處便是，又非外人。」

若真許他懲處，就不會刻意強調「我府中」三個字。

躺在床上一直裝昏忍冷的蔣嫵聽到此處，只當霍十九會將此事揭過算了。

豈止蔣嫵，此處眾人都是這樣想法。

可霍十九卻出乎意料地笑著道：「多謝國公爺。您若不說，我也正打算派人去請您的示下。那婢子端個茶盤都能將主子撞進水裡，無心便也罷了，若是有心呢？今日虧得嫵兒沒事，若有事，又有誰賠我一個未婚妻來？再深想，若是今日站在橋上的不是嫵兒，是國公夫人或者府裡哪一個主子，再或者是國公爺，此時豈不事大？」

「你說的有理。」英國公連連點頭，方正臉上有認同的微笑。「那婢子的全家就交給你處置，以解你心頭之恨吧。」

「我要她的全家做什麼？我只要她一人碎屍萬段，要她家人和其他僕從看著，學學規矩便是了。」

說得當真仁慈！可為何眾人身上都起雞皮疙瘩……

英國公望著霍十九狼狽卻英俊的笑顏，驟然爽朗大笑，隨即吩咐道：「都沒聽見嗎？還不按著指揮使的意思去辦！」

「是！」

外頭有小廝應「是」，立即張羅著出去，話語中聽得在嚷。「快將趙顯一家老小都叫來，蕪鵲姑娘衝撞了蔣三姑娘……」

霍十九笑著與英國公道謝。

英國公極關切地道：「還都呆愣著做什麼，趕緊預備熱湯伺候指揮使沐浴。」也不在乎霍十九手上的泥污，拉著他手出門，道：「雖是夏天裡，你又年輕，身子現在自然不怕什麼，可年紀大了各種病痛就會找上來，你這會兒好生去泡熱湯，這邊由我幾個媳婦兒幫襯著，無礙的。」

「是，多謝國公爺。」

兩人漸行漸遠，老夫人憋了口氣，只覺霍十九插手國公府裡的事著實沒個體統，可他們也的確理虧在先，加之英國公開口，她只得暫且忍耐下。

二夫人這會兒已吩咐人預備了香湯，著令婢子為蔣嫵除去濕衣，服侍泡熱水祛寒，便與大夫人和三夫人暫且出去了。

蔣嫵洗了兩道熱水，將泥污去了才坐在浴桶之中，舒服地嘆了口氣。

冰松眼睛哭腫成兩個核桃，仔細輕柔地為蔣嫵洗頭。

「虧得大人下去得及時，再晚一些，怕姑娘性命不保，事發突然，一時間尋不到善於泅水的女僕，小廝家丁們又不敢讓他們下去毀了姑娘清譽。若大人不懂水性可怎麼好？」

說話間，卻聽外頭不遠處有撕心裂肺的哭喊聲和求饒聲傳來。那尖銳的叫嚷，讓人背脊上像是扎了一排鋼針，著實發寒。

果真是在鞭屍？哭嚷的定是其家人。

蔣嫵跨出浴桶，更衣後將半乾長髮綰起，就要往外頭去。

聽雨忙阻攔。「姑娘可使不得，那等場面，豈能污了姑娘的眼。」

蔣嫵卻不聽，只往外頭去，聽雨跺腳嘆息跟了上來，冰松膽子小，鼓足勇氣才下了丹墀。

越往外頭去，哭喊聲越慘烈，只聽個婦人不停在罵。「都是你這死鬼！都是你，你怎麼不去死，偏偏死的是我女兒！」

站在跨院門前，就見不遠處兩名小廝手持馬鞭，一人一下抽打地上一個麻袋，麻袋紮口處露出一雙慘白蓮足，麻袋上已有開裂口子之處，鮮血滲出。

許多奉命必須觀看的丫鬟婆子垂首立著，竟有忍不住的人已經掩口嘔起來。

就在麻袋一旁，一滿面塵霜、形容枯槁的中年婦人，肝腸寸斷地捶打著垂頭喪氣的乾瘦男子，另有兩個與蔣嫵年齡相仿的小姑娘大哭著，叫著「姊姊」，又叫「是我們對不住妳」。

「殺人不過頭點地，就罷了吧。」蔣嫵蹙眉吩咐聽雨。「去告訴霍英，就說我已經無礙了。」

聽雨這會兒也嚇得面色發白，聞言忙行禮，尋了個小丫頭引路去見霍十九。

霍十九此刻已沐浴更衣，在前廳與英國公和譚光一同吃茶。

聽人來回是蔣嫵身邊的婢子，就放下茶盞到了廊下。

譚光與英國公只聽得說：「……既然是嫵兒的意思，就停手吧。」

聽雨領命下去。

他們自然知道說的是鞭屍一事，剛那麼多人勸說都沒用，偏蔣嫵一句話就讓他改了主意。

英國公在霍十九緩步進屋來時，捋著鬍鬚，笑道：「看來英雄難過美人關，是自古真理啊。」

譚光也笑道：「正是呢。霍指揮使竟是個癡情種子，對蔣家姑娘言聽計從的。」

霍十九此刻已如平日那般，對英國公極為恭敬。「國公爺莫要取笑卑職了，當初我遊戲花叢，也沒想到如今真有個女子能動了我的心尖，只恨不能將她變作個扇墜子，時刻帶在身上才甘心。」

他說話時靦覥笑著，面帶紅雲，二十七歲的人卻真一副少年情竇初開模樣，看得譚光與英國公又笑了一陣子，只說他紅鸞星終於動了，天賜佳人，日後必定和美。

過了片刻，霍十九便起身告辭，英國公還要留飯，霍十九道：「家父母特囑在下要帶兒媳婦回去，是以今日只得先行告辭，改日再來叨擾。」

英國公便笑著頷首，不動作。

倒是譚光殷勤地送霍十九出去，眼瞧著霍十九往二門處去差人告訴蔣嫵出來，才返回前廳，進門便道：「國公爺，今日霍英未免太過分了些，手長得都伸到國公府來了！」

英國公隨手把玩著茶盞，悠閒道：「他對蔣家丫頭倒是動了真情。」

譚光斟酌了半晌，依舊沒敢問出今日蔣嫵落水的事，也識相地告辭。

英國公端著茶碗出了一會兒神，才霍地起身，隨手將茶碗丟在矮几上，撞出哐的一聲響，茶水翻倒，流了滿桌。

第十一章　溫馨的家

垂花門前，二夫人還在客氣地留飯，蔣嫵與霍十九自然推辭。

霍十九攜起蔣嫵的手，笑道：「煩勞二夫人，嫵兒身子弱，還是備個代步的小轎較為妥當。」

「那是自然，已經吩咐人備下了。」二夫人抹汗。

她身子弱？弱還能剛從鬼門關轉一圈，又去看鞭屍，回來吃了壓驚的藥還能再吃下一大碗燉烏雞？

離開英國公府，換乘了霍家馬車，霍十九道：「時辰還早，回府去用罷了晚飯，我再送妳回家。」

蔣嫵想要推辭時，霍十九已吩咐了車夫，她便也不言語。

霍十九此時穿了身略有些寬的玉色錦衣，墨髮沒如往常束冠，只隨意用了條布帶在腦後高高紮成一束，斜靠大引枕時，有散髮垂在肩頭，顯得面色如玉，五官俊美。

蔣嫵挑眉，大大方方欣賞。

霍十九反而被小姑娘略帶戲謔的明澈眼眸看得不自在，咳嗽一聲道：「瞧什麼呢？」

「沒什麼。難道你還怕人瞧嗎？」紅唇輕啟，聲音溫柔，偏偏又是嗆著他說話，神態倨傲，充滿活力，根本不像剛落水險些溺亡的人。

原本他就不覺得她嗆他時可氣，只當她是小姑娘家倔強驕傲，還覺得有趣。如今想起方才水中她無助的模樣，當時他真以為她定會沒命了，立即覺得她能如此有精神著實可貴，禁不住噗哧笑了，有了逗弄之心，認真道：「旁人瞧不行，妳若喜歡瞧，自然使得。」

這人……真是逮住機會就要調戲幾句。

蔣嫵想起方才蓮池中，他於混沌之中破水而來，不容拒絕地渡給她生命，當時來不及有所感觸，如今卻覺唇上觸感依舊存在，不免內心發熱，面上也有了些不自在，索性不與他說話，轉而看向窗外。

霍十九斜靠引枕單手撐頤，悠然含笑欣賞她姣好的側臉。

蔣嫵知道他的注意力集中在她身上，不免覺得臉上都熱了。

虧得英國公府與霍府距離不遠，不多時馬車緩緩停下。

不等下車，就聽到有人給霍十九問安，還有大呼著「乾爹納福」的聲音。

挑起車簾，霍十九先行躍下，蔣嫵隨後扶著聽雨和冰松的手踩著小杌，足方落地，就有人道：「乾娘您好啊！」

「乾娘當真是天仙美人兒啊！」

那一嗓子來得突然，讓蔣嫵險些打跌。

她都快忘了，嫁給霍十九還能得一票年紀不小的乾兒子。

霍十九負手上了丹墀，朝一眾登門拜訪、送禮的頷首，就吩咐曹玉留下主事，有急事的人則帶進去先辦。

蔣嫵也上丹墀，緊隨霍十九身後，直到進了門，還能聽到後頭有人在叫嚷。「乾娘慢走，改日兒子來給您老請安……」

望著霍十九的背影，蔣嫵輕嘆了一聲。

「怎麼了？」霍十九聲音溫潤。

「我才十六。」

「嗯？」

「哪來的一群老掉渣的乾兒子……」

霍十九回眸，禁不住笑道：「妳會習慣的。」

一路走來，所見婢子僕從皆恭敬地行禮。

才進二門，眼瞧著有一眾人迎了上來，走在前頭穿了身錦緞茶金色短褐的壯碩男子，正是霍大栓。他身旁一名身量高䠷、穿了身孔雀藍對襟褙子的中年美婦人，則是趙氏。

「爹、娘，您二位怎麼出來了？我們……」霍十九迎上前行禮，話沒說完，就被霍大栓一巴掌扒拉個趔趄。

「丫頭來啦！哈哈哈！」霍大栓面色紅潤，爽朗大笑。

趙氏也笑得見牙不見眼，上前拉住蔣嫵雙手。「今兒玩得開心不開心？阿英那渾小子可有欺負妳？若是他敢讓妳受委屈，妳只管告訴我，我定收拾他！」

「他敢！」霍大栓瞪著虎目。「老子打斷他的狗腿！」

「去去去，你個粗人，張口閉口打斷腿，也不怕嚇壞了兒媳婦。」趙氏拉著蔣嫵的手往裡頭走。「待會兒想吃些什麼？咱們叫廚房預備去。初六一聽說妳來，緊忙回屋裡換衣裳去了，待會兒就來……」

霍大栓也憨笑著跟上，一眾僕婢緊張地垂首。

被丟下的霍十九孤伶伶站著，好一會兒才嘆息一聲，緩步跟上。

見霍十九並未遷怒，僕婢們都鬆了口氣。他雖並非喜怒無常之人，可誰能保證哪一日不會被老太爺「欺負」得受不住而拿他們出氣？

沒錯，就是欺負！

在外頭叱吒風雲的人物，回了家就被老太爺呼來喝去，還不帶反抗一句，最要緊的是蘇州園林似的霍府，如今已快改成田莊了！

後花園裡的花兒太美太香，不順眼，剷掉種菜；宅子中空地和空院落很多，太浪費，改養家畜；十三房姨太太就知道彈琴畫畫、閒嗑牙，不知勞作，白吃白喝還敢爭風吃醋？都給老子滾出來種地！

小廚房的廚子可是給皇上做過御膳的啊！可老太爺依舊大蔥蘸醬就玉米麵餅，渴了就蹲在剛上過肥、「噴香」撲鼻的地頭喝一碗涼水，連小解都不忍心浪費了「肥料」，乾脆解在地頭裡……

好在老太爺沒要他們都不許上恭桶……

僕婢們個個小心翼翼地跟在霍十九身後，服侍他到了前廳，就見霍大栓已端坐首位，蔣嫵則被趙氏拉著坐在次位說話。

猶豫片刻，霍十九舉步上前，剛要在霍大栓身邊的空位落坐，就被親爹瞪了一眼，他只得摸摸鼻子，挨著門口最末位坐了，又嘆一口氣。

僕婢們一聽他嘆息，背脊上便冒涼汗，緊忙上了茶躬身退下。

趙氏笑著問蔣嫵。「今兒都玩什麼了？他們家的人和善不和善？我給妳挑選的頭面喜不喜歡？」

蔣嫵體會得到趙氏的好意，待她赤誠的人，她素來不吝溫和，笑道：「……聽了戲，咿咿呀呀的不很清楚，倒虧得我略識幾個字，對著詞折也看得七七八八，國公府高門大戶，自然與咱們這樣人家不同……頭面我很喜歡，只是我不大喜歡那些花兒粉兒的，戴著沈重，還擔心弄丟，是以今兒也沒都戴著。」

蔣嫵的回答，霍大栓與趙氏聽得連連點頭。

霍大栓讚嘆道：「難得，真難得！丫頭才多大呀，就識字了，我斗大的字不識一籮筐……」

趙氏白了霍大栓一眼。「你爹當年也不給你識字，丫頭的爹可是大才子，你能比得了嗎？」

「就是。」霍大栓撓著頭，粗聲粗氣道：「好在咱家十九、廿一和初六都不像我，還都識字。別看十九那個慫樣，認字唸詩可厲害咧！」

「噗！」霍十九一口茶噴出來，嗆咳得不能自已，面紅耳赤地起身道：「爹、娘，我先去書房。」

「去吧、去吧！」霍大栓擺手，轟雞崽兒似的，咧嘴笑道：「那小子還不好意思了。」擔心她不喜霍十九，所以才竭力推銷，告訴她那人也有可取之處嗎？

蔣嫵抿著唇笑，父母愛子之心叫人動容。

「指揮使是進士出身，才高八斗、學富五車，他的才名我是知道的。」

趙氏聽聞蔣嫵的話，笑著握著她的手。心道：姑娘當真是好，模樣好，人也好。

霍大栓卻道：「有幾車我不知，不過他當年練字，房後的水塘都被他給糟蹋成黑塘了，叫我拉過來窩心腳一通踹！」

趙氏掩口咳嗽了一聲，溫聲道：「丫頭別與他那粗人一般見識。」又使勁瞪霍大栓一眼。

霍大栓卻不服氣。「我又沒胡謅！」又興致勃勃地道：「丫頭在家種地不？」

「家中也有莊子，但我並不曾過去，只幫母親做些活計。」

趙氏拉著蔣嫵的手時，已知她手心有繭，當下心疼地道：「這些都是幹活留的繭？蔣御史家當真是清貧啊。」

蔣嫵笑著點頭。「劈些柴禾而已，也當是鍛鍊體魄。」

「妳還劈柴啊？那妳定然有些力氣。」霍大栓驚奇地站起身，巴掌一拍，道：「走走走，跟我一同翻地去，花園裡那些破花叫我給拔了，這會兒還沒鬆土呢，我打算在那兒種些小青菜。」

「你個死老頭子，那兒有十三房姨娘呢，叫她們幫你翻去，做什麼叫丫頭去做粗活？」

趙氏氣結，如母雞護小雞一樣摟著蔣嫵。「丫頭，咱不去，不聽他的。女兒家弄得滿手繭子可怎麼好，咱們家又不缺勞力。」

這對夫妻，真已將她當作自己的女孩一樣對待了。

蔣嫵對殺氣敏感，對善意更敏感，她從來不愛功名錢財，不求錦衣玉食，重的只有個「情」字，此刻心頭溫暖，禁不住笑道：「伯母別瞧我這樣子，翻地我會呢。」

「看看，丫頭都說會翻地，快跟我去看看我的黃瓜地，那隔壁就是花園，我就是打算種那片地呢！」霍大栓說著健步如飛地出去。

蔣嫵也對趙氏一笑，起身跟上。

趙氏無奈地搖頭，卻對蔣嫵更喜歡了，便帶了婢子往外走。

到了廊下，只聽霍大栓還在誇蔣嫵。「那兔崽子是八輩子修來的福氣！往後妳有啥不順心，只管跟我說，看我窩心腳還不踹出他屎來……最煩那一群，只知道塗脂抹粉的，叫她們幫忙種個地跟要了她們命似的。」

話音方落，幾人恰出了月亮門，正看到「塗脂抹粉」的四人面色僵硬地站在門前，蔣嫵只認得其中年齡最長的苗姨娘，她皮膚好像曬黑了很多，人也瘦了不少。

苗姨娘、孫姨娘、黃姨娘和鄭姨娘笑容都很勉強，屈膝行禮。「老太爺，太夫人。」

苗姨娘上前來，對蔣嫵笑道：「聽說蔣三姑娘來，咱們特地來請安。姑娘這會兒要與太爺去地裡嗎？不如留下與我們姊妹說說話。」她朝著蔣嫵眨眼，一副要救她於水火的模樣。

蔣嫵卻道：「姨娘們也一同來吧。」就跟上了霍大栓的步伐。

苗姨娘幾人的臉瞬間黑了。

霍大栓先帶蔣嫵去抱香閣看了碧青一片的黃瓜地，又過月亮門，轟開一群散養的小雞仔，邁步躲開幾坨來不及清掃的雞糞，橫穿一片假山石就是池塘邊空曠的一片地了。

只見池邊垂柳依依，涼亭披了淡粉紗幔，蔣嫵幾乎可以看到從前鳥語花香的雅緻，可如今……咳咳。

到了地頭，蔣嫵見有草鞋，就揀了雙大小差不多的綁在繡花鞋外，隨手拿了個鐵鍬往地裡走。

霍大栓看得喜歡，也拿把鐵鍬跟上。姨娘們站在地頭，進也不是，退也不是。

趙氏卻是笑看著蔣嫵將鐵鍬往地裡一戳，腳踩借力，鐵鍬就插入泥土中不淺，俐落一挖，如此下來幾次，已翻出一小片。

霍大栓比蔣嫵動作俐落得多，一面嫻熟地翻地，一面對她讚不絕口。「好丫頭，真不錯，往後過了門就一起來種地吧！」

霍初六拉著霍廿一才進了門，就聽見霍大栓這一句。「爹，你又胡亂抓苦勞力！」隨即拉著不情不願的霍廿一往地頭去。

蔣嫵聞聲回眸，正看到未來小姑滿臉燦笑，拉著個身材高眺、長得與霍十九有五分相似、身著淡藍長衫的青年走來，仔細瞧瞧那青年容貌與趙氏有七分相近。

「嫂子。」霍初六到了跟前，親熱地拉著蔣嫵，就指著霍廿一道：「他是我二哥。」

蔣嫵將鐵鍬戳在地裡立著，與霍廿一相互見禮。

霍廿一望著蔣嫵時，臉紅到脖子根，低頭不語。

趙氏笑著走來。「丫頭不必拘謹，他叫廿一，如今也有了表字，單字『明』。」

「一個霍英，一個霍明，聽著就是哥兒倆！」霍大栓拄著鐵鍬，爽朗道：「話說當初老子給這些兔崽子取名可憋壞了，十九還好說，生在臘月十九，叫個生辰就是。娘的，偏偏老二生在七月二十一，他早前是叫霍二二的，後來人都說難聽，一個男兒家做什麼總叫『二姨，二姨』的，好在有個老街坊是肚裡有墨水的，說二十一按著黃曆上就是廿一，他才叫霍廿一。」

「你還有臉說！」趙氏瞪霍大栓。「你們不知道他，當年生了老二，他蹲門口憋了三天，最後偏說先取個賤名好養活，非要叫『木頭』，依我說，再聰慧的孩兒叫了木頭也給叫傻了。」

霍大栓赧顏，不服氣道：「那我還叫『大栓』呢，我不也沒傻！」

「你不傻？也沒見你精！」

眼看霍大栓和趙氏竟拌起嘴來，互相揭短不亦樂乎，蔣嫵新奇地眨眼。

前世是孤兒自然不必說，今生有了家，親人待她都真心實意，可父母親卻是相敬如賓，從未見過如此熱鬧的時候。或許他們自持長輩身分，不在兒女跟前這樣說話吧？

這會兒蔣嫵只覺得前所未有的放鬆。其實除了霍十九那人人品壞些，霍家人還是不錯的。

霍廿一的眉頭擰成疙瘩，見霍大栓和趙氏心情都比往常好，著實是在為霍十九終於要娶親而歡喜，不免煩躁。再看蔣嫵，更覺惋惜，嘆道：「好好的姑娘，卻要被那混蛋糟蹋。」

原本的熱鬧場面瞬間變冷，霍大栓夫婦忐忑地望向蔣嫵。

蔣嫵卻拿起鐵鍬，沒事人似的繼續翻地。

霍大栓這才鬆了口氣，在蔣嫵背對他們時踹了霍廿一一腳。霍廿一躲得倒也快，一下就躍開了，氣得霍大栓吹鬍子瞪眼睛，又不好大嚷，只得眼看著霍廿一大搖大擺倨傲地離開。

此時的外院書房，霍十九已換了件寶藍色雲錦道袍，長髮重新束冠，面沈似水地負手站在窗前。

聽雨俯首貼地。「是奴婢伺候不周，沒有保護好姑娘，才叫姑娘落了水。請爺責罰。」

「妳也知道是妳伺候不周？」霍十九聲音溫和又冷淡。

聽雨背脊生寒，依舊跪伏。「是，爺吩咐奴婢好生伺候姑娘，奴婢違了爺的意思，險些讓姑娘遇險，當真萬死難辭其咎。」

霍十九回身，並不發話處置，而是問：「姑娘今日都做些什麼，可有何異動？」

聽雨道：「姑娘為人溫和疏遠，其實並無異動，只是看戲時，新昌侯家的宋小姐故意打翻果盤髒污了姑娘的衣裳。奴婢伺候姑娘隨二夫人去更衣回來的路上，冰松曾焦急地叫嚷過『姑娘妳在哪兒』，我道是因為假山岔路多，我又在與碧香套話沒留心，才讓姑娘走失了。後來姑娘卻說是她故意與冰松逗著玩的。」

霍十九沈吟。「在假山石陣中？」

「是，就是比鄰雪梨院的芙蕖苑。」

「然後就有婢子，不留神將姑娘撞落水了？」

「的確如此。」聽雨頷首。「爺，奴婢覺得其中必有蹊蹺。尤其是那婢子被鞭屍時，她爹娘和兩個妹妹都在場，哭得是肝腸寸斷，我後來打聽，據說那婢子的爹是個爛賭鬼，欠了一屁股債，人說要將他女兒都拉去抵債呢。」

霍十九沈思片刻才道：「妳去吧，伺候姑娘不周，罰俸三個月，若再有下次，可就沒命了。」

聽雨連忙叩頭。「是，奴婢再不敢了，奴婢告退。」

聽雨退下後，霍十九又斜倚窗櫺立了許久。他在分析今日聽聞時，曹玉似影子一般站在他身旁，卻又不讓人感覺到他的存在。

直到下人來傳話。「晚飯已經預備得了，太爺請老爺去用飯呢。」

霍十九才收回心思，與曹玉回了內宅。

用過晚膳，霍十九親自將蔣嫵送回家。

一路上蔣嫵囑咐冰松回家不准提起落水之事，又叫冰松將英國公賞賜的十兩銀子自個兒收起來做體己，這才進了家門。

此時已是天色大暗，從前唐氏不大捨得燈油錢，屋裡都只點一盞燈，今日繞過影壁卻見前廳燈火通明。

蔣嫵問銀姊。「家中來了客人？」

銀姊笑道：「可不是呢，老爺的一位同僚帶著家眷來拜訪。」

蔣嫵挑眉進了屋，正看到蔣學文、唐氏與一對中年夫婦分賓主落坐。蔣嫣和蔣嬌則在一旁，陪著個約莫十六、七歲的少女說話。

蔣學文笑著道：「嫵姊兒回來了？來見過妳仇伯父和伯母。」

仇將軍？英國公口中的那位？

蔣嫵不動聲色地上前行了禮。

仇懋功與夫人任氏笑著頷首，給了蔣嫵一對金纍絲的鐲子做見面禮。

那少女是仇懋功的獨女仇裳音，見禮後姑娘們就都去了裡間說話。

原本待客時內外的格扇從不關的，今日唐氏卻吩咐人將門關了，屋門隔音，距離又遠，幾人在裡屋都聽不清長輩說了什麼，縱有好奇之心，當著彼此也不好去偷聽，只得說著一些閒話。

蔣嫵一面陪著閒聊，一面集中精力聽著外頭的對話，也虧得她耳力過人，才勉強斷斷續續聽到一些。

「……原是不該求著蔣兄……人丁單薄……信不過……萬一……裳音就託付給你了。」

「你也大可放心……」

蔣嫵聽著二人對話，內心不禁想起今日在英國公府聽到的那些。想來英國公與另外一人的對話她並未聽完整，然英國公卻不知被聽了多少去，才對她下了殺手。這個危機還未徹底解除，萬一仇家出事，他們又要如何保得住仇裳音？

仇懋功夫婦告辭時，將仇裳音留在了蔣家，說是因姑娘們見面投緣捨不得分開，要小住些日子，這就更讓蔣嫵無法不去聯想英國公的話了。

蔣嫵去了書房，見左右無人，確定外頭無人能聽得到他們父女的對話，便開門見山地問：「如今情勢已緊張到仇將軍必須託孤了嗎？」

蔣學文驚訝。「妳如何知曉？還是妳在霍英處聽到了什麼？」

蔣嫵搖頭，將今日在假山旁聽到的話說給蔣學文聽。略微想想，還是沒有說出自己落水一事，只道：「大約是我去得不恰巧，英國公的話也沒聽完整。他或許也發現了有人偷聽，派人搜查了一番，我幸運躲開了。」

「能夠如此已經很好。至少證明我與仇將軍的猜測是對的。英國公那樣小心謹慎的人，眼裡如何容得下一丁點的沙子？」

「到底發生何事？您也與我細細說了，免得我要做什麼，怕失了分寸。」

「妳也當知曉北方金國皇帝有三個兒子吧？」

「是。長子文韜武略，次子體弱善謀，三子交友滿天下。」

「的確，那妳可知咱們北方的錦州城已被金國占了多少年？」

「錦州應是慶宗在位時丟的，到如今約莫近五十年了吧？」慶宗是小皇帝的祖父。

蔣學文滿意地頷首，對蔣嫵瞭解政事十分欣慰。「妳說的不錯。錦州被金國占領，先皇在位時就曾經多次意圖收復失地，金國大皇子鎮守錦州，著實將那處防得如同鐵桶一般。先皇縱有經天緯地之才，奈何天不垂憐，竟早早便龍馭歸天，到如今咱們小皇上……哎，不提也罷。」

蔣學文雖是竭力控制情緒，蔣嫵依舊從他語氣中聽出了惋惜與對小皇帝的不滿之意。她不言語，只端坐圈椅上沈默傾聽。

蔣學文又道：「如今金國皇帝病危，鎮守錦州多年的大皇子匆匆回了都城，錦州留守的守將格綳額是個有勇無謀的莽夫，雖號稱有守軍五萬，可也未必不是咱們的機會。」

聽到此處，蔣嫵卻是面色一凝，挑眉道：「父親覺得，如今以大燕的能力，還有收復錦州的希望嗎？」

蔣學文聞言，眸中閃爍異采，一反方才侃侃而談，只望著蔣嫵不言語，似在等她的下文。

蔣嫵想起英國公說的「國庫裡那點名堂」。她知道自古以來，政客的手腕都是不容小覷的，恐怕清流若與仇將軍聯手，未必真的是為了收復失地吧？

先前父親就已說過，如今大燕國庫空虛，而英國公縱容手下借貸銀子，如果要打仗，就必然要用銀，要用銀錢，立馬會現出國庫中的醜事。這正是清流給英國公強力一擊的機會，或許也可藉此事讓小皇帝看清楚英國公的真面目。

倒是仇將軍，未必不是真心實意想要收復錦州，只是可憐了直爽的軍人……

蔣嫵雖心如明鏡，卻不是個喜歡多言的，何況這種政客的手段是她不喜的，卻因立場而不得不如此，只垂下長睫，淡淡道：「既如父親所說，仇將軍是奏請之人，英國公定是會對他下手的。」

她一句話，蔣學文就明白她已經看清細節了，內心歡喜得緊，點頭道：「不錯，是以仇將軍才讓女兒暫住在咱們家中。」

「為的也是要借重霍十九的身分吧。畢竟父親做霍十九岳丈的事已經板上釘釘，就算英國公要對裳音如何，也要看在霍十九的面上掂量掂量。」

「嫵姊兒果真是明白人。」

蔣嫵卻是擰眉。「英國公那群人手段素來狠毒，又有霍十九為虎作倀，依女兒看，他們連暗殺那等事也是做得出的，父親可有消息，知道他們要如何動手？手段是明還是暗？」

蔣學文被問得赧顏。「咱們的人尚不能聽得英國公那方的消息，所以一切都不知曉。」

「那父親可知，英國公動了仇將軍，下一個就會動您了？」

蔣學文是清流之首，英國公睚眥必報，又認定了仇將軍是被「窮酸」攛掇，哪有不報復立威之理？

蔣學文負手凜然道：「為父的自然不怵。」

他話音方落，就聽見蔣嫵的一聲嘆息。

蔣嫵低垂螓首，幽幽道：「我自來知道父親不缺為國捐軀的勇氣，而我還是那句話，縱然咱們分了家，與本家關係不甚密切，可到時候若獲罪，帶累的是全族中的人，何況母親、大姊、二哥和嬌姊兒？」

說到此處，蔣嫵已站起身來，道：「父親好生想想吧，我也該回去歇著了。」

情況緊急，她必須去探聽清楚英國公下一步的計劃，否則白白地等著任人宰割怎麼行！

只是父親此時太過冒險，難道她與霍十九訂了親，家中就可保無虞了嗎？

蔣嫵思及此，只覺頭疼無比，搖著頭回了臥房，將匕首拿了出來，吩咐冰松吹了燈，取了條雪白的帕子擦拭。

冰松盤膝坐在炕上，瞧著淡淡月光透過窗紗照射進來，蔣嫵嬌柔的側臉灑上銀光，只覺原本擦拭匕首那等毛骨悚然的動作，瞧著都是優雅無比。

「姑娘，您今兒早些歇著吧。也累了一天了。」

「我待會兒還要出去練腳程。妳就如從前那般，好生看家，別讓人瞧出端倪。」

「是，我知道了，定然看好家，不讓人發現姑娘的行蹤。」

蔣嫵就笑著拍拍冰松的肩，匕首還鞘，換上夜行衣，再將匕首綁縛在右腿，戴上她特製的雙層蒙面，墨髮依舊只高高在腦後束成一束，就推開了後窗。

月色明亮，將蔣嫵嬌柔身形勾勒得很是玲瓏，尤其長髮黑亮，眉目英氣，冰松只覺蔣嫵化身成夜色中的一股風，眨眼間，人影已經消失在窗前。

她快步追著到了格扇前，只看到一道黑影一閃，後院中空無一人。

冰松不禁咋舌。

她有幸見過一次姑娘出手，那時只覺得快得不可思議，如今才多久，她竟更進益了，快得令她難以相信自己的眼睛！

第十二章　夜探公府

而蔣嫵這廂以最快速度輕車熟路來到英國公府後門。她謹慎地藏匿於石獅子後，觀察片刻，才竄上牆頭，輕盈躍入牆內。

幸虧白日裡來過國公府，蔣嫵腦海中已有國公府的大概輪廓，一路身形靈巧輕盈地躲避巡邏侍衛，細心尋找英國公這會兒可能在的地方。

仇將軍今夜已乘機託孤，可見情況之緊急，英國公是作賊心虛的一方，必然會愈加急著安排。

蔣嫵篤定只要找到英國公探聽片刻，必然會得到有用的消息，是以靜下心來，細心觀察侍衛如何換班，如何走位。

她發現，國公府的侍衛比霍府還要多，足見英國公自知樹敵太多，更是謹慎。

不多時，蔣嫵來到比鄰芙蕖苑的天香閣。此處燈火通明，布防最密。

蔣嫵側身閃入月亮門，巧妙躲過幾名侍衛的耳目，背貼假山石，等兩班侍衛交叉而過，抓準空隙，就地側滾翻到了廊下，箭步跳上臺基，雙手一扶廊柱，腰眼用力，已是輕盈爬上屋頂。

蔣嫵不敢有太大動作，因前一次與曹玉交手時，已讓她對自己的身手有了認知，自然不會自大到覺得難逢敵手，所以十分小心，屏氣凝神地附耳於瓦片之上，卻聽裡頭傳來一個熟悉的聲音。

「……您是說，皇上的意思是後日要上朝？好端端的，皇上怎麼會想到要上朝？」竟是霍十九低沈溫潤的聲音。

隨即便是英國公中氣十足的聲音。「你整日與皇上在一處，我沒問你，你反倒來問我？」

語音稍緩，又道：「倒也並非說皇上上朝不好，皇上親政，身為臣子哪裡不歡喜？只是如今朝中有些一門心思只圖謀自身功名利祿而唯恐天下不亂的人，專門攛掇一些無稽之事。還有人偏要征戰錦州收復失地。」

「我也聽說了。」霍十九聲音含笑。「國公爺的意思我明白。這樣禍國殃民之人斷乎留不得。」

聽聞霍十九的回答如此俐落，蔣嫵蹙眉。

英國公輕笑。「也虧得有你在，我也有了左膀右臂。剛才我也並非有埋怨之意，只是一想到那些酸儒自以為是的想法，就覺頭疼，恨不能殺之而後快。」

霍十九道：「國公爺放心，這般不為朝廷著想、只為一己私利之人，我定然不會放過，也斷乎不會讓這種人在朝會時對皇上說出什麼不該說的話。」

英國公哈哈大笑，爽朗道：「很好，你是個明白人。」

蔣嫵將英國公與霍十九的對話聽了個九成，內心已有些發冷了。這兩人說的都是一心為國的話，實質上卻不做半點對國家有益之事，為了英國公的一己之私，仇將軍那等忠誠武將都成了他們口中那只為自身名利的人。

看來，錦衣衛要對仇將軍動手了。就算英國公與霍十九不言明細節，蔣嫵也猜得到錦衣衛的手段，多留已無益處。

蔣嫵翻身要走。誰知她才預備溜下屋頂，卻聽背後有破空聲。

內心一跳，蔣嫵側身翻滾躍下屋頂。

篤篤兩聲，方才她趴伏的位置已釘了兩支袖箭！

與此同時，院中人影攢動，燈光乍然明亮，有人呼道：「有刺客！」

英國公侍衛眾多，其中不乏高手，蔣嫵終究還是被發現了。

在聽到屋頂有袖箭聲時，曹玉就已護在霍十九身側。英國公身畔也有侍衛前後保護。聽得院中動靜，一行人忙往外頭去。

推開格扇，只見侍衛手持火把將天香閣出口處包圍，有四名漢子手持明晃晃的佩刀，正圍攻一身材矮小的黑衣人。

曹玉見了那黑衣人，眉頭便是一擰——他身法輕盈靈活，看不出功夫路數，隱約中瞧得出是一種極為實用的近身格鬥之術。眼見他向後彎腰，長髮在月色與燈光映照下劃出一道優美黑瀑，某個曾經讓他懊惱不已的人影就已經浮上眼前。

是那個俊美的少年！

方如此想，那少年右手已至腿側，寒光一閃，一道銀光以不可思議的角度蕩開兩把同時砍下的鋼刀，匕首向上與鋼刀劃出火星，發出刺耳尖銳的磨擦聲，隨即就是兩聲悶哼。

兩條血箭噴湧，兩名漢子向後仰倒，不可置信地捂著脖頸抽搐著，逐漸失去力氣。

好快的刀法！竟在一瞬奪走二人性命！

曹玉將霍十九護在身側，面色凝重。

這少年與上次見的或許並非同一人。因為此刻的他殺氣凜然，上一次那人卻無此氣勢。這種令人膽寒的嗜血煞氣，若非屠戮鮮血餵養是絕不可能練就出的！

曹玉也自恃是高手，此刻竟被那少年消瘦鬼魅一般的身影逼出滿背冷汗，頭皮上寒毛都豎了起來。

又有侍衛合圍而上，將那瘦小身影包圍其中。尚不等英國公歡喜，又有兩人倒地不起，匕首同樣滑過他們的脖頸，鮮血噴湧。

血腥味充斥鼻端，英國公腿上打顫，面露怯色。他很難想像那冰冷匕首以電光石火之速劃過他脖頸的感覺。

一陣大風吹來，遮蔽月光的雲被吹散，明亮月光灑下，與燈光一同洋洋灑在天香閣當中空地，就見那刺客翻身避開鋼刀，匕首又戳入一侍衛的心口，正是心臟部位。

就在他拔出匕首時，似感覺到英國公、霍十九與曹玉的眼神，凜然轉身。

夜芒下，長髮飛舞，劍眉飛揚，目淬寒冰，面巾與黑衣將他掩於夜色，更如天生屬於殘酷的精靈，雖狠毒嗜血，瞬間收割生命數條，卻有無限美感。

拔刀，鮮血噴出，大漢倒地。那刺客卻看也不看。

月色，鮮血，蒙面少年飛舞的長髮和匕首染血時赤紅的銀光，就此成為一幅畫，刻印於在場眾人心中。

蔣嫵殺得興起，已分不清此地是前生還是今世。她雙手的血污，早在前世就已滌不淨了。

就在她左手刀鞘擋開一記攻擊之時，突聽得一聲大吼。「退！」

與此同時，圍攻眾人均退後，不知何時趕來的弓箭手已湧入院中，五十餘支箭尖都直指著她。

一切行雲流水的殺戮如斷了的琴弦，戛然而止。

蔣嫵反握匕首，鮮血順著刀尖滑下，滴落在地，似聽得到「滴答」一聲。

「放！」

吼聲方落，眾侍衛已彎弓搭箭。

曹玉心頭莫名一緊。如此情狀，豈非插翅難逃？

可誰料想那少年卻突然衝向他們這方，手中匕首脫手而出，直指英國公而來。

弓箭手自是追著人射箭，眼看刺客跑向國公爺，哪裡還敢射出？只有零星兩、三個人已撒了手。

英國公身旁的護衛已嚇得三魂七魄全部升天，好不容易才手忙腳亂接住迎面而來的匕首，好歹英國公無恙。

再看院中，哪還有刺客的蹤跡？

「國公爺，刺客逃了！」

英國公大怒。「放屁！剛人就在眼前，怎會逃了？給我搜！我就不信他還有飛天遁地的能耐！」

一旁侍衛怯生生又道：「國公爺，剛有三箭射出，卑職卻只找到兩支箭，且地上有些血跡。」

英國公精神一振，好似方才那等如惡魔般展開屠殺的刺客也會流血受傷，是一大慰藉。

「那刺客已經受傷，跑不遠，給我搜！活要見人，死要見屍！」

「是！」

侍衛隨從退下。

英國公回頭蹙眉對霍十九道：「刺客尚未抓住，路上也不安全，你別回去了，就待在此處吧。」

霍十九挑眉，也不衝撞，點頭道是。

英國公再看看院落中正被人抬出去的五具屍體，背脊寒毛又立了起來，彷彿躲避瘟疫般快速離開。

不多時，霍十九身邊就只剩下曹玉。

霍十九道：「走吧，稍坐會兒再走。」

「是。」曹玉恭敬地為霍十九推開格扇。

誰料想霍十九剛進門，左臂就被一瞬反剪身後，疼痛襲得他直不起腰，一冰冷染血之物已抵住他脖頸。

背後之人身上散發著淡淡檀香與血腥混合的氣息，聲音低啞。「別動。」

空氣恍若一瞬凝滯，曹玉難以置信地雙眼圓睜，懊惱、後悔、自責、焦急等情緒瞬息閃過，他用僅存的理智闗緊背後格扇，低聲斥道：「放開他！我讓你離開！」

「我可信不過你。」偽裝後的聲音是屬於少年的低潤沙啞。

曹玉急了。「你想如何？」

「不如何。」

蔣嫵輕笑，悠閒自得，恍若逃與不逃都無所謂，左手拿住霍十九脈門，右臂斜橫，以染血的箭尖抵住他頸部動脈，冰冷鋒刃在他修長脖頸留下一道劃痕，鮮血滲入雪白交領，染出一朵妖嬈血花。

「住手！你若殺了他，你也走不了！」曹玉心急如焚，雙眼赤紅死瞪著「刺客」。

只見他劍眉下雙眸冷芒綻射，殺氣森森，如地獄走出的煞神一般令人周身發寒。

曹玉知道，若非霍十九的性命對此人有用，他會毫不猶豫地下殺手。因為收割性命對他這種嗜血魔頭來說比斬瓜切菜還要容易。

霍十九安撫地對曹玉眨眼，低聲道：「他說的不錯。殺了我，你走不了。」

蔣嫵無所畏懼，淡然道：「你我同去，黃泉路上也有人叫我練手，且也算為民除害，何樂而不為？」

霍十九哂然一笑。「現在我開口，必定會有人來。」

「那就要看是他們來得快還是我手上的傢伙快了。」箭尖又入皮肉一些，鮮血湧出更多。

曹玉厲目低呼。「住手！你若傷他半分，我定將你千刀萬剮！」

「你大可試試看！」蔣嫵輕笑，令聽者都感到她快意恩仇的灑脫。

「你！」曹玉急得面紅耳赤。

霍十九似被刺客的豪情感染，語氣中多了幾分敬佩。「這位壯士，其實你當知曉，就算現下我們不開口喚人，英國公既留了我，也定會讓人來伺候茶點消夜，且下人應該很快就到了。」

「我知道。」蔣嫵輕快地道：「反正我若被發現，你的死期也就到了。」

無賴！真真無賴！

曹玉咬牙切齒，恨不能立即拗斷她的脖子。

霍十九卻依舊面色平靜，淡淡看著曹玉。

就在此刻，曹玉與蔣嫵眼神同時一凝。

曹玉挑釁道：「已有人來，你現在逃走還來得及。」

面巾下的紅唇勾起淺笑，此時的蔣嫵已與前世的小五合二為一，生死無懼。

霍十九聞得到身後的血腥氣越來越濃，便勸道：「壯士身上也有傷吧？你這會兒逃走，好生裹傷才是要緊。你也知道留下也是死路一條，識時務者為俊傑，現在喪命於此，豈不窩囊？」

蔣嫵依舊不言語，亦不動作，好似肩頭不斷流下濕潤半邊肩膀的血不是她的。

兩廂僵持。

刺客如此無所畏懼，曹玉當真束手無策。他內心尚存一線希望，只盼刺客終究是怕的，會在下人進來時自行逃走。

然而吱嘎一聲格扇被推開時，刺客依舊沒動。

那小廝端了漆黑茶盤，進門還未開口，見此場面就呆愣住，隨即驚呼，手一軟，丟了茶盤就要喚人。

霍十九秀麗眼中冷芒閃爍。

曹玉立即會意，掠身上前，一手端住茶盤，另一手捂住小廝的嘴，隨即臂膀用力，「喀」一的微弱聲響後，那小廝的脖頸以不正常的角度歪著，雙眼圓睜倒地不起。漆黑茶盤上的兩碗茶只略灑出一些，被他輕放在一旁的矮几之上。

書房中，英國公端著雨過天青的精緻描金蓋碗，其中熱茶已經變冷，他依舊沒吃一口，只愣愣望著多寶格上的紅珊瑚出神。

方才在天香閣那嗜血的一幕幕，到此時此刻依舊令他心頭生寒。他並非沒見過殺戮，手上也非乾乾淨淨，只是方才那個殺手連自身生死都不顧的狠勁，著實是他今生所遇之人中唯一僅見。

他不禁膽寒，若是方才侍衛沒有發現他呢？若是他的匕首命中了他呢？再或者他此刻就潛伏在某處，預備伺機而動奪他性命呢！

英國公額頭上便有豆大的汗珠子滾了下來。

「國公爺。」

「啊！」突然的聲音嚇得英國公一驚，手一抖，險些扔了蓋碗，霍然起身抹汗罵道：「混蛋！幾時進來竟也不吭一聲！」

「國公爺恕罪！」隨從不敢辯駁，其實他已在一旁叫了英國公四、五聲了，只道：「全府裡都搜過了，並未發現刺客蹤跡。」

「蠢材，真真是蠢材！」英國公怒氣攻心，厲色罵道：「你們那麼些人，連個小小刺客都抓不住，要你們何用？」

「國公爺息怒。」隨從跪地垂首。

英國公深吸口氣，強作鎮定地問：「霍英呢？」

「回國公爺，指揮使大人和隨從在屋內吃茶。」

「沒有旁的動作？」

「並無旁的動作，一直在吃茶。」

英國公鬆了口氣，道：「罷了，天色已晚，你去告訴霍英自便吧。將府裡給我圍嚴實了，再搜！那刺客受了箭傷，我就不信他還能插上翅膀飛了！」

「是！」隨從叩頭，起身退下。

一輛華麗的馬車緩緩駛離什剎海附近的國公府，穿街過巷，最後停在德勝門前。

此即已是丑正，萬籟俱寂，就連巡城的兵士都懶得再動，遑論那馬車上明亮的乞賜封燈上還有碩大一個「霍」字，誰又敢上前詢問？

曹玉丟下馬鞭一躍而下。隨即，霍十九在蒙面刺客的挾持下下了車。

方才，他們放刺客換上小廝衣裳離去，又將小廝的屍體沈入池塘，隨後告辭，駕車離開。

誰知越走越覺得不對，怎麼馬車似比平日裡更沈重一些？

尚未出英國公府，霍十九掀開窗簾往後察看的時候，已脫掉小廝服，一身黑衣的少年竄身一躍，竟從狹窄車窗投身而入，隨即以半截箭矢的尖銳一端又一次抵住他的脖頸。

那少年當時還頑皮地朝他眨眼，戲謔笑道：「指揮使，又見面了。」他當時動作流暢，竟讓人看不出鮮血已染濕了他左臂衣袖。

曹玉氣急敗壞，奈何投鼠忌器，只得帶他離開國公府重重侍衛的包圍和阻攔，將馬車駕至此處。

如今眼看霍十九又在那人挾持之下，曹玉心念飛轉，已開始計劃稍後當如何拿下此人，面上卻很平靜。

「放了大人，你就可以離開了。」曹玉仰頭望著城牆，又看緊閉的城門和四周的空曠之地。「壯士武功蓋世，要出城也容易吧？」

蔣嫵劍眉一挑，面色鎮定，實則已感覺到曹玉身上散發出的濃重殺氣，比方才任何一刻都來得強烈。

左肩的傷不嚴重，可失血的她已漸漸感到體力不支，可如此情狀，偏偏要緊繃每一根神經，以應對面前勁敵。

蔣嫵深知曹玉的厲害，方才在英國公府天香閣被侍衛圍攻時，她雖也感覺到殺氣，可那種殺氣只會激發她嗜血的本性，令她熱血沸騰，狂刀飲血。

如今只曹玉一人強壓怒氣的殺意，卻如密實的網，將她緊緊禁錮在內，背脊禁不住浸透了汗。

她毫不懷疑，只要她放開霍十九，曹玉必定立即飛身上前，奪她性命。

她全盛之時尚且鬥不過曹玉，遑論如今受了傷，已體力不支？

她是特工，也是殺人的工具，習慣促使她飛速計算得失，就在她尚未來得及猶豫之時，高度緊張下緊繃的身體已做出動作。

曹玉本已計劃與刺客談判，誘他放手後立即一舉將之拿下，誰料他竟高舉半截箭矢，直朝霍十九喉嚨扎去！

「爺！」

曹玉驚呼，飛身掠上，只來得及伸手阻擋。可那箭矢卻在千鈞一髮之際繞過他的手，豎著直扎進霍十九左前胸。

鮮血暈染，霍十九悶哼，曹玉接住霍十九軟倒的身體，捂著他的胸口，血卻不停湧出。

「爺，我帶你去找大夫，你一定會沒事的！堅持住！」曹玉再也顧不得捉拿刺客，手忙腳亂將霍十九放上馬車，揚鞭而去。

此時的蔣嫵卻是望著遠去的馬車，不可置信地瞪著杏眼，冷汗涔涔落下，濕了她的面龐。

他是大奸臣，是大燕朝的毒瘤禍害，他不做好事，被千夫所指，他是死有餘辜的！對，對，她那般下手，是為民除害！是為民除害！

蔣嫵捂著左肩，入手冰冷濕黏的血液，與方才霍十九湧出的血液觸感截然相反。低頭，藉著月光，望著染血的手，那沾染霍十九血液之處，似被灼傷一般的疼，痛感傳入血液，流向心臟。

她不知為何，不過是殺個奸臣罷了，心口為何會如刀絞一般疼痛？比她前世第一次出任務時候還疼，所以大師才說不要與獵物相處太久，否則即便是貓，也會捨不得對老鼠下口嗎？

蔣嫵這時，似將附體在她身上那個身為特工的小五剝離開，又變作今生有家、有親人、有朋友的她。

夏風吹來，她感覺到冷。

垂眸，收起眼中憂色，她面色又變得淡然堅毅，捂著傷口飛快離開，尋找最近的水源清洗，偷了件晾在民居外、忘記收起的粗布衣裳穿，再想方法去醫館弄金瘡藥來塗。

回到蔣家時，她身上穿的已不是夜行衣，而是件半新不舊的粗布襖子。

除了她臉色略有蒼白外，睡眼朦朧不知打了幾次盹兒的冰松絲毫看不出蔣嫵有何不同。

「姑娘，您可算回來了，您怎麼換了衣裳？」

「那件劃破了，我便給丟了。」蔣嫵掩口打了個呵欠，含混道：「我也乏了，先睡吧。」

「破了縫補縫補便能穿，左右姑娘也是為了晚上來穿，怕被人瞧見行蹤嘛！丟了可惜……」冰松疼惜那件夜行衣，嘀咕了兩句，輕手輕腳服侍蔣嫵躺下，為她蓋被，又放下半新不舊的淡粉帳子，自個兒依舊歇在臨窗的炕上。

不多時，蔣嫵就聽到冰松平穩的呼吸聲。

除此之外，她還聽得到方才天香閣中殺戮時的喧囂：匕首與兵刃的碰撞聲；侍衛的喊打喊殺聲；割破人喉管時空洞痛苦的呼吸聲；還有霍十九說過的每一句話，以及他倒下時那一聲悶哼……

蔣嫵瞪大眼，望著被夜色染成暗藍的帳子，那些奔騰如水的聲音在耳畔如何也止不住，眼前甚至看得到霍十九胸口插著半截箭矢、傷口不斷滲血時的樣子。

方才下手是身體下意識的動作，最後她卻是特意扎歪了。即便如此，她也知胸口那處有大血管，怕已經傷到，霍十九凶多吉少。

她一遍遍告訴自己今日不過是殺了個奸臣罷了，可那種對自己雙手染血的厭棄依舊揮之不去，只覺前世每次出過任務後那種孤獨又找上門來，她是注定回不了頭的，她這種人，注定孤獨一生。

一夜無眠，到了天色矇矇亮時，蔣嫵剛勉強迷糊著睡下，就聽到沈重的叩門聲，不多時就聽有人在門前回話。「姑娘，不好了！」

冰松拉開屋門，奔進來的正是前些日子教導她規矩的孫嬷嬷，在慌急之下奔跑著，肚子上的肉都顛簸出一層浪。「我的姑娘，您怎麼還有心思睡覺！大人他不好了！」

蔣嫵心裡一沈，撩帳子問：「什麼不好？」

「大人他病危了，姑娘快些去瞧瞧吧！晚了、晚了怕是……」孫嬷嬷以袖拭淚。

冰松驚呼。「啊！怎會這樣？昨日還好好的呢！」

蔣嫵起身，剛要下地，就覺眼前發黑，腦袋嗡的一聲響，連鼻尖都涼了。

她知是失血過多的緣故，只需調養即可，至於肩上的傷口著實算不得什麼，咬牙便可忍耐過去。

而她身形晃動，惹得冰松和孫嬷嬷一陣惶急。「姑娘莫急，哎，也怪奴婢多嘴，可實情就是如此，姑娘您快些洗漱了，就隨著奴婢去吧？」

冰松也勸蔣嫵「指揮使不會有事」之類的話。

蔣嫵下地趿鞋，由冰松伺候穿上一件半舊的豆綠細棉襖子，又趁她去打水時背過身看了眼肩上的傷口，紗布上略有血漬，不過已經乾涸，想來並無大礙。

洗漱後隨意綰了個髮纂兒，蔣嫵也來不及吃早飯，就辭了父母姊妹，不施脂粉地隨孫嬷嬷往霍府去。

馬車行進時，蔣嫵心下已漸漸平靜。今生他作惡多端，遇上了她這個未婚妻，也是命中定數。

不多時來到霍府，蔣嫵卻見早前人聲鼎沸的門前這會兒空蕩蕩的。她下馬車步入大門時，看到臉色煞白的霍初六正徘徊著。

「嫂子！」見蔣嫵來，霍初六兩步奔到近前，拉著她的手道：「妳可算來了，大哥他很不好，這會兒皇上也來了，太醫瞧過，只說凶險至極，未必能熬得過這一關。」說到此處，霍初六已有淚落下。

蔣嫵心又沈了幾分，方才在馬車上的平靜蕩然無存，又不能表現得過了，佯作疑惑問：「妳慢些說，到底是怎麼一回事？昨兒還好好的，如何今兒個人就不行了？太醫怎麼說的，到底是什麼病？」

「不是病，是刺客！」霍初六拉著蔣嫵的手往裡走，罵道：「那個殺千刀的，用折斷的箭矢捅了我大哥胸口，太醫說雖未傷及臟腑，可因傷了大血管，昨晚上流血不止，費了好大力氣才止了血。這會兒大哥已經昏迷不醒，爹和娘傷心透了，二哥也獨自一人關在房裡偷偷地哭，大哥雖不好，可那是於朝政上，他平日裡卻並非是個壞人，如今走上這條路，我都不知是否該替大哥怨恨誰。」

想到昨日還見面，對她疼愛有加的霍大栓與趙氏，蔣嫵胸口一陣疼。霍初六說的不錯，霍十九雖不做好事，可那是政治上的事，與他平日為人無關。而且霍大栓夫婦卻當真是實在的好人，面臨白髮人送黑髮人，且這狀況是她造成的，蔣嫵心裡怎能好過？

霍初六眼見蔣嫵臉色慘白如紙，右手按著左肩，似承受不住打擊般搖搖欲墜，心知她的心疼焦急，忙寬慰她。「嫂子放心，大哥吉人天相，或許沒事的呢。再者，太醫也沒說大哥定然救不活了。下月初五就是你們二人大婚的正日子，還有這麼大一樁喜事要辦，大哥也不會忍心撒手去了。」

「嗯。」蔣嫵領會霍初六的體貼，但無力多言，只點頭，隨她來到前頭霍十九的書房。霍十九回府後就被安置在此處隔壁的臥室。

蔣嫵方進門，就看到趙氏掩口嗚咽，聽到她椎心泣血的哭聲。

霍大栓則如被挑了線的木偶，坐在一旁眼神發直，不住地咒罵。「兔崽子，不肯聽老子的話，半分不肯學好，現下這樣了，焉知不是素日作惡太多！活該！你有種就撒手去了！你要活過來，老子也掐死你……」

雖是聲聲咒罵，蔣嫵卻聽得出其中痛心，眼眶一熱，已有淚落下。

「爹、娘，嫂子來了。」

霍大栓愣了一會兒才回過神，見蔣嫵一身樸素家常衣服，面紗都忘了戴，小臉煞白著垂淚，心裡一軟，又不知該如何安慰，憋了半天才道：「好丫頭，妳去看看那混帳吧，若是他真的去了，那也是他沒有福氣，妳……妳往後就可以嫁個好人了。」

蔣嫵心中大慟，抹淚頷首。

內間，方跨入門檻，就聞到淡淡的血腥味。

曹玉依舊穿著昨晚那身染血的灰色棉布直裰，直挺挺跪在地當中，三名太醫顫抖著跪伏在一旁。

小皇帝披了件大紅錦袍，裡頭還穿著中衣，披頭散髮地側坐在床畔，抿唇沈默著。

而鋪設官綠色錦緞床褥的架子床上，霍十九穿著雪白中衣，錦緞薄被蓋到腹部，直挺挺躺著，雙目緊閉，面白如紙，毫無生氣。若非仔細去看他胸口起伏，當真覺得此人已是去了。

蔣嫵咬緊牙關，忍下心頭忽然襲來的絞痛，行大禮道：「皇上。」

小皇帝不似從前幾次見面時的活潑頑皮，只是略抬了抬眼皮，就又看回霍十九，公鴨嗓喃喃道：「妳來了？就瞧瞧他吧。太醫說，英大哥失血過多，若熬得過這兩日也就罷了，熬不過去，就交代了。」

「是，多謝皇上。」

「不必謝，是朕對不起英大哥。如今他受了傷，定是有人妒忌朕待英大哥的信任。」小皇帝站起身，低頭望著三名太醫冷然道：「朕告訴你們，英大哥若真有三長兩短，你們太醫院這群蠢材就都得給英大哥陪葬！」

「是，臣遵旨，臣定當竭盡所能！」太醫被嚇得滿腦門汗。

小皇帝又深深嘆息，挺直背脊負手出去，臨出門前叫了曹玉。「你跟著來，與朕好生說說細節，朕倒要看看是誰有這麼大的膽子！」

曹玉叩頭，隨即起身跟上。

坐在床沿，蔣嫵看著霍十九在昏迷時孩子氣的俊顏，心痛得已經麻木了，唯餘空洞之感。

太醫斟酌著開了方子，趙氏去廚房親自熬了藥端來，蔣嫵就與趙氏扶著霍十九，好不容易將藥給他餵下去，而不過片刻工夫，霍十九就發起了高熱。

太醫們直呼凶險，傷後發熱是極正常的，可就怕失血過多的人會受不住。

蔣嫵見情況凶險，不論是出於假意還是真心，她都必須留下，就派了一人回蔣家去報信，說她暫且住在霍府，幫襯著照顧霍十九。

蔣嫵絞了帕子覆在霍十九的額頭上，因傷口頗深，失血過多，霍十九發著高熱，已開始囈語，慘白乾燥的雙唇翕動，卻聽不清他說什麼。

蔣嫵的臉色也不好，這會兒身上冷，肩頭的傷口也比昨夜還疼，眼前一陣陣發黑，只想倒下歇著，此時僅憑意志力支撐，除了面色難看外並瞧不出異常。

趙氏雖也傷心，卻不致如蔣嫵這般臉色慘白，她瞧著便知蔣嫵對霍十九是動了真感情，對未來的媳婦愈加喜歡，可一想兒子未必活得下來，媳婦兒還不定是誰家的媳婦，又落下淚來。

「伯母先去歇著吧，這裡我來照顧便是。」蔣嫵對趙氏心存憐憫和愧疚，生怕她再將身子毀了，忙給霍初六使了個眼色。

「娘，我陪著妳去歇息，就讓大嫂在此處照顧大哥。」霍初六會意點頭，半攙半拉扯地將趙氏帶出了屋外。

屋內只餘下蔣嫵與曹玉，一坐一站沈默望著床上的人。

若是支開曹玉，其實此時是殺死霍十九的最好時機。除掉他，等於除掉一個禍害，皇上身邊少了此人攛掇，或許會學好，可她望著奄奄一息的霍十九，卻如何都下不了手了。身為一個特工，當內心的意志動搖時，便也宣告任務的失敗。從前她遇到這類情況的機率很小，即便遇到也會及時撤離，往後再尋找合適的機會以確保萬無一失。

現在，她退無可退。只要她放不開親情，她就必須在此局中。

蔣嫵又為霍十九換了帕子，慘白著臉回頭看向曹玉。「煩勞曹公子去催一催太醫吩咐的補氣湯藥，還有，最好預備上好人參和赤砂糖，熬獨參湯來。」

曹玉的臉色比蔣嫵的好看不了多少，聞言道：「獨參湯太醫已吩咐預備下了，我這就去端來。」

蔣嫵點頭。

曹玉出去後，她才軟了身子靠著床柱暫且閉目養神。

不多時，曹玉急匆匆端了獨參湯回來。

蔣嫵又坐得筆直，接過描金的精緻小碗，示意曹玉將霍十九扶起，乾脆給他灌了兩碗。最後罐中剩下一些，蔣嫵倒出大半碗，在曹玉詫異的目光下一飲而盡。

她若不吃，怕待會兒就要體力不支昏倒，肩頭的傷會藏不住。

曹玉蹙眉，問：「三姑娘怎麼吃這個？」

「看著似乎好吃，我嚐嚐。」蔣嫵淡定地將碗放回婢子手中的漆黑托盤上。

曹玉唇角抽了抽，連藥都饞的人，可真是……

看在她對霍十九的照顧極為上心，且也真一副柔弱得快要昏倒的模樣，吃就吃吧。

蔣嫵這會兒恢復了一些力氣，又替霍十九換了額上的帕子，這才道：「預備烈酒給他擦身，那樣能夠退熱。否則人即便醒過來，怕也要燒壞了。」

曹玉當然知道高燒的嚴重，曾經就見過因高熱不退燒壞了肺或腦子的人。雖生機渺茫，好歹也要竭盡全力，他連忙吩咐人去預備烈酒來。

霍大栓在外間聽見動靜，聽說是要給霍十九擦身的，便露胳膊、挽袖子進來，推開了原本要伺候的曹玉道：「還是我來。」回頭又對蔣嫵道：「丫頭先去歇著，妳瞅瞅妳那臉色，比這兔崽子的還差，可不要他還沒好妳也倒下了，我跟妳說，這小子命硬著呢，沒事！老子在這裡守著，他敢蹬腿試試，老子窩心腳踹出他屎尿來！」口中罵著，手上動作卻是笨拙的放輕，生怕他傷口再裂開。

蔣嫵看得心中酸楚，越發覺得內疚，頷首退了下去。

曹玉含著淚給霍大栓打下手，替霍十九擦身降溫。

蔣嫵一到外間就吩咐婢子。「去吩咐廚房煮麵來，給全家的主子們都送一些。」

婢子道了聲「是」後退下。不多時剛出鍋的肉絲麵送上，蔣嫵連湯帶水吃了一大碗，心慌才好一些，又要了一碗慢條斯理地吃著。

霍大栓與曹玉擦著手到外間來，正看到蔣嫵面前放了個空碗，正捧著第二碗喝湯，曹玉嘴角再度抽搐。

蔣嫵放下碗筷，道：「都吃些東西吧，也好保存體力，否則霍大人還沒好，咱們都倒下了。」

「妳說的有理。」霍大栓點頭，也吩咐婢子盛麵來，與曹玉一人吃了一碗。

第十三章　搜上門來

蔣學文打發了蔣嫵派來傳話的小子回去後，獨自一人陰沈著臉坐在前廳中。

唐氏、蔣嫣、蔣晨風、蔣嬌和仇裳音見他如此，人人噤若寒蟬。

唐氏溫和地問：「老爺，你若有什麼心事，就只管與妾身直言，妾身雖魯鈍，可到底多個人、多分力量。」

可蔣學文心中的苦悶，又如何能與妻子兒女道出？難道要讓他們知道蔣嫵出閣並非是為了婚姻的幸福，而是為了刺探消息？

若給唐氏知道，再溫柔的性子也會被激怒。就連他自己，午夜夢迴時都忍不住心疼蔣嫵。因為蔣嫵的處境，等於斷絕了她自身幸福的可能，哪有一個男人能夠受得住妻子的背叛？

百感交集之時，喬嬤嬤來回。「老爺，外頭有位宮裡的老爺給您送信來了。」

蔣學文聞言，忙收斂心情，整理情緒，帶著蔣晨風起身迎了出去。

兩廂見過禮後，那內侍就留下了小皇帝的口諭。「今日未正，小皇帝要在乾清宮辦大朝會。」

蔣學文喜得起身，連連擊掌。「好、好！看來大燕國興盛有望了，皇上開始主動勤政了！」

蔣學文轉身歡天喜地更衣，身著官服，與一眾清流文臣意氣風發地等待上朝。

這麼多年了，皇帝是第一次正經八百地要上朝主持政事，他們如何能不激動？人人面上洋溢著笑容。一是歡喜霍英那大奸臣遇刺快要死了；二是覺得皇上一改從前，大燕必定開始轉運了；三則喜霍十九一出事，仇將軍那方暫且可以安全了。

懷著激動無比的心情，終於到了未正，朝臣分東西文武兩列站立。

內侍尖銳的嗓音高唱。「皇上駕到！」

高呼萬歲之聲震得乾清宮內回聲陣陣，蔣學文也是心潮澎湃。

只見小皇帝身著龍袍，面色陰沈地疾步而來，幾步上了丹墀在正當中端坐，還不等內侍唱到「有本早奏無本退朝」，就已先開了口，公鴨嗓略有低沈，字字鏗鏘地道：「朕今日上朝，只為了一件事，霍英是朝廷肱骨之臣，是朕的左膀右臂、良師益友，如今竟遭人刺殺，危在旦夕！如今首要之事便是救活霍英，若哪位愛卿有這個本事，或識得名醫的，就儘管與朕舉薦，霍英若得救，朕必有厚賞！」

乾清宮內鴉雀無聲。眾臣是第一次看到皇帝如此正兒八經、極有威嚴地訓話，就連蔣學文都愣住了，內心雖不滿皇帝一開口便是為了霍英那奸臣，可卻有些懾於皇上的威嚴，不好開口。

「刺客無論如何也要捉到，朕要將此人千刀萬剮！捉拿刺客之事，就交給英國公來辦。」

被點名的英國公一愣，抬頭，正對上小皇帝嚴肅的臉。

小皇帝也直視英國公，氣勢凜然道：「你若是抓不到……」
英國公忙垂首，可等了半晌，也不見皇上的後文。
蔣學文這會兒才回過神來，忙出班行禮。「皇上，臣有本奏！此事不妥啊，皇上您……」
小皇帝卻是冷淡拂袖。「朕沒工夫聽你們廢話，散朝！」隨即轉身離去。
乾清殿內再度鴉雀無聲。
英國公許久才站起身，望著小皇帝離去的方向，眼神逐漸幽深起來。

蔣嫵留在霍府，衣不解帶地照顧霍十九一日一夜，體力不支時就趴在床沿瞇一會兒，醒了就看看霍十九是否退燒。
其間趙氏來了幾次，都被蔣嫵勸出去。
天色矇矇亮時，蔣嫵實在撐不住，就坐在架子床邊的如意腳踏上，趴在床沿睡了。
一盞燭火已燃盡，燭淚融了一灘，外間聽得到霍大栓累極了時的呼嚕聲。
曹玉盤膝坐在圈椅上，面色複雜地望著蔣嫵趴在床沿嬌弱的背影。
她雖饞了點，粗鄙了點，可到底對大人是真心，往後也不該再那般鄙視她了。
正想著，突聽得霍十九均勻平穩的呼吸略有變化，一抬眸，就看到他已經張開眼迷茫地看著周圍。
曹玉大喜，掠身上前探他的體溫，發現已經退熱，歡喜地輕聲道：「爺，您醒了！」

霍十九虛弱地點頭，雖然眼前發黑，卻依舊習慣性地瞭解現狀。「現在什麼時辰了？」

「回爺，離您受傷已過去一日夜，現在是六月十七清早。皇上吩咐了太醫務必將您治好，昨兒還上了朝，吩咐英國公捉拿刺客。」曹玉端了碗來，餵了霍十九幾口參湯。「爺可覺得好些了？您可真嚇壞我們了。」

霍十九覺得好受一些，手一動，卻碰到柔軟微涼的滑嫩肌膚。垂眸正看到蔣嫵趴在床沿烏黑的頭頂，而他手碰到的是她的臉蛋。

「她？」

「回爺，三姑娘一直衣不解帶地照顧您，想是身子弱受不住了。老太爺也是，從您受了傷回來就一直沒離開此處，太夫人要來照看您，三姑娘叫小姐陪在太夫人身旁，不讓她老人家來徒增傷感。」曹玉不得不承認道：「三姑娘是用心的。」

霍十九閉了閉眼，右手指頭下意識輕撫著蔣嫵的臉頰，嘆了一聲，道：「抱她上來睡吧。」

「爺？」曹玉訝然。

「把她放在我身邊。」霍十九確認道。

男女授受不親，是以曹玉才一直看著蔣嫵趴在床沿睡覺而不動作。況且還沒成婚，她怎麼能睡在霍十九身旁？

然而霍十九既吩咐了，曹玉便也聽從，俯身將蔣嫵抱起，不意瞧著消瘦柔弱的女子，卻十分有分量。曹玉暗嘆，這人那種吃法不肥出一身肉來已夠不錯，她今日雖也照顧霍十九，但吃飯的方式，眼瞧著是來打牙祭的。

將蔣嫵放在霍十九身旁空位時，霍十九動了動手臂，就要為蔣嫵蓋被子，曹玉忙攔。「爺，小心傷口。」隨手拉了薄被遮著蔣嫵身子。

蔣嫵枕著霍十九的枕頭，翻了個身，面朝外側又睡了。

曹玉看得撇嘴。「好吃好睡，爺，您也不必擔心三姑娘了。」

霍十九「嗯」了一聲，倦極又睡下了。

曹玉看著兩人，覺得自己在這裡似有些多餘，又放心不下霍十九，沈思片刻，才回到臨窗放置的圈椅上繼續盤膝打坐。

蔣嫵聞著枕頭上帶著淡淡橙香和清淡草香以及陌生男子氣息混雜的味道。其實從霍十九的指頭碰到她時，她就已醒了，只因為心虛，不願看到他那雙對她疼惜的眼睛，覺得在自己薄弱之時定會露出破綻，才一直裝睡，卻想不到他竟要她睡在他床上。

若擱在平日，蔣嫵定然睡不著的，可她身上也有傷，白日裡其實也發了熱，又沒有人管她，全靠她自己找吃的，又頂著曹玉的白眼「嚐」霍十九的藥才好一些，現在已是禁受不住，不知不覺竟沈沈睡了，且睡得出乎意料舒坦。

蔣嫵再清醒時，還是因為模模糊糊聽到了「出小恭」三個字，又聽霍大栓壓低聲音道：「都是爺們，怕什麼？拿夜壺來在這兒出就是，難道你要去黃瓜地？咱也不差你那一點兒肥。」

蔣嫵一個激靈，完全醒了！卻是一動不敢動，繼續平穩呼吸沈睡。

隨後她聽到無奈的嘆息，感覺到有人越過她身上扶著霍十九，又聽到衣料窸窣和羞人的水聲，隨後就是有人扶著霍十九躺下，又有腳步聲出門去。

曹玉細聲細氣地道：「太醫說了，爺能退熱，性命就無礙了，餘下的一年半載身子總能調養好。這會兒您好生休養著，我這就去給皇上送信。」

霍十九道：「去吧，告訴皇上，暫且別將我已性命無憂的事宣揚開。」

「是。」曹玉退下，腳步漸遠。

其間，蔣嫵一直乖巧如小貓兒似地睡著。隨後她感覺到身旁的人將注意力放在她身上，她身上寒毛直豎，又不好突然醒來，只得任他去看。

可過分的是，她竟然感覺到臉上的觸感，是他費力抬起沒受傷一側的手，輕撫了一下她的臉頰。

蔣嫵費了很大的力氣才沒有蹦起來給他補上一記霍大栓所說的窩心腳，只咕噥著翻了個身，又貓兒似地睡了。

隨即，她聽到霍十九的一聲輕笑，平日溫潤低沈的聲音沙啞地叫了聲。「小丫頭。」語氣中充滿寵溺和縱容。

身上滑落的薄被被他提上，為她蓋好，再沒了動靜。

不多時，她聽到霍十九睡著後略有些急促不安的呼吸聲。

蔣嫵緩緩張開眼，心中如擂鼓一般，她生怕再躺下去，心跳會讓霍十九聽了去，忙輕手輕腳下了地，搬了把交杌在床畔坐下。

霍大栓端了夜壺回來，正看到蔣嫵長髮鬆鬆綰著，乖乖坐在架子床旁。他嘿嘿一笑，擠眉弄眼道：「丫頭，睡得好不？」

蔣嫵的臉騰地紅了。

霍大栓也不繼續打趣她，太醫說霍十九這會兒瞧著並無生命危險了，他心情大好，道：「餓了吧？他娘這會兒跟初六在小廚房忙活，待會兒就吃飯了。」

蔣嫵抹汗，敢情他在霍大栓眼中，就是個吃貨！昨日一天，她的形象再度刷新了……

「老太爺。」婢子輕手輕腳站在門前。「幾位姨娘又來了，說無論如何也要在大人身旁伺候著。」

霍大栓不等蔣嫵說話就罵了句。「告訴她們這兒有三丫頭在，輪得到她們嗎？要是實在閒得慌，就去給老子翻地除草，花園裡的地都還沒翻完呢！這會兒竟有時間來這裡亂？」

婢子聞言，噤若寒蟬地退下了。

其實不必丫頭傳話，霍大栓的大嗓門已讓廊下的姨娘聽得清楚。她們此刻已無餘力去怨怪霍大栓的態度，滿心只餘焦急。

霍十九若是去了，她們的命運除了被發賣就是被贈人，就算留下，怕也要毫無希望地守一輩子活寡，哪裡還能如此平穩度日？即便如今，這樣被抓去種地也比那些未知的生活要輕鬆，是以十三房姨太太頭回如此團結，動作一致地提裙襬跪下，鶯鶯燕燕的一群竟都齊聲嗚咽了起來。

「求求老太爺開恩，讓我們見見大人吧！」

「婢妾也是想盡綿薄之力，求老太爺體恤婢妾的一片真情啊！」

「若是大人有個三長兩短，婢妾索性就一脖子吊死隨他去了！」

霍大栓聽得眉頭糾結，想大吼一聲「吵個屁」，又怕將霍十九先吵醒。額頭上青筋直蹦，擼袖子就要出去，卻被蔣嫵攔下了。

「伯父，內宅之事您不好總張口，還是讓我來吧。」

「妳？」霍大栓懷疑地打量著蔣嫵。外頭那群姨娘個個比她大，她能鎮得住嗎？

蔣嫵也不多解釋，走向門外。她剛出去，霍十九就張開了眼。

霍大栓一愣，隨即歡喜地咳嗽了一聲。「臭小子，你醒了。」

霍十九虛弱地對霍大栓笑笑，關切地看向門廊方向。

蔣嫵站在廊上，俯視花枝招展跪了半院子的女人，頓覺頭疼。「人還沒死呢，妳們哭什麼？」

其中容貌最出色的女子當即橫眉怒目地道：「蔣姑娘說話也仔細些，妳這樣不是咒大人有事嗎？」

「妳是誰？」蔣嫵挑眉。

那女子沒開口，身旁的孫嬤嬤已奉承道：「三姑娘，那位是鄭姨娘。」

「哦，原來是個姨娘。」

鄭姨娘臉色一白，咬唇就要起身，被身旁一位二十出頭、身著紫衣的美人攔住了。

蔣嫵道：「妳們若閒著，可以去幫太爺翻地。若不喜歡去，只想哭一哭自己的命，那就遠點去哭。」

「妳不要欺人太甚！妳如今還沒過門呢，就充起主母來了！」鄭姨娘終於忍不住，站起身來。

蔣嫵莞爾，並不理會鄭姨娘，又道：「妳們可以選擇現在就開始聽我的吩咐，也可以選擇下個月初五之後再聽。」

姨娘們一瞬間都弱了哭聲，最後停下抽噎。

苗姨娘滿含希望地道：「大人沒事嗎？下個月的婚事不會延誤吧？」

「就算我捧著牌位進門，妳們也還是要聽我的吩咐吧？」

苗姨娘默然，還是沒探聽到有用的消息。

在霍十九書房中伺候的人，除了曹玉，就是蔣嫵和霍大栓，要探聽消息著實困難。霍大栓自然不必說，誰敢去問？曹玉素來靦覥，不喜多言，自霍十九出事之後就變得更加冷淡，連笑容都沒有了，而蔣嫵這裡她們又沒有把握。

「請蔣姑娘給我們一句準信兒，大人到底有沒有大礙？」苗姨娘絞著帕子問。

蔣嫵看向苗姨娘，滿院子的姨娘則看向蔣嫵。

半晌，蔣嫵道：「想知道霍英死不死得了，苗姨娘好再次提前尋出路嗎？這次可未必能碰上第二個霍英了。」

苗姨娘的臉騰地紅了，隨即由紅轉白。

別說苗姨娘，就連屋裡的霍大栓都替她羞臊得慌，回頭對霍十九道：「你瞅瞅，三丫頭就是合心意，你也趕緊好起來，別給老子再病歪歪地耽擱了迎娶三丫頭。」

霍十九苦笑，說得好像他在裝病似的，只是苦澀的笑容中也有甜蜜。

幾個姨娘碰了釘子，有一個離開，其餘的就陸續起身，行禮去了。只有鄭姨娘倔強地站在廊下瞪了蔣嫵半晌，才被方才的紫衣美人拉著下去。出去的那些，有低頭快步各自回房的，也有聚在一處對苗姨娘指指點點的。

這些蔣嫵都渾不在意，只覺家裡養了這麼些女人，霍英也夠辛苦的。

返回屋裡，正瞧見霍十九躺在床上對她微笑。蒼白的臉色在官綠色錦緞的襯托下，顯得如紙一樣，還隱隱透著暗黃。

蔣嫵腳步一頓，站在門前。

霍大栓看了看兒子，又看了看蔣嫵，忍著笑咳嗽了一聲。「地裡也缺肥了，我去上肥。」說完就背著手走了。

蔣嫵莫名就想起方才裝睡時聽到的「出小恭」，還有霍大栓的那一句「要去黃瓜地……」

老太爺，您是去地裡出恭嗎？蔣嫵噗哧笑了。

見她突然展顏，霍十九也跟著笑。「過來。」

蔣嫵笑著走到他床畔，拉了交杌坐下，瞪著他含笑的臉，心裡卻終於鬆了口氣。

瀕臨死亡的人她見過太多，如今的霍十九顯然是已脫離危險了。蔣嫵糾結不清自己為何手軟，索性不想，哼了一聲。

「還有工夫樂？有空不好生歇著養身子，你要是死了，我是無礙的，你那些小老婆可要哭死呢。」

霍十九心情好了不少。「嫵兒，辛苦妳了。」

蔣嫵別開臉，抬高下巴不言語。可霍十九的角度分明看到她圓潤可愛的耳郭、耳垂都紅透了。

霍十九又笑，道：「妳也乏了。我現在沒事，妳也該好生休息。」

「你既然沒事，我等會兒就回家去了。」

想到蔣學文那牛脾氣，霍十九誠懇道：「要說服妳父親放妳來這裡照顧我，怕也不容易。多虧妳幫襯著，才沒讓我娘有事。」

「你要真不想你爹娘有事，不如少做點壞事吧。」

蔣嫵話音方落，將自己都嚇了一跳！她怎麼會說出這樣的話來？

從前在霍十九的溫情之下，她只是扮演嬌羞又驕傲、情竇初開的少女，配合他演一齣柔情密意、你儂我儂，可從來都沒有表達出自己立場的時候。

她真是傷口發炎燒糊塗了，還是自從掉落蓮池，泥水灌進腦子裡了？

霍十九卻道她是小女兒直爽性子，費力地伸手，握住了她的右手。

她的掌中有繭子，是劈柴所致。霍十九心裡一陣揪緊。「男人家外面的事，女人不要管。」

「我也管不明白。我爹不會聽我的，你也不會。」蔣嫵站起身揚聲叫。「曹公子。」

曹玉眨眼便進了屋。

「我要回家去，煩勞你備車。」

曹玉看了眼霍十九，才應聲退下。

霍十九望她的目光充滿憐惜包容。

蔣嫵為他掖好被子，以手背試他額頭的溫度，見他依舊沒有發熱，這才放心。

她動作之時，披散在背後的長髮順著修長白淨的脖頸兩側垂落到身前，髮梢掃到他的手背。

霍十九目光落在她斜挑入鬢的劍眉和幽深的杏眼，緩緩道：「英國公領旨追拿刺客，他又與妳父素來不和，許會找妳家麻煩。」

蔣嫵聞言打趣道：「你這樣說話，豈不是出賣你的上級？不怕讓他知道了怪罪你？」話雖輕鬆，內心卻焦急。

英國公知道刺客身上受了傷，若要搜查，定然以身上是否有傷為依據。倘或他主張驗身，親人如何能受此屈辱？她若回去，真查出傷來，又是一宗帶累全家的禍事，若不回去，豈不是心虛？

霍十九卻是一笑，語氣寵溺。「傻丫頭，這世上難道除了黑就是白嗎？」

蔣嫵沈默，明澈的眼眸望著霍十九。

兩人對視，久久不言語。

半晌蔣嫵才道：「你們這些為官的人，說話可真是深奧。我不懂那許多，在我眼中，就只有喜歡與不喜歡。」

喜歡的就給點好臉，不喜歡的就如方才攆走姨娘那般乾脆。

霍十九莞爾。

蔣嫵背後傳來一聲輕咳，她直起身，毫無扭捏之態，彷彿方才她「壓」在上頭的姿勢是天經地義的。

倒是貿然進門的曹玉紅了臉，行禮道：「爺，三姑娘。」

霍十九道：「車備好了？」

「回爺，車是隨時都有的。只是這會兒三姑娘回去不妥當。英國公府的人為了搜查刺客，已將蔣府圍起來了，三姑娘回去只會徒增困擾。」

蔣嫵聞言挑眉，心念電轉之間打定主意，冷笑說：「英國公真是認真辦差啊！我父雖不才，好歹也是朝廷命官，官累四品，他不經正常流程，又沒聽說有三司會審，更沒聽說皇上有什麼特旨，如何就能去四品官府中抄家？」說著就要往外去。

霍十九忙搖頭，示意曹玉攔住她，道：「嫵兒這會兒不可回去。女兒家何苦要參與男人們的事，想來妳父親也不會放任不理的。」他一著急，說話便有些氣喘。「我傷勢還沒好，幾日都不能去看妳，妳就留下來吧。也不必時刻不離開我身邊，只我醒來時候妳在即可，隔壁就是客房，翠竹苑妳也是知道的，妳大可以住下，再不放心，可以去內宅與我母親同住。」

蔣嫵站在原地沒動作，也不言語。

霍十九又勸道：「妳也是看著我無恙才放心吧？何不多守著我幾日再說？再者妳一個女孩子回去了，難道還能與國公爺的手下正面衝突嗎？妳即便不在乎，我瞧著還心疼。」如此纏綿悱惻的情話，又是出自如此位高權重的翩翩公子之口，足叫任何情竇初開的少女內心震動。

蔣嫵面上飛霞，卻倔強地道：「你的傷勢已無大礙，我回去也無妨。我倒要去瞧瞧英國公的人想拿我家人如何！」她屈膝行了一禮，道：「我告辭了。」

眼看著蔣嫵背影漸遠，霍十九沈默垂眸。

曹玉道：「爺懷疑三姑娘？」

霍十九苦笑道：「是我多慮了。她不過是個尋常的小姑娘，我是昏了頭才草木皆兵。」

「爺謹慎一些是對的。只是自您出事以來，三姑娘衣不解帶地照顧您，是真的上了心，且我仔細觀察過，三姑娘的步履和動作，全然不是會功夫的模樣，爺大可放心。」

「你是高手，自然不會看錯。」霍十九閉上眼，疲憊地道：「這些年，也當真是累了。」

「爺的辛苦，屬下自然知道。」曹玉為霍十九蓋好被子。

「如今我大可趁此機會好生歇一歇。金國老皇帝病危，怕要大亂，還不知會對大燕有何影響。」

「爺就別想這些了，好生養好身子才是要緊。」

霍十九「嗯」了一聲，就在曹玉以為他已經睡著時，才聽他說：「你還是去蔣家看看，別讓嫵兒吃虧。」

「我派人去吧。」曹玉如今是斷然不會離開霍十九半步。

霍十九疲倦襲來，已經睡著了。

曹玉這才去吩咐人去蔣家探聽消息。

蔣嫵所乘的華麗馬車緩緩停在帽檐胡同口，跟車的粗壯婆子立即擺好踏腳的漆黑小凳，扶著她下車。

蔣府漆黑斑駁的舊木門緊閉，正有一名三十出頭的侍衛用刀鞘砸門，他身後跟了十餘個侍衛，人人佩刀，一副不耐之色。

「……開門、開門！我等奉命辦事，例行搜查，你等如此不配合，莫非真的有窩藏嫌犯？開門！」

門內立即傳來蔣晨風含怒的聲音。「蔣大人如今正去面聖，不在府中，一切皆等他回來再說！」

「你再不開門，我等可要硬闖了！你也掂量掂量你們府裡的門攔不攔得住我們十幾個好漢！」

「你簡直無禮！平白無故要闖朝廷命官府邸，又無公文證件，就不怕國公怪罪嗎？」

兩廂僵持，木門被拍得搖搖欲墜之時，蔣嫵已緩步上前來，哼了聲。

「你們這群縮頭烏龜，也好意思自稱好漢，別叫我聽了臊得慌了。」

侍衛們聞言，同時看向蔣嫵，怒道：「小娘子走開，找死嗎？」

蔣嫵說話時，門內的蔣晨風一著急，已將門推開個縫隙往外瞧，誰知正當這時，就見素白的一隻巴掌毫不猶豫地抽在門前那漢子臉上，打得那人臉一偏，紅紅的巴掌印浮現出來，然後就見蔣嫵已經擋在門前，怒斥漢子。

「你算什麼東西！不過是聽了國公爺的命令就敢來我家中作威作福，國公爺何等英明之人，會無故搜查朝廷命官的府上？何況這兒還是霍指揮使未來岳丈的府上！你們不要捕風捉影聽錯了一句話，就來挑撥三方關係！皇上對指揮使、國公爺是什麼樣子，國公爺與指揮使又是什麼樣子，今兒你們以國公爺的名義來開罪指揮使，難道也是國公爺的意思？」

「妳！妳是何人？」

侍衛見慣富貴中人，自知非貴中女子無此氣勢，一時間又想不到什麼樣的女子能揮手就打人的，有些發懵。

蔣嫵冷哼。「你們不配知道，還不滾！」

蔣嫵雖然強勢，可侍衛終究也不會懼怕一介女流，這會兒若是被蔣嫵嚇退，往後還如何替英國公辦差？

「念妳年紀尚輕，我等便不與妳計較。」見門已被蔣晨風開了個縫隙，侍衛推開蔣嫵就要往裡闖。

蔣嫵哪裡肯讓，倔強地攔在門前，哼道：「你們敢動一下試試，仔細霍英要你們的命！」

霍十九大名那麼好用，此刻不用更待何時？

到了此時，侍衛再猜不出蔣嫵是何人已不可能。既不敢動作，又不能不完成任務，一時面上糾結，竟被蔣嫵一人攔在門前無法進退。不多時，就見一侍衛遠遠從外頭而來，對領頭那人耳語幾句。

方才挨了一巴掌的侍衛怒視蔣嫵一眼，隨即回身揮手。「撤！」

侍衛們面面相覷，只得聽命退下。

蔣晨風推開門，詫異地望著侍衛們離開的方向。「他們怎麼走了？」

蔣嫵不言語，只看著胡同口處。不多時就見蔣家樸素的青帷小馬車轉了進來，蔣學文正撩起窗簾看著帽檐胡同外漸行漸遠的侍衛。

蔣嫵挑眉。

英國公府的侍衛竟然會懼怕蔣學文？可見英國公此舉是私下作為，並不願意真正與蔣家人撕破臉，還是有幾分忌憚皇帝對霍十九的態度。

「爹。」蔣嫵與蔣晨風迎了上去。

院中銀姊聽了動靜，緊忙去裡頭回唐氏和蔣嫣、蔣嬌。幾人方才被蔣晨風阻攔不敢出來，這會兒見蔣嫵與蔣學文回來了，都歡喜不已。

進屋裡吃了茶，蔣學文將蔣嫵叫到書房，詢問道：「霍英傷勢如何？」

蔣嫵據實道：「我看著應當無大礙了。」

蔣學文冷哼了一聲。「也虧得他命大，不知是哪位有志之士動了此舉，真真大快人心。他不死，讓他活受罪也是好的，這些年他所犯下的罪行，又豈止一死可以抵消的？死了還便宜了他！」
蔣嫵聞言不置可否。
「妳往後與霍英在一處也多留心，他是精明之人，不要被他發現了妳的用心，往後便不好行事了。」
「我知道。」
蔣學文這才打量蔣嫵，見她面無血色，似是疲憊至極的模樣，嘆息了一聲。「辛苦妳了。去照看霍英，很累吧？」
「辛苦不至於，霍府下人不少，也不必我親手做什麼，只是沒有睡好。」
「那待會兒吃了飯就歇著吧。」
蔣嫵點頭，略一想，又道：「英國公或許還會來找麻煩。」
蔣學文自信一笑。「妳放心，他不敢真如何，這個節骨眼上他自顧不暇，哪裡還有心思來咱們家裡作亂？」
蔣嫵見蔣學文如此笑容，就猜到朝中必有變動。只是此刻她回到家中，卸下防備，方覺得身體虛弱、體力不支，便也不再細問。左右父親與她是不會外道的，需要用到她自然會開口。
蔣嫵又與蔣學文說了幾句閒話，就回房歇下了。
結果到了半夜練習出刀和腳程的時間，蔣嫵卻癱在床上爬不起來。傷後失血過多，還在霍府堅持了一日夜照顧霍十九，蔣嫵這具身子終究只是十六歲的女孩子，再強健也撐不住了。

冰松焦急不已，要去請郎中，又要去請唐氏，都被蔣嫵阻攔住了，只讓她不准聲張，去取些烈酒來擦身。

冰松自然要伺候，可蔣嫵不許，放下帳子自己強忍著渾身發冷，脫了中衣，先咬著帕子用小刀剜掉傷口上並不多的腐肉，再用烈酒擦拭消毒。

她原本因發熱而紅撲撲的臉頰，在烈酒碰觸到傷口之際瞬間變得慘白。但是那樣尖銳的刺痛，也沒讓她哼出一聲。

傷口若不殺菌，會感染的。在這個時代那是會要人命的大事，比起剜下一小塊爛肉落下疤痕，性命要緊得多。撒上前回用剩的金瘡藥，自行裹傷，又穿上中衣，一切疼痛都化作豆大的汗珠流下來，自始至終蔣嫵都如往常一般，以至於坐在臨窗炕上打瞌睡的冰松根本沒有發現異狀。

到了次日清早，蔣嫵渾身發軟，還是起不來身，只得拿了體己的銀子給冰松，將先前在霍十九處太醫開方子時記下的話說給冰松，讓她抓藥來。

冰松不懂藥理，自然沒覺得異樣，記下方子就去了，抓藥的小童覺得藥方開得甚妙，暗自記下，也沒有多問。

一來二去，蔣嫵就只以感冒風寒為由，吃著療傷去毒退熱的藥，其間家人來探望，都被她刻意隱瞞騙了過去。三日後，才終於有所好轉。

第十四章　皇帝催妝

至於朝堂之中，原本清流與仇將軍竭力進諫收復失地之事，被小皇帝一怒阻攔住了。

蔣學文那日散朝回家，又是痛心疾首地大罵奸臣攛掇皇帝不學好，罵霍十九不只是奸臣弄臣，還是天上派來專門亡國的掃把星！

蔣嫵細問，才知道小皇帝是如何駁回摺子的。「朕一心擔憂英大哥，誰也別拿這樣的爛事來煩朕！」

這樣一個沒道理的理由，就將此事給了結。

蔣嫵的傷勢好些後，並未去霍府探望霍十九，只是讓人給霍十九送過一次銀姊煮的雞湯，順帶傳話，說是備嫁期間不方便見面。

霍十九吃著雞湯，還聽趙氏不住地誇讚蔣嫵。「到底是蔣御史教導的閨女懂事，的確，三丫頭不適合來，左右也不急，這會兒咱們是該張羅起婚事來了，下個月初五就是大婚吉日，你可不准耽擱三丫頭進門的好日子。」

好像他喜歡裝病不起身似的……霍十九咬著雞肉點頭。

如此，又過去十多日，眼看到了七月初三，霍十九的傷勢也好了，除了身子還有些虛弱，需要慢慢調養，其他並無大礙。

多日不見蔣嫵，他竟有些想念，想起自己從來就沒遵過什麼規矩禮儀，也不必從現在開始守規矩，是以叫了曹玉備車，要往蔣家去探望蔣嫵。

霍府這會兒已經重新裝潢了一番，趙氏正清點著聘禮，聽聞霍十九要去蔣家，硬是攔下他，等著一鍋人參雞湯煲好了才允許他帶著出門。

曹玉捧著雞湯跟著霍十九來到蔣家門前時，看到依然半舊斑駁的漆黑門，眉頭就是一皺。

明日就要下聘，今日蔣家還沒有絲毫要送嫁女兒的喜氣，未免太不將此婚事放在心上。

霍十九叩響門環。

來應門的是銀姊，見了霍十九，忙笑著往裡讓。

來到院中，霍十九卻看到蔣嫵穿了身淡青色半舊襖裙，綰著頭巾，掄著斧子劈柴。

原本粗實的木柴豎直擺在地上，一斧子下去，柴分為兩半，她又撿起其中一半木柴立著，重複方才動作。

陽光之下，她額頭有細細的汗珠，白淨面皮紅撲撲的，十分可愛。

霍十九卻覺得揪心。所謂備嫁，就是在家把出閣後需要用的柴禾都劈好嗎？蔣家又不是沒有男丁。

「嫵兒。」霍十九壓著怒氣，溫柔喚她。

蔣嫵一愣，似才發現他來，展顏一笑，將被汗水黏貼在她臉頰的鬢髮抹開，笑道：「今兒可不是過大禮的日子。」

見她的笑容，霍十九也忍不住跟著笑了，指著曹玉手中的砂鍋。「真過大禮，也不會只拿一砂鍋雞湯來糊弄妳，妳既要嫁給我，自然是要做京都城第二風光的新娘子。」

「第二風光？」

「第一風光的自然是未來的皇后了。」霍十九吩咐曹玉將砂鍋遞給銀姊去盛湯。「我怎敢與皇上爭輝？」

蔣嫵聞言，笑著扔下斧子。「走吧，進屋裡吃杯茶。」上了丹墀又回頭打趣他。「我看你這人，這輩子是不會遵什麼禮教了。」

許久不見，見了面她便如此隨和，還與他玩笑，霍十九的心情很好。「妳我半斤八兩，將來妳也少些拘束。」

「指揮使大人這些日是跟著皇上去作媒人了嗎？怎這樣會說話了。」

霍十九一愣，忍不住爽朗大笑。

他的笑聲清朗愉快，引得廂房中的蔣晨風和蔣學文禁不住順著格扇望來。

蔣晨風道：「看來霍英還是真心喜歡三妹的。」

蔣學文點頭，內心五味雜陳。

蔣嫵能得霍英喜愛，是好事。可是將來她做的事，必定會讓霍英失望。

男子對女子若失望了，會怎樣？他身為父親，是否該讓蔣嫵放棄原本的計劃，只一心去追求自己的幸福就夠了？

蔣學文思考時，蔣晨風卻道：「爹，娘和大姊往這兒來了。」

看向門外，只見蔣嫣攙扶著唐氏正走向書房，上了東廂的臺階。

他禁不住又看了一眼正屋方向，格扇都大開著，可以看到霍十九與蔣嫵臨桌而坐，冰松正在上茶。曹玉站在霍十九身後不遠處，許感到他的注視，正側目看來。

二人目光相對，蔣學文頓感壓迫，心生煩躁別開眼。

唐氏這會兒已經進了東廂。「嫣姊兒、晨哥兒，你們都出去。」

蔣晨風與蔣嫣一愣，唐氏極少會有如此強硬嚴肅的時候。

二人對視一眼，都恭敬地行禮退下，一同去了蔣嫣屋裡。

唐氏這才壓著聲音道：「老爺，後日就是嫵姊兒的好日子，你還是不允家中準備嗎？女兒家一生就這一次，你打算叫嫵姊兒遺憾一輩子不成？親戚尚且來觀禮，咱們自家反而不預備，你叫人怎麼看待咱們家，又如何看待嫵姊兒？你要嫵姊兒情何以堪啊！」

唐氏話及此，淚已流。這些日她勸說過蔣學文無數次，可蔣學文從不肯聽她半句。

蔣學文嘆息，扶著唐氏坐下，道：「妳不必如此傷感，我這樣做也是有苦衷的，嫵姊兒會明白我的想法。況且旁人如何看待，又有何關係？」

長嘆一聲，蔣學文無力地道：「最難堪的不是婚禮咱們不預備，而是新郎是霍英啊！」

「你簡直頑固！」唐氏被蔣學文氣得心絞痛。「橫豎是這個樣子了，你何苦委屈自己女兒？當初若非你不聽我的勸告，非要去以卵擊石，你如何會被下詔獄？若不是有此一劫，我又何至於帶著孩子們求爺爺、告奶奶地去救你性命？」

唐氏提起此事，心中委屈與此刻憤怒交集，竟已控制不住情緒，哽咽道：「你那些親族，要緊時刻都把王八脖子一縮，沒一個管咱們家人死活的，是誰為了你要賣身？是誰才高八斗卻甘心與人為妾？又是誰為了你當了霍英的老婆？你到如今還不知悔改，釐不清嗎？嫵姊兒不為人妾室，能做正妻，已是天上眷顧，她無權擇婿，還不都是拜你所賜！你這會兒還嫌棄霍英，連她的婚事都不給好生操辦。家裡窄些不打緊，咱們好歹有那個態度出來，也不讓女兒寒心！這般行事，人瞧見的不是蔣玉茗兩袖清風，而是會笑話我的女兒！」說到此處，唐氏已是泣不成聲。

成婚多年，唐氏與蔣學文一直夫妻和睦，相敬如賓，再清貧再苦的日子唐氏也不曾有過半句怨言。今日卻是頭回與蔣學文吵鬧，即便是吵鬧，也是如此壓抑著給他留臉面，不讓外人聽見。

蔣學文心中悲慼，上前擁著唐氏肩膀，道：「妳委屈，我知道。我不是個好父親，也不是個好夫婿。」

他若與她吵上幾句，唐氏或許還能藉機發洩。可他這樣態度，如此說話，唐氏滿心的憤怒都被軟化成委屈的淚，抓著蔣學文的衣襟，靠著他胸口嗚嗚咽咽地哭了出來。

「蔣玉茗，你如何對得起嫵姊兒！你如何忍心啊！嫵兒雖男孩性子不合你的心意，可要緊時候，她比像晨哥兒那樣的男子還能撐得起門楣，這樣好的孩子，難道不是你親生？你究竟要為了你的國家大義給家裡人多少委屈受！」

一番質問，問得蔣學文啞口無言。並非他沒有道理分辯，而是有些道理即便說出來，唐氏這般婦道人家未必懂得，反倒認為他有諸多藉口，難免又生出許多是非來，是以此刻只是一下下輕拍著唐氏的背，低柔道：「是我的不是，妳莫再哭了，哭紅了眼，讓孩子們瞧了笑話，都多大的人了。」

唐氏的心涼了半截，蔣學文不答應什麼，這會兒只是拿話來哄她，到了這個時候，他還是一心只有他的國家大義。

眼淚流得更凶，唐氏霍然起身甩開蔣學文的手，低聲泣道：「蔣玉茗，這樣的日子，我當真是受夠了！」

正屋被蔣嫵與霍十九占著，唐氏只得去蔣嫵的臥房，關了房門獨自垂淚。

蔣學文呆愣站在書房，手握圈椅椅背，苦笑著搖頭。

他的抱負，或許只有嫵姊兒和晨哥兒能夠理解。這會兒不預備婚禮就如此，將來若是讓她得知他還命蔣嫵去刺探消息，唐氏說不定會如何不依呢。

蔣學文頓生無奈孤獨之感，以他素來的性子，若真歡歡喜喜送蔣嫵出閣才會讓霍英等人疑心吧？況且瞧著霍英是真心喜歡蔣嫵的，多添一個讓他疼惜的理由，有何不可？只有能得他信任，走進他內心，將來行事才會更容易。

蔣嫵與霍十九說話時，只看到家人進出書房，最後看著唐氏去她屋裡了，並不知發生何事，未免有些擔心。

霍十九難得見蔣嫵面露憂色，笑著安慰道：「婚禮一切都交予我來操辦，妳只需安心做新娘便是，我瞧著妳父親也並未做什麼準備。明兒去鋪房的人和給妳開臉上頭的全福人可請了？」

蔣嫵道：「我家親族興許明日就來了。」

那就是沒請？

霍十九望著蔣嫵，暗道蔣學文欺人太甚，即便不稀罕他這個女婿，女兒總是他親生的吧？嫵兒才多大？一個十六歲的小姑娘罷了，偏偏就要受此波及，她何其無辜？內心的怒火又竄升幾層，對她的憐惜更甚了。

「既如此，鋪房就請妳母親出馬，也比那些不著邊的親戚好。」霍十九說話時依舊是溫和的語氣，並未見任何異狀。

才見面一次，就有如此評價，可見大伯母上次的行徑讓霍十九不齒。

蔣嫵笑著點頭。「旁人去我母親怕也不放心，而且我笨，許多事不會做，母親還說要面見你母親，要與她好生告罪。」

蔣嫵今日這般溫柔還是頭一次，且說到方才那句時，面帶羞澀，著實可愛。

霍十九面上帶笑，道：「我母親怕也與妳母親有話說，叫她跟著送妝的隊伍去鋪房也好。」略一沈吟，又道：「至於全福人我去請便是，妳也不必焦急。」

「這不合規矩吧？」蔣嫵愣怔，她從沒聽說大燕朝婚俗之中，有夫家代替女方家去尋全福人的。

霍十九挑眉道：「妳忘了嗎？我幾時遵過規矩。」

還真是實話，從一開始他就不是個尋常人。蔣嫵只得點頭。

霍十九見她乖乖的模樣，還有些呆，禁不住寵溺地笑。「那就這樣定了。」回頭吩咐曹玉將砂鍋打開。「雞湯是我娘叫我帶給妳的，這會兒溫度應當剛好。」

看著鍋中漂著淡淡一層油星的湯，蔣嫵有些沒胃口。「我還不餓。」

「毒日頭底下劈柴，就是不餓也累了，吃些補一補，我瞧妳近來又清瘦了。」霍十九回頭看向冰松，冰松愣了一下，飛奔著去取了小碗和湯匙來。

霍十九接過白瓷小碗，為蔣嫵盛了大半碗。他盛湯的動作極為優雅，執湯匙的手指修長白皙，動作很是漂亮。

將碗遞給蔣嫵，蔣嫵不好拒絕，只得接過嚐了一口。

「我母親與我妹子都整日裡吃齋，能捨得殺雞宰豬給妳預備吃的，已是破戒了，還不知道要唸多少經補回來，妳要多吃一些才好。」

蔣嫵聞言只點頭。吃了一碗不算，又被他巧舌如簧地哄著再吃了兩碗才甘休。

餵飽了她，霍十九十分有成就感地摸摸她的頭，叫曹玉收拾了砂鍋，又囑咐了一些叫蔣嫵不必擔憂的話才離開。

蔣嫵與冰松將人送到了院門前。

冰松臉上紅撲撲的，道：「姑娘，指揮使對您真好。」

蔣嫵只是微笑。

霍十九對她真的很好，且她也看得出霍十九在望著她時的眼睛會發光。他那般神態，若非是真的喜歡她，就是在演戲。無論是前者還是後者，都只說明他這個人其實還是有可取之處的。

只是，婚期越近，她越是知道不平靜的日子就要開始了。

蔣嫵擔憂唐氏，怕有什麼，就叫冰松去做其他的事，自個兒回了屋。

這會兒唐氏已經不哭了，坐在臨窗的炕上，抱著個繡了一半的帕子發呆。

蔣嫵進了門，只看到唐氏臉色憔悴地逆光坐著，不仔細看，也瞧不出神色。

「娘。」

唐氏強擠笑容，道：「與霍英談完了？我瞧他倒也知道疼惜妳，特地給妳帶了吃食來。」

「是霍太夫人吩咐的。」

「妳未來公婆都是本分實心腸的人，我也不擔心妳會吃了虧，老人家對妳好，妳也要對他們全心孝順，就如同對待我和妳父親一樣，可知道嗎？」

「娘放心，女兒知道。」蔣嫵挨著唐氏身邊坐下，肩頭靠著她的，低聲勸道：「我知道娘心裡想的，爹的性子倔強，打定了主意就不會輕易改變，您就不要與他爭論什麼，反而會惹得自己不快活。」

唐氏聞言，強忍淚，笑道：「娘知道。妳爹的那個脾氣也就我將就著跟他過吧，換了另外一個人都受不了。」

「是啊，您瞧，蔣家那些人對他不喜，要是沒有您跟他一條心地過日子，他多可憐。」

唐氏拉著蔣嫵的手，摩挲她掌中的厚繭，內心百般心疼，都化作淚水嚥進肚裡。

也罷，只希望成婚之後霍英能對待她如現在這般好也就是了。她沒有蔣學文那些鴻鵠壯志，唯希望家人平安，孩子們幸福而已。

用過午膳，就陸續有人來回話，蔣老太爺等人這會兒已經到了，蔣學文逕自帶著蔣晨風去迎。

蔣嫵對今生的祖父祖母並不熟悉，統共也沒見過幾面。若非她是嫁給霍十九，這些人也不會來，是以她只是冷淡有禮地對待。

與祖父、祖母，大伯父和三叔一家說過話，蔣學文就道：「府中狹窄，沒地兒下榻，不如就去客棧住下吧。」

蔣老太爺與太夫人不喜，可也無奈。

大伯母還說：「上一次指揮使大人不是還說有名下的宅子嗎？」

唐氏笑著道：「如今要成婚了，姑爺家也忙得很，咱們不好去叨擾，就煩勞爹、娘還有嫂子、弟妹將就將就。」

左右蔣嫵成婚之後他們就要回本家，也無妨，蔣學文便與蔣晨風去送蔣老太爺一行人住店。

不多時，唐氏的兄長一家也來了。兄妹見面自然一番敘舊，蔣嫣、蔣嫵和蔣嬌與舅舅倒是親密一些。蓋因舅舅是個純厚的讀書人，至今功名未成，家道貧寒，只不過靠祖上的薄田度日罷了，這會兒也拿不出什麼像樣的賀禮來添箱，唐氏自然不在意，只吩咐銀姊生火煮飯。

吃罷了晚飯，蔣嫵的臥房留給舅舅一家，她去與蔣嫣擠了一夜。姊妹倆說了許多的體己話，到了後來什麼時辰睡著的都不知道。

次日清早，蔣老太爺與太夫人就與大伯父、三叔一大家一同回來，蔣嫵的十二抬嫁妝已經備好了擺在院子中。

蔣家狹窄的宅院著實放不下那麼多人，小輩無奈之下，都搬了小凳子去院子裡坐。唯獨蔣嫵這裡與蔣嫣、蔣嬌一同待在臥房還寬敞一些。

蔣嫣無比疼惜地望著蔣嫵，這段日子她一得閒就在院子裡劈柴，如何勸說都沒用，他們猜想出的緣由也就是她內心鬱悶無從發洩，也就由著她去。可這會兒蔣嫵明顯清瘦了，皮膚也略微曬黑了一些，她就更覺得心疼。

怕蔣嫵傷心，蔣嫣與蔣嬌盡是說些開心的話題，不多時，卻聽蔣嫣的婢女幻霜急匆匆地到了門前。「姑娘，霍家催妝的隊伍來了！」

話沒說完，已聽到了噼哩啪啦的鞭炮聲。

蔣嬌按捺不住，也不問蔣嫣和蔣嫵，撒開腳丫子跑出去看。

蔣嫵卻不好奇，繼續與蔣嫣說：「多虧了有妳這一雙巧手，否則敬茶時要送公婆的禮物我都做不出。」

「身為姊姊，不能代妳去受苦，這點小事難道還做不好嗎……」

兩人說話聲音被越發臨近的鞭炮聲遮蓋。

蔣嬌與高采烈地跑回來，道：「大姊、三姊，妳們猜催妝來的六個人都是誰？」

「是誰？」蔣嫣配合地問。

蔣嬌道：「他們都穿了朝服，三姊夫是其中最英俊的，皇上也穿了龍袍跟著來，其餘的還有三個武官，還有個老頭子，也穿了紫色的蟒袍。」

蔣嫣聞言，險些將手裡那雙鑲了玉的繡花鞋扔了，喃喃道：「天啊，嫵姊兒，這下可大發了，不論旁人是誰，皇上來催妝，這便是天下獨一份啊！」

蔣嫵苦笑。「他還真不欺我。」

「什麼？」

「他說，要給我個天下第二的婚禮。」

蔣嫣看著蔣嫵半晌無言。

蔣嬌這會兒又跑去巷子口探了一番，急匆匆進屋來。「大姊，三姊！皇上在門前將爹給罵跪下了！」

蔣嫵與蔣嫣聞言忙放下繡繃，開門去了院子中。

推開格扇時，就已聞得到撲鼻而來的硝煙味，看得到親朋好友在院裡院外聚集了許多，可這會兒如此熱鬧的人群，竟然沒有人發出聲音來，只聽到院門外小皇帝的公鴨嗓毫不留情地訓斥道：「……英大哥是朕的大哥，也是朕的良師益友，他的婚事，朕自然是要參加，莫說是今兒個下聘催妝，就是明兒個拜堂，朕也是要到場的，如此天大的恩惠，換作旁人早就歡喜得鼻涕泡都冒出來了，怎麼偏偏就你這塊石頭如此頑固不化，難道蔣三不是你女兒，這個節骨眼上你還偏要與朕抬槓是不是？」

說話之間，蔣嫵與蔣嫣已經擠到了院門前，只見小皇帝一身明黃色斜襟龍袍，髮束高冠，露出白淨端正的一張容長臉，正面帶慍色地訓斥跪在他身前的蔣學文。

許是剛事發突然，這會兒圍觀的親朋才回過神來，紛紛跪下行禮，七言八語地高呼萬歲。

小皇帝更加惱怒，手指頭險些就要戳到蔣學文的頭頂去。「你瞅瞅你，非要將好好的事給攪和了！臭石頭、爛石頭，還不給朕滾一邊去，要不是看在英大哥的分上，仔細朕讓你們家喜事變喪事！」

蔣學文還要仗義執言，一旁已經嚇呆了的蔣宗文和蔣崇文一左一右拉起了蔣學文，連滾帶爬地退到一旁。

蔣學文禁不住兄弟的力量只得跟著後退，可口中依舊不服氣。「臣說的皆是肺腑之言啊！如今兩國情況緊張，皇上這樣出來當真不妥，不要聽從小人攛掇，給了蠻夷可乘之機啊！」

「你閉嘴！」小皇帝氣得臉色煞白，捶胸頓足地為霍十九抱委屈。「英大哥，你說你怎麼就攤上這麼個岳丈！要是朕的岳丈這樣子，朕早就氣死在當場了！」

身為皇帝，如此不留情面地斥責當今大臣，且這位臣子是一心為國、廉政清明的蔣學文……在場眾人只覺敢怒不敢言，一面心中罵霍十九那狗賊將小皇帝攛掇至此，一面又摸著良心承認自己的確沒有蔣學文那麼大的能耐，不敢當面招惹皇上。

霍十九穿飛魚服，斜挎繡春刀，雍容俊秀中又有武官的氣魄，顯得愈加有男子氣概，比從前的秀麗面容平添顏色。

他收回注視蔣嫵的目光，溫和地對皇帝行禮，笑道：「皇上息怒。」

「哎，朕又沒有惱你。」小皇帝回頭對身著紫色蟒袍的英國公道：「既如此，就繼續吧。」

英國公道是，笑著吩咐了句。「繼續。」

鴉雀無聲的巷中又一次傳來喜樂吹吹打打之聲，鞭炮聲震耳欲聾，大紅的鞭炮碎屑伴隨著硝煙飄散，已有霍十九帶來的小廝手持禮單，站在蔣家大門前的臺階上高聲唸著禮單上的內容。

一百零八抬的聘禮陸續抬了進來，因蔣家院落狹窄，原本就擱不下，此時從大門一溜兒地排到帽檐胡同外頭，霸道地排成了一條長龍。

除了禮樂和鞭炮聲，以及小廝高唱禮單的聲音，蔣家門前哪裡還聽得到其他議論，眾人早已經目瞪口呆了。

先帝德宗迎娶皇后蔡氏時，聘儀是三百零八抬，可謂十里紅妝。小皇帝元宗不宜超越先皇，用個兩百八十抬也就足夠，如今霍十九卻豪邁地用了一百零八抬聘儀。要知道，有皇帝和英國公陪同催妝，又有超越公卿等級的聘禮明晃晃擺在蔣家門前，著實是晃瞎了眾人的眼。

蔣老太爺和老夫人簡直悔得腸子都青了，早知霍指揮使對蔣嫵如此重視，蔣家會有如此烈火烹油的榮耀，他們當初如何也不會同意分家啊！

蔣學文望著英俊如畫中人的霍十九，又看了眼布裙荊釵卻難掩風華的蔣嫵，心下百感交集。

他蔣玉茗的女兒，當然值得一個男子如此疼惜對待，只是這個男子若不是霍十九，該有多好……

看著那一百零八抬的嫁妝，再看周圍眾人親族豔羨的眼神，蔣學文感覺到深深的羞慚。好像這些嫁妝自進了蔣家大門，就標誌著他出賣女兒的開始。

親朋讓開了一條路，蔣學文和唐氏緊隨著皇帝與霍十九、英國公等人進了正屋。

小皇帝端坐正中，一眾人再次行了大禮，高呼萬歲。

小皇帝擺擺手，示意眾人起身，道：「蔣三呢？」

蔣嫵自最末尾的角落處出來，提裙襬跪地行禮。

「臣女參見皇上。」

上下打量蔣嫵一番，小皇帝很是嫌棄地道：「也不知英大哥瞧上妳哪一點了。」

布裙荊釵的蔣嫵與身著朝服、俊朗毓秀的霍十九站在一處，完全是兩個世界的人。

蔣嫵垂眸不語。

霍十九卻是笑著道：「皇上，嫵兒膽小，您別與她開這種玩笑。」語氣中全是維護。

小皇帝低喃了句。「好白菜就被豬拱了，可惜了英大哥的人。」

雖然聲音不大，周圍之人可也聽得真切。

英國公自方才就沒散去的笑容這會兒更深了，給霍十九解圍道：「皇上，老臣覺得蔣三姑娘眉目清秀、教養端莊，也是配得上指揮使大人的，皇上對指揮使大人的感情如親如友，加之天下臣民都是皇上的子民，父母之愛子，愈加是謹慎小心，您這會兒擔心指揮使未來日子過得好不好也是正常。」

一個臺階，給霍十九與蔣嫵解了圍，又捧了皇帝。

小皇帝聽得很受用。「朕正是這個意思。」

原本男方家催妝的人來，女方是要預備酒菜招待的。可這會兒來的人是天子，還有位高權重的大官，看著他們面上跟著來觀禮的達官貴人及其家眷已經將名師坊的街道邊都要站滿了，遑論是蔣家周圍的鄰居親朋？

唐氏既為女兒開懷，又覺得頭大如斗，就蔣家那小小的灶間，到明日去也未必能預備出這麼多人的飯菜來。如今嫵姊兒的面子是霍英給掙回來的，她總不好怠慢了客人，給孩子沒臉。

就在她焦急之際，霍十九卻十分隨意地對小皇帝道：「皇上，您也累了一上午，臣陪您回別院吧？」

「也好，朕今日可是百忙之中抽空來的，御膳房鍋裡還蒸著朕親手削的馬鈴薯呢！」

「皇上肯體察民情，真是千古一帝啊！」英國公讚譽。

話音一出，隨行侍衛和來觀禮的那些官員紛紛交口稱讚，讚揚聲此起彼伏，小皇帝滿臉得意地道：「朕今日是名廚，不過是蒸馬鈴薯罷了，也算不得什麼，改日朕請你們吃好的！現在朕要回去了，走走走！」

小皇帝的公鴨嗓因歡喜而拔高，急急忙忙地拉著霍十九的袖子走在前頭，看到他腰上的繡春刀還道：「你看看你，又不會使刀，等哪日朕得了閒再做大俠的時候，若是心情好，朕就收你為徒吧。」

霍十九笑著點頭。

如此荒唐的場面，讓蔣學文險些噴出一口老血，就算想要進諫，也無力開口了。

眼看著皇帝一行人出門，道路兩側的官員以及聞訊前來圍觀的百姓紛紛行禮。

直到人上了馬車，御駕遠去，眾位圍觀官員才漸漸散去。

即便如此，還有七、八個年齡不等，上自七旬、下至三旬的官員齊刷刷跪在蔣家門前。前頭一身著茶金色對襟員外服、白鬍子翹著的乾瘦老頭領頭叩首。「今日乾爹下聘，我等聞訊而來，得以窺得乾娘花容月貌，當真與乾爹是天生一對的璧人。往後兒子們還要承乾娘的照拂。明兒個大婚之後自然要見禮，引薦家眷給乾娘去行禮。今日請乾娘受兒子們一拜！」

話音方落，六、七個年齡不等的男子就對著蔣家大門磕了頭。

這些平日裡見了蔣學文都不一定會如此客氣的朝廷命官，如今卻恬不知恥地叫乾娘叫得如此順溜，讓蔣學文情何以堪？

他陰沈著臉，默默地嚥下一口老血……

蔣嫵卻是十分淡然地走到門前，頷首道：「辛苦你們了。」竟是十分自然的語氣。

她此時已遮了面紗，俏生生地站在門前，乾兒子們的讚譽聲又是此起彼伏。

「乾娘容貌賽過西子啊！」

「乾娘當真是仙女下凡，洛神再世啊！」

莫說是蔣學文，就連蔣老太爺等人都覺得被這些莫名其妙的乾兒子一鬧騰，他們的臉面掛不住了。

蔣嫵卻十分淡定地點頭。「多謝誇讚，回頭我會在霍英跟前說明你們的孝順。」

「多謝乾娘！」

老老小小又給蔣嫵磕頭，寒暄了幾句，才各自領著家眷退下了。

那一百零八抬的嫁妝，這會兒還從門口一直擺出帽檐胡同，擺在了正街，有霍府的家丁小廝看管著，放眼望去，就像是一條蜿蜒的長龍。

蔣家親族回了家，一時間都不知該說什麼。

他們何曾見過這種氣派又荒唐的場面？

就連大伯母那等舌粲蓮花之人，這會兒看著蔣嫵，也只能反覆說著。「嫵姊兒是個有福氣的，咱們往後還要多仰仗妳。」

一家人用罷了午膳，唐氏就帶上喬嬤嬤，逕自出門。鞭炮聲再次震耳欲聾地響起，伴隨著飄飛的大紅紙屑，十二抬嫁妝與一百零八抬聘禮，就那樣排著長龍一樣的隊伍，浩浩蕩蕩往霍府而去。

唐氏去送妝鋪房，自然順利至極，見霍府之奢華，婚房擺設之精緻，足見霍十九為迎娶蔣嫵所下的功夫，更何況她與趙氏相談甚歡。

一家子安安穩穩地過了一夜。

第十五章　血染嫁衣

次日清早，天還沒亮，蔣嫵就被蔣嫣和唐氏從被窩裡挖了出來，由冰松伺候著沐浴更衣，隨後用飯。

蔣嫵披著半乾的長髮，吃著豆腐乳就白粥，面色平靜，絲毫沒有即將成為新娘的緊張。倒是看著她的冰松和蔣嫣的婢女幻霜，一個個都是焦灼的模樣。

其實，蔣嫵應當擔憂的。因為她左肩後方靠近肩胛骨處的箭傷雖已痊癒，但留下了疤痕。她想到必有洞房花燭的一日，就算有個傷口並不能證明她就是刺客，但霍十九多疑，她也曾想過如何去掉疤痕。後來她發現，要去疤比將疤痕做老要難得多，所以她果斷選擇了後者。

如今肩上的疤痕看起來就像多年之前的老傷疤，且根本看不出是弓箭所傷——她那時刮去腐肉還特地擴大了傷口，改變了傷口形狀。好歹她也會將此事支吾過去的。

「嫵姊兒，全福人到了！」

話音方落，就見唐氏穿了身簇新的玫紅色襖子、打扮得前所未有的容光煥發，十分客套地引著一名年約六旬、身材雍容、面容精緻的貴婦人進了屋。

見蔣嫵坐在桌邊，唐氏忙給冰松使眼色撤去碗碟，幻霜又伺候蔣嫵漱口。

唐氏笑著道：「這位是定北侯夫人，是指揮使大人特地請來的全福夫人。」

蔣嫵頓感詫異，忙起身行禮。

定北侯夫人笑道：「姑娘不必多禮。我家侯爺與霍大人已經是老交情了，如今能有幸前來，著實是我的榮幸。」

「夫人實在太客氣了。」唐氏受寵若驚，內心對霍十九的讚許又多一層。

定北侯夫人笑著道：「姑娘到妝奩前來坐吧，這會兒就先挽面上頭。」

蔣嫵應是，在妝奩前再坐下，平靜無波地望著銅鏡中的自己。

定北侯夫人顯然已經做過許多次的全福人，手上很是熟練地拿著紅線沾了茉莉花香粉為蔣嫵開面，口中還熟練地說著吉祥話。

蔣嫵本生得容貌妍麗，修剪鬢角，絞去毛髮後。只瞧她白嫩的臉上肌膚吹彈可破，眉目舒朗如畫，紅唇含笑嫣紅，墨髮鴉青柔順，施以新娘該有的豔妝，端稱得上絕代風華。

「難怪霍大人如此重視三姑娘了。」定北侯夫人拿了象牙梳，又為她梳頭，依舊每梳一下，就會說上一句吉祥話。

唐氏、舅母、蔣嫣和蔣嬌以及婢女們此時都在一旁，看著定北侯夫人熟練地為蔣嫵綰起長髮，堆疊雲髻之上又帶了鬏髻。最後，吩咐人服侍蔣嫵穿上嫁衣。

嫁衣剪裁合身，勾勒出蔣嫵曼妙的身形，蜀錦上襦領口和袖口處都以金線繡著龍鳳呈祥，正紅色襯得她膚白賽雪。以蓮子米大小的珍珠穿成的腰封環在腰間，顯露她盈盈一握的腰身。納紗裙襬層疊曳地，裙角也繡了龍鳳呈祥，與霞帔上的紋樣呼應。

嫁衣已如此奢華，可更下功夫的卻是鳳冠。上頭三支纍絲金鳳，鳳翅上鑲嵌了金剛石，鳳口中銜著的三縷流蘇都是以金剛石打磨精緻的小珠子穿成。

金剛石的珍貴人盡皆知，但是最難得的是能將金剛石打磨成如今現在這樣顆顆大小相差無幾，且又能穿成流蘇的功夫。定北侯夫人將鳳冠為蔣嫵戴好，垂下的流蘇剛好落在她飽滿的額頭前，映襯她精緻的面龐，她略有動作之時，金鳳翅膀與長尾閃動，金剛石流光溢彩。

如此華麗的裝扮卻並未奪走蔣嫵的顏色，只覺如此奢華，合該是給淡漠又一身氣勢的她預備的。

唐氏眼含熱淚，不願意在蔣嫵跟前哭，忙掩面到外頭去。

蔣嫵則是被扶著坐在拔步床上。

很快就到了迎親的時辰。冰松和幻霜點亮了燈，外頭已能隱約聽見催妝的喜樂，樂聲越來越近，鞭炮聲驟然鳴起，定北侯夫人稱讚蔣嫵容貌的聲音被鞭炮聲掩蓋。

外頭喬嬤嬤站在廊下扯著脖子回。「夫人、姑娘，花轎已到了門前，姑爺一身大紅蟒袍，正要下馬往這裡來呢。」

鞭炮聲減弱，定北侯夫人揚聲笑道：「還不知指揮使未來的岳丈和舅兄會如何刁難呢。」

大燕習俗，新郎要迎娶新娘當日，定要出攔門的難題，新郎都答得上來才許進門。

蔣嬌好奇地到外頭去瞧，不多時，卻面色有異地進門來。

唐氏問：「怎麼了？」

蔣嬌道：「爹爹和二哥直接叫銀姊開門，並未出題。」

屋內霎時一陣安靜。

唐氏內心怒火噌地竄起，若非看著面色平靜的蔣嫵，若非想著姑爺馬上就要進門來，她定然與蔣玉茗那混蛋沒完沒了！放著好好的大喜日子，他不攪和難道能死不成?!

「姑娘，吉時已到，該拜別父母了。」

唐氏與蔣嫣等人先去了前廳。冰松則穿了簇新的花襖，捧著龍鳳呈祥的紅蓋頭，與定北侯夫人一同攙扶蔣嫵離開臥房。

黃昏時分，大紅燈籠高掛兩列，仔細看來，卻都是穿紅著綠的俏麗婢子手執高桿挑起，且都是霍府的婢女。

蔣嫵抬頭時，金剛石流蘇搖曳，在燈光下宛若繁星，嬌顏賽雪，滿院寂然。僕婢們只驚鴻一瞥，來不及驚豔，蔣嫵已上了丹墀，來到正廳。

正廳之中就如往常一樣，並沒有披紅掛彩，全無絲毫喜氣，遠不如院中婢女林立挑燈的熱鬧，所以一身大紅蟒袍、身姿筆挺、俊美無儔的人，便成了進門後入目最明媚的風景。

蔣嫵從來都知道霍十九是好看的。今日的他，卻比平日裡還要風華絕代。他身上火紅的喜服並未使他秀麗容貌顯得女氣，反而展露出他獨有的尊貴和銳利。

見她進門，霍十九眸光一閃，笑意爬上唇角，不由自主地迎上她。「嫵兒。」

蔣嫵微笑，明眸流轉，俏顏飛霞，二人站在一處，端的是賞心悅目。

蔣學文與唐氏端坐首位，唐氏淚盈於睫，蔣學文望著蔣嫵的目光十分複雜。

蔣嫵便在霍十九與冰松的攙扶下，提裙角跪在錦緞如意團壽軟墊上，端正行禮。「女兒感激父母養育教導之恩，今朝拜別父母，父母當珍重。」
唐氏聞言，眼中熱淚如珠串落下，蔣學文卻是不言語。
照大燕習俗，女子出閣時，父親或男性長輩要說一些訓誡之語，可這會兒蔣學文卻故意不言，讓場面冷了下來。
霍十九蹙眉。
唐氏已是怒火中燒，霍然起身雙手攙扶起蔣嫵，說起本該由父親說的訓教之句。「嫵兒當孝敬公婆，和睦妯娌，善待小姑……」
蔣嫵聞言頷首，擔憂地望向父母。為了將戲作全套，父親下這般功夫，她離家之後，恐怕母親不會善罷甘休。
喜娘從冰松手中接過龍鳳呈祥的大紅喜帕遞給唐氏。蔣嫵略矮身，由母親為她蓋上蓋頭，眼前變作一片紅色。
霍十九毫不避諱地拉著蔣嫵的手，扶她到廊下，扶她爬上蔣晨風的背。
蔣嫵摟著蔣晨風的脖子，低柔聲音隔著蓋頭傳入他耳畔。「二哥，稍後要留心爹和娘，我怕他們有事。」
蔣晨風本就心疼她，聞言越發難過，往上顛了顛她，憨厚地應了聲。「欸。」
喜樂再度奏響，蔣晨風揹著蔣嫵一路出門，扶她上了八抬大轎，前頭霍十九也翻身上了披紅掛彩的白馬，啟程離開帽檐胡同。
蔣嫵手中抱著寶瓶端坐轎中，因為眼前被遮住，聽覺就變得格外靈敏。在平穩的喜轎中，只聽得到一路恭賀聲和吉祥話此起彼伏，其中最為響亮的就是那些喊著「乾爹乾娘伉儷情深，美滿幸福」的聲音，還有一些百姓歡呼和雜亂的聲音。

看來霍十九的義子還真不少，今日恐怕義子的家眷們都來了。

「姑娘。」外頭傳來冰松強壓著音量的興奮聲音。「指揮使前頭開路的小廝們往外撒的除了喜果之外，還有銅錢！那是幾把就能扔出去一吊錢啊！老百姓們都在往咱們隊伍前頭擁擠，人越來越多了！」

大燕習俗之中，勛貴簪纓之族迎娶新人，會沿途撒下喜果，如蓮子、花生、紅棗等討個吉利，還從未聽說有誰迎親一路撒錢的。

蔣嫵挑眉，垂眸看著袖口金線刺繡的龍鳳呈祥，突然覺得手心有點冒汗。

如此揮金如土，也不怕樹大招風嗎？

也對，霍十九就是這樣張揚慣了，幾時在乎過是否招人非議？他不會就這麼將錢撒一路吧？

蔣嫵不在乎富貴，可也不是白扔錢也不心疼。

然而霍十九果真就是將錢拋撒了一路，迎親的隊伍繞了大半個京都城，所經之處百姓便人人哄搶，也有厚道些的高聲呼著吉利話。

霍十九的大婚，當真因為拋錢之舉引起了半個京都城萬人空巷。

隊伍趕在吉時到達霍府時，震耳欲聾的鞭炮聲與歡快的喜樂齊鳴，終於將沿途不斷的恭賀聲掩蓋下去。

不多時，蔣嫵感覺到轎簾被掀開，從喜帕下頭的縫隙看到了正紅的蟒袍下襬和一雙皂靴。在她還來不及反應時，就有一雙骨節分明的修長大手握住了她的雙手，隨後他以右手握住她左手，任她右臂抱著寶瓶，將她扶下了花轎。

原本此時只需踏上紅毯，跨火盆，邁過馬鞍，一路都該有喜娘提點走向喜堂即可。

蔣嫵也是這樣認為的，所以她鬆開了被霍十九握著的手，低頭從喜帕縫隙尋找屬於喜娘的玫紅色繡牡丹花的窄袖。

誰知她剛有動作，卻覺得在熱鬧聲中，身旁那人身邊的氣流微動，緊接著她便雙腳騰空，被抱了起來。

不等蔣嫵驚呼，賓客已經驚呼出聲。

高䠷俊美的新郎抱著新娘，帶她踩上紅毯，跨過火盆去煞，又走向前頭的馬鞍。

喜娘這才反應過來，連忙追上說著吉利話。「新人跨馬鞍，平平安安……」

蔣嫵眼前被喜帕遮擋，聽覺和觸覺就被無限放大。他看來是清瘦高䠷的身材，應當沒有多少力氣，可現在她卻感覺得出他抱著她走了很遠的路，呼吸只是略急而已。他的胸膛很暖，隔著夏日並不厚實的衣料，她能感覺到他的體溫，聞得到他身上淡淡的果香和清新的氣息。

蔣嫵閉了閉眼，才讓心情漸漸平靜下來。

很快，霍十九將她放下。喜娘攙扶著她，跨進了高門檻。她雖視線被遮，卻聽得到廳中由一片嘈雜的恭賀聲一瞬變為安靜。

緊接著，她手中的寶瓶被接走，又塞入了一條紅綢，紅綢緊繃，她便由霍十九牽著走向前方。

儐相高聲道：「新人到！一拜天地！」

有丫頭在她腳下放了大紅錦墊，喜娘攙扶她跪下叩拜。

「二拜高堂！」

喜娘又攙扶她轉了身，向反方向叩頭。

「夫妻交拜！」

起身，與紅綢另一端的人相對行禮。

「禮成！送入洞房！」

儐相高聲唱罷，屋內便傳來一陣歡呼，有人高聲道：「恭喜乾爹，可否讓兒子們先看看乾娘的花容月貌！」

「早晚也是要給乾娘行禮的，乾爹就開開恩，別讓兒子們吊著胃口，早些挑下喜帕不成嗎？」

「乾爹是灑脫之人，就滿足兒子們的好奇心吧！」

在一片吆喝聲中，蔣嫵只覺紅綢一緊，她便被拉到一個臂彎中，緊接著眼前明亮，喜帕已被霍十九拿在手裡，寬敞大廳之內的熱鬧景象也映入她眼簾。

左右兩方各擺了十張圓桌，桌上清一色的簇新紅錦桌巾，敞開的八扇格扇外看得到院中高掛彩綢，光影霓虹，外頭也擺放了圓桌，賓客滿座。

比起蔣家的清冷，此處的熱鬧當真是強烈的反差。

而自喜帕落下起，有片刻屋內是一片寂靜的。

蔣嫵不似尋常世家女子，在眾人面前露臉就羞得恨不能將頭埋進領子裡去。她不怯場，面色如常，腰背筆直端莊地站在霍十九身畔，二人的明豔容姿，當真驚豔了滿屋子的人。

「乾娘好容貌！兒子給您行禮了！」

「指揮使夫人國色天香啊！」

讚譽聲中，霍十九牽著蔣嫵的手轉回身，就見首位正中端坐著的是身著斜襟明黃暗紋龍袍、頭戴金冠的小皇帝，兩側坐著的是穿了吉服的霍大栓和趙氏。

眼瞧著蔣嫵，趙氏歡喜地擦著眼角的淚。霍大栓這會兒樂得若是沒有耳朵攔著，嘴角都要咧到耳根子後頭去。

蔣嫵與霍十九再次給三人行禮。

小皇帝嬉笑道：「罷了罷了，看在妳長得還算得上人模人樣，朕就姑且承認妳是朕的英大嫂吧。」

「妾身愧不敢當。」蔣嫵不卑不亢地行禮作答。

小皇帝哈哈大笑。「妳有什麼不敢的，下次朕再跟妳比武，定然要扳回一局，把妳摔趴下才算。」

毫無算計的一句話，提醒了所有人這位美貌無雙的新娘曾經剽悍地將皇上都給打趴了……稱讚聲再次響起，有讚嘆皇上平易近人的，也有讚嘆「乾娘」智勇雙全的，還有稱讚霍十九眼光獨到、蔣大人調教有方的。

在一片熱鬧之中，儐相詢問地看向霍十九。「大人，要不要送入洞房？」

不等霍十九回答，小皇帝卻先道：「等會兒再入洞房，素來聽說蔣三是個豪邁的，朕要敬她三杯才行，否則這婚事不算數。」

皇帝的話，再荒唐也是聖旨。

說話間，已有內侍端了紅木托盤來，上頭描金的小酒盅並排擺了六個，都斟滿了酒。

霍大栓皺著眉頭，反駁的話未曾出口，霍十九就已先道：「嫵兒不勝酒力，皇上，臣代她與您對飲如何？」說著已執起一個酒盅。

小皇帝定定望著霍十九半晌，突然拿起一個酒盅仰頭一飲而盡，霍十九便也隨著吃了一盅，如此，他們二人各自連吃了三盅，讚譽聲又一次如潮傳來。

蔣嫵望著霍十九吃了三杯酒就開始變得一片潮紅的俊臉，剛要說話，卻突然感覺到背後一陣寒涼。

有殺氣！

跟在霍十九身畔，穿了件嶄新的楊妃色錦袍的曹玉閃身躍出，高喝一聲。「有刺客！」

與此同時，高牆上瞬間冒出十餘名黑衣蒙面的弓箭手來。

賓客們瞬間驚叫躲避，原本歡快熱鬧的場面變得雞飛狗跳。

「保護皇上！」

「來人，護駕！」

霍十九擋在皇帝身前，另有侍衛和內侍正推擠著人群，往正當中來。

曹玉在看到弓箭手時，就已經急速飛掠上牆頭。

霎時間，寒芒瞬間而至，竟是不辨目標地亂箭齊射！

箭矢如雨點般飛向人群。

曹玉掠上牆頭，立即有兩名刺客丟下弓箭，拔刀纏上，竟也都是武藝高強之人。縱然有天大的本事，曹玉一時間也很難甩開兩名武藝不弱的刺客，便給了其餘刺客再彎弓搭箭的機會。

一面纏鬥，曹玉已後悔不已，他衝到此處全是憑一時衝動，再想退回保護霍十九已是不能，因始終關心廳內的霍十九，更顯束手束腳。

第一波箭雨因不辨目標，並未射殺許多人，但仍有四、五人受了傷倒地不起。待纏住曹玉後，第二波箭雨就都直指向正在往後堂撤離的皇帝等人。

霍十九將小皇帝夾在身前，以背脊為掩護迅速奔向後堂。緊隨他身後的便是趙氏和蔣嫵，霍大栓跑在最後，寬闊的臂膀張開護著她們，焦急地喊著。「丫頭拉著妳娘，快跑！」

倏然，箭雨急至。

蔣嫵回頭，正看到他們撤離的路上已釘了數箭，另有八道寒光急速而來，且兩旁侍衛已經揮刀抵擋箭矢，正往此處合攏。

電光石火之間，蔣嫵一手推開趙氏，回身撲開霍大栓。

趙氏跌倒，「啊」的一聲驚呼。

已跨進內堂門檻的霍十九與皇帝聞聲齊齊回頭，只見趙氏趴伏在地，原本站立處地上釘了兩箭，而蔣嫵俯在霍大栓背上側倒在地，肩胛與背部各中一箭，鮮血湧出，在大紅喜服上暈染開暗紅的花。

「ㄚ頭！」霍大栓驚呼。

霍十九眼前一黑，心口劇震，一把將皇帝推進內堂裡，撲了出來。

「英大哥，危險！」小皇帝扶著門框驚呼。

霍十九這廂已經扶起趙氏，與霍大栓一同拖著蔣嫵連滾帶爬地躲避箭矢進了內堂。

蔣嫵被拖行時，路上留下蜿蜒一道暗紅痕跡。

小皇帝看到臉色慘白、身中兩箭的蔣嫵時，有一瞬說不出話來。

「ㄚ頭，ㄚ頭啊！妳醒醒，妳若是有個萬一可怎麼好！」霍大栓焦急大吼。

霍十九跪在她身畔，顫抖著手不敢碰觸側躺在地的蔣嫵。

那兩箭有一箭射中她左側肩胛骨，另外一箭卻是對穿，從右後側射入，由肋下穿出，隨著她的呼吸，傷口擠壓出更多的血。

蔣嫵疼得眼前發黑，聽到霍大栓底氣十足的呼聲才放了心，虛弱地問：「娘沒事吧？」

趙氏連連搖頭。「娘沒事、娘沒事。大夫、阿英，快請大夫啊！」

小皇帝也被趙氏一嗓子驚回了神，高聲吩咐已圍到身邊的侍衛。「抵擋住前頭，抓活的！立刻去請太醫，用最快的速度帶來，要是霍夫人有個三長兩短，你們就一同陪葬！」

「是！」

兩名侍衛領命奔出。
而前院中的侍衛則趁刺客箭矢用盡時一擁而上。
「爹，娘！」
霍廿一拉著霍初六從內堂側廳跑來，沒見霍大栓夫婦受傷，卻見蔣嫵嫁衣染血側躺在地，一時都呆愣住了。「娘，大嫂她……」
霍大栓虎目赤紅。「丫頭救了我和你娘，要是丫頭有個萬一，我立即就跟著去了，我這老身板哪就值得丫頭捨身來救！」
霍十九這會兒已撕了喜服下襬，小心翼翼地將蔣嫵抱在懷裡，用布死死按住她的傷口。動作時，箭矢攪動，疼得蔣嫵終於哼出一聲。不過也因此，她能確定兩箭都無大礙。
她原本沒想那麼多，只想著不能讓霍大栓和趙氏那麼好的人殞命，可撲開霍大栓時，她卻瞬間計算了箭矢的角度，略微扭身，讓避無可避的兩箭，一箭掩蓋她左肩胛上的疤痕，另外一箭選擇傷害最輕的角度。只是沒想到那箭的力量那麼大，竟然是對穿。
蔣嫵小貓似的哼聲，讓霍十九臉色青白。
慌亂時刻，他拋下了父母，選擇了皇帝。若沒有她，父母今日怕都要死於非命。
可是她用柔弱的身體，為他父親擋了箭，為他在忠孝難全之下作了彌補，卻捨了自己。
「嫵兒，沒事的。」霍十九緊緊按壓著她的傷口，可按住了身前，背後還有血湧出。
霍大栓與趙氏手忙腳亂地撕了衣襬為她按壓止血。
小皇帝與霍廿一、霍初六都呆立在一旁。

「皇上，刺客全都服毒自盡，無一生還。」有侍衛拱手飛奔來稟。

與此同時，曹玉也心急如焚地飛身而入，見霍十九無恙才安心，蹙眉望著霍十九懷中的人。

小皇帝道：「既如此，將那些人的頭顱砍下，掛在城門上。吩咐太醫速來！」

「太醫院全體正在趕來途中。」侍衛回道。

小皇帝擺手，焦躁道：「讓那群狗奴才快點！去清點傷亡，看看賓客中有誰受傷了，還有去尋英國公，看看國公是否有傷到！」

「是！」侍衛帶人退下。

皇帝此處依舊被侍衛圍了一圈。

霍十九焦急地抬頭尋找曹玉。「墨染，你可有法子為她止血？」

曹玉立即蹲在蔣嫵身畔，反覆按壓蔣嫵身上的幾處穴道，出血果然少了。

蔣嫵已疼得汗濕了額髮，臉上的豔妝也都花了，此時只虛軟地靠著霍十九的手臂。她感覺到霍十九身上在顫抖，抑或是她自己在不自禁顫抖？

不多時太醫趕到，因怕人手不足，連京都城中各醫館裡的大夫都請了來。

霍府內外都有低低的哭泣聲和呼痛聲。

太醫院院使和院判二人跪在蔣嫵身側，先用鉗子剪斷了兩根箭，隨後道：「請挪夫人到僻靜地方，臣好醫治。」

不待小皇帝吩咐人來，霍十九已抱起蔣嫵，向距離此處最近的偏房走去，將蔣嫵輕輕放在床上。
此時的她已面色青白，可神志還算清楚。
霍大栓夫婦、霍廿一與霍初六還有小皇帝都跟了進來，一時無言地望著榻上的蔣嫵。
劉院使和陳院判先合計了止血、補血的藥方，又道：「請皇上和諸位都暫且離開吧。」
小皇帝又擔憂地看了蔣嫵一眼，這才率先出去，霍大栓和趙氏也與霍廿一和霍初六相攜出去。
霍十九道：「我就在這裡，看著你們醫。」
劉院使和陳院判也顧不得許多，手腳麻利地用剪刀劃開嫁衣，先拔掉她肩上的箭止血，又檢查右側對穿的傷口。
二人對視一眼，都鬆了口氣。「大人放心，夫人吉人天相，這一箭並未傷及要害。」
「那拔箭後可有大礙？」
「是會失血，不過依脈象看，夫人身體底子好，只要止住血，當無大礙。」
「煩勞二位。」
霍十九平日便矜貴高不可攀，此刻雖聽聞蔣嫵性命無憂略放下了心，可冷淡神色仍舊讓劉院使和陳院判背脊生寒，心裡打顫。
霍十九的手段誰人不知？若是治不好他夫人，恐怕不用等到明日，錦衣衛就能隨便給他們安個罪名，全家老小就都完了，是以二人格外慎重，事無鉅細、親力親為起來。
望著床榻上已陷入昏迷的人，霍十九顫抖的心始終無法恢復平靜，手上和身上沾染了她的鮮血，似帶著灼燙的溫度烹灼著他的心。

危難時刻，他下意識選擇了小皇帝，沒有救他的父母，他內疚。而新婚妻子做到了他沒有做到的，且用柔弱的身體為他的父親擋箭，他震撼。

他不懂，一個十六歲的女孩子，哪裡來的勇氣？人的本能不是應該趨利避害嗎？不是應該自私一些，顧著自己一些嗎？今日這樣情況，連他都來不及保護父母，若是他們二老真有萬一，也沒有人會怪罪她的。

可她當真豁出性命去那樣做了，這兩箭刺在她身上，穿入她體內，刺透了的卻是他的心。心房的重重壁壘，在鮮血的侵染下終於坍塌下來。

他從前對她是很喜歡，即便迎娶了她過門，給了她十里紅妝的盛大婚禮，其實也是為了彌補一些未來必然會對她的虧欠。

就在幾刻前，他還未想過與她做一對真夫妻，他只想讓她做「霍夫人」而已。他會給她霍夫人該有的名分、地位，讓她安富尊榮以彌補缺失，卻未想與她有切實的感情沾染。

因為一旦動了感情，就割捨不掉了。只有保持距離，才能讓內心平靜。但現在，他的心境完全不同了。

眼看著兩位杏林聖手用雪白布錦擦拭她白膩光滑肌膚上的血跡，他的心就跟著一抽一抽地疼，背脊上的寒毛豎著，流著冷汗，那箭扎在她身上，比插在他身上還要疼。

霍十九也不知過去了多久，只知道外頭霍大栓派霍初六進來查問了四、五次，劉院使才直起腰，用錦帕擦手上的血，道：「指揮使大人，尊夫人的傷口已經止了血，這些日子切勿沾水，要用的藥我已經開了方子，定要遵醫囑按時服用，不可怠慢。夫人失血過多，且傷口症候定會引起高熱，內外夾攻之下會十分危險，若是退了燒，人便也就無大礙了。」

霍十九越發沈默，「嗯」了一聲。

聽了大夫的話，霍初六已攙扶著趙氏急匆匆進來。

趙氏的雙眼哭腫成核桃，霍初六也哭得眼睛通紅，拉著兩位太醫仔細問了要如何照料的注意事項。

兩位太醫自然又細細地說了一遍。言罷，二人去與小皇帝回話。

霍十九步履沈重緩慢地走向床畔，俯身，左手撐榻，抬右手想要為她拂開被汗水黏在額頭上的碎髮，卻發現他的手上沾滿她的血，當即愣住，一股寒氣再次從腳底竄升至心裡。

她險些就喪命了……

霍初六道：「大哥，你也先去盥洗一番，大嫂這裡有我和娘呢，皇上這會兒還在外頭，你也該去陪同一番。」

霍初六說的話是無心的，可霍十九心裡卻感到一種諷刺。

在最親的人與皇帝之間，他始終是選擇後者。

霍十九沈默地直起身向外走去，依舊是一身大紅喜服，依舊是高眺身量，依舊如從前那般貴氣從容，可不知為何，霍初六和趙氏都看得出一種難以名狀的落寞和寂寞。

送走了小皇帝，確定了傷亡人數，得知死者只有一人是五品官，其餘皆為僕從，且英國公並無大礙。

霍十九便將今夜當值的所有霍家侍衛和御前侍衛都叫了來，一一盤查問話，追查疏漏。好端端的會放進十餘名刺客，難道侍衛們都是吃白飯的？

直到天明時分，霍十九終於在嚴刑逼供、威逼利誘之下，抓出了兩名有吃裡扒外嫌疑的人，一人是霍府的侍衛，另一人是霍家外院今日負責採買的一名管事。

霍十九悠然坐在圈椅上，此時已梳洗過，穿了身家常的秋香色直裰，疲憊地慵懶撐頤，莞爾一笑。

「有能耐吃裡扒外，這會兒就該有擔當負起責任來。既然你們不顧著你們爹娘一家子的死活，那就隨了你們心願吧。墨染，去將陶管事和張侍衛一家老小都請來。」

「是。」

曹玉肅然領命，不多時就帶來男女老幼十餘人。

天色漸亮，下人已熄了燈，霍十九的容顏在幽藍晨光之下越發顯得冰冷。

看了眼那一群人中還有兩個孩子，霍十九道：「不滿十四的帶下去。」

曹玉領命，立即吩咐丫鬟婆子將兩個孩子帶了下去。

陶管事和張侍衛此時已經面如死灰，望著孩子遠去的背影，他們知道恐怕此生這是最後一次見到他們。

二人跪地行禮。「多謝大人。」

他遣走孩子們，必然是讓他們躲避開今生最不願見到且最難忘記的畫面。

霍十九疲憊地嘆息一聲，站起身，緩緩說了句。「陶、張二人，杖斃。家人觀刑後一律放出府去，終身行乞。若是被我發現你們有誰膽敢私自改了行當，那就都跟著去吧。現在有誰想死的，也痛快點趁早，免得分作兩次發送。」

話音落下，霍十九已走向後宅。

陶、張二人以及其家人，均癱軟在地，很快，前院便傳來了撕心裂肺的慘叫聲。

霍大栓一夜沒睡，聽下人說前頭在打罰下人，還是勒令杖斃的，待問清楚霍十九緣由後，第一次沒有咒罵他狠毒不拿人當人看，反而重重點頭道：「罰得好！」

這些年，霍十九還是頭回得到親爹的肯定，現在卻是心情沈重，一點都高興不起來。去書房寫了摺子陳述詳情，吩咐人送到皇帝的別院，又折身去了蔣嫵此時暫居的廂房。

尚未進門，卻聽見一陣嗚咽的哭聲。

「才剛剛成婚，好日子才剛開始，我的嫵姊兒，做什麼就遭了這樣的災。」

「親家母，太醫說嫵兒沒事，但這一切都是我們的疏忽。」

「嫵姊兒雖頑劣，可是我捧在掌上、含在口中，身上哪曾受過這樣的傷。」唐氏含淚望著趙氏，見趙氏雙眼紅腫、面色憔悴，是真心為蔣嫵著急的，也不好太過苛責，只得強自控制情緒，道：「我原本想嫵姊兒與霍指揮使成婚，是難違之法，經皇上幾番插手，已是無法抗拒，那就罷了吧，不能抗拒，就不論外頭人如何說，且只想著她能安享富貴也算得上是享福的。可想不到，才剛拜了堂，就發生這樣的事，往後是否會比此番還要凶險，誰能說得準？現在嫵姊兒發著高熱，還不知能不能過得去這一關，若僥倖活了下來，下一次她是否還會有如此好運？」

趙氏抹淚，誠懇解釋道：「親家母的心情我知道，我也是有兒有女的人，若我的閨女受了這樣重大的傷，我也會如妳這般想法。妳放心，往後我們只會將嫵兒當作自己家的女孩對待……」

話未說完，唐氏已道：「趙姊姊，我知妳是厚道的人，若霍家是尋常百姓家，嫵姊兒能有妳這樣賢慧寬容的婆婆，是她掉進福堆裡，幾輩子修來的福氣。只是……如今嫵姊兒這樣，我做母親的瞧在眼裡，當真恨不能以身代之，我當真是被嚇怕了。趙姊姊，妳若是真的疼嫵姊兒，就開開恩，與霍指揮使好生說一說，左右他們也沒成了事實，我想就這樣將嫵姊兒接回家去，這樁婚事就此作罷吧。」

唐氏的話，趙氏聽得倏然大驚。

站在門前的霍十九清冷面容上疲憊更甚，手握著福壽不斷紋夾竹棉簾陷入沈思。

他到底要不要趁此機會放手……

「親家母，阿英對嫵兒動了多少的心，咱們做長輩的看在眼裡。此番的確是我們的疏忽，沒有保護好嫵兒，可是天災人禍，非人力所能控制。我不怕親家母懷疑我是這會兒才這樣說，看著嫵姊兒那樣，我當真恨不能當時就被箭射死，也絕不想讓她受傷。」趙氏急得臉上通紅，淚眼矇矓道：「俗語說得好，寧拆十座廟，不毀一樁婚，孩子們既然心悅彼此，咱們做長輩的，哪能橫插一腳？」

唐氏回頭看向床上臉色慘白、雙眼緊閉的蔣嫵，拭淚堅決地道：「我已管不了那麼多了，我絕不能容許我的女兒每日生活在危機裡。就算我陪著她一同絞了頭髮做尼姑，也比這成日裡提心弔膽的好。」

一直坐在蔣嫵床畔的蔣嫣和霍初六一時間都相對無言。蔣嫣內心悲慼，為了蔣嫵，也為了自己，霍初六則是一時想不到怎樣勸說。

正當這時，門簾一挑，已經聽了許久的霍十九進了門。

唐氏原本震懾於霍十九的氣勢和厲害，此刻也為了女兒鼓足勇氣，才要開口，霍十九卻道：「岳母方才的話我已經聽清了。婚姻大事，雖是父母之命，媒妁之言，可我們二人的婚事到底是特殊。」

說到特殊，自然便會想起蔣嫵為何會嫁給霍十九。兩方都不願意想起的回憶又一次從角落中挖了出來，趙氏面上很是尷尬。

霍十九坦然道：「既然我們的婚事有皇上過問，便不是說退就能退的，況且如今已是禮成，如果按著岳母方才說的，要麼我休妻，要麼我們和離。」

「不論是休妻還是和離我們都不怕，我已經打定主意要帶著嫵兒去做尼姑了。」

「岳母愛女心切，當真令人動容。只是岳母可曾考慮過嫵兒的感受？當初訂親，並非她所願，現在要和離也並非她所願。我霍英雖不才，可誰都知道我從沒有過強搶民女那種下作手段，若是嫵兒脫離危險清醒之後，當真不願為我妻，我自然會去尋皇上說明情況，到時候無論如何也會放嫵兒自由。但若嫵兒不願，我定當疼惜愛護，視她如珍如寶。」

唐氏沒有想到霍十九會如此通情達理，她走至床畔，手背貼著蔣嫵的額頭，見她面上泛著不正常的潮紅，半晌方道：「霍指揮使對我家嫵姊兒是用了十足的心思，我是看在眼裡的。我們也並沒有想要玩弄指揮使的意思。只是嫵姊兒才剛成婚就這麼著了，今日聽了消息，滿京都城裡傳得沸沸揚揚，還有人說嫵兒她……我是真的被嚇怕了。」

霍十九垂眸沈默。趙氏恍若要受不了打擊，扶著身畔圈椅坐下才覺得頭暈好了些。

就在兩廂僵持之時，卻聽床上傳來虛弱的一聲。「娘。」

眾人皆是一愣，隨即一擁而上圍在床畔。

「嫵兒，妳醒了！妳覺得怎麼樣？疼得厲害嗎？」唐氏心疼地蹲在如意腳踏上，雙手想要碰觸她，卻怕碰疼了她。

蔣嫵聲音沙啞，前所未有的虛弱。「我沒事，就是疼。疼點好，只有活著才感覺得到疼。娘，我不與霍英和離。」

霍十九猛然抬頭望著蔣嫵。

蔣嫵的眼睛越過眾人，與他目光只相對一瞬，就別開了眼，也分不清臉龐是因羞澀而泛紅，還是因發熱而紅霞滿布，虛弱地說了句。「我心悅他，不想和離。」

「嫵兒！」趙氏滿心歡喜動容，當即哽咽出聲。

唐氏則面色沈重地道：「嫵姊兒，妳可要想清楚了，娘是為了妳好啊。」

蔣嫵眼皮沈重得抬不起來，還一味強撐著，道：「我、我不怕。」

「妳這傻孩子。」唐氏拭淚道：「好好好，妳快歇著，一切等妳傷勢好了再從長計議。」

蔣嫵這才放下心來。她方才神志尚有一線清明，隱約聽到趙氏與唐氏談話的內容。

若是和離，她答應父親的事就無法完成了，已經走到這一步，前功盡棄算是怎麼回事。

蔣嫵又一次昏睡過去。

因她尚未脫離危險，唐氏與蔣嫣都留下來，與趙氏和霍初六一同照顧著她。

霍十九不好待在女眷中，卻也不能放心離開，就在外間坐了一日夜，直到次日清早，蔣嫵才漸漸退燒了，但人還未清醒。

霍十九熬得眼眶發青，正撐頤補眠時，外頭來人稟報。「大人，皇上來了。」

話音方落，還不待霍十九起身，小皇帝已飛奔進來，拉著霍十九的袖子道：「英大哥，你沒事吧？這兩日沒去瞧朕，真擔心得緊，你夫人沒事了吧？」

「多謝皇上掛心。她已脫離了危險，只還未甦醒。」

小皇帝長吁了口氣，道：「如此甚好，再叫太醫院那些狗奴才盡心。此番英大嫂所作所為，朕深受感動，所以今日是特地專程來給她封誥的。」

霍十九聞言很是意外。因大燕的的習俗中，只有請封得皇恩恩准的，卻不曾見過皇帝主動上門來送恩典的。他受寵若驚，撩衣襬就要跪下，雙臂卻被小皇帝扶住了。

「英大哥，此處又沒有外人，你我之間何必如此拘禮？」親熱地拉著他的衣袖來至格扇旁，見無旁人才繼續道：「其實大嫂的所作所為，不僅讓我震撼，更是為我全了一份心。當時你為了救我，連父母都沒顧得上，如果不是大嫂出手相救，現在怕是……若真發展成那樣，我該如何對得住你。她捨身，救了你的父母，是救了你，何嘗不是挽救了我的內疚之心。我早前只覺得她是個粗魯的潑辣貨，現在卻覺得，也虧得她是這樣的性子。」

小皇帝說這一番話，並沒有自稱「朕」，霍十九聞言動容，鄭重地行禮道：「皇上言重了。臣為皇上可肝腦塗地，潑灑滿腔熱血亦無妨。只是您說的對，嫵兒的確是代替臣盡了孝道，也挽救了臣的內疚。」

小皇帝又揚聲道：「所以，朕決定封她為超一品的誥命，也不算過分。」

「皇上！這怕不妥……」

小皇帝一擺手，笑道：「你不必多想了，朕心意已決，這個超一品夫人英大嫂當得起。」

霍十九便不再推辭，替蔣嫵鄭重行了大禮。

皇上略坐坐就走了。

蔣嫵才經歷生死後立即成了超一品外命婦的消息，如夏季裡隨風飛揚的花香一般很快傳遍了滿朝文武耳中。

左右大燕素來不缺的就是「荒唐」，小皇帝更是荒唐的代表，是以再荒唐的事，大家也都習以為常了。

而那刺客的真凶，皇帝卻不再追查，霍十九也奉旨不再繼續追問下去，嚴懲了兩個吃裡扒外的也就了事。

其間，蔣嫵一直處在半昏迷狀態，等完全清醒過來，又已過了兩天。

張開眼，望著陌生的帳子和承塵，她素來機敏的頭腦有一瞬的空白。

「嫵兒，妳醒了。」不等反應過來，已有湯匙送到唇邊。

她不自覺喝了幾口。是參湯。

順著湯匙向上看去，餵她參湯的人不是婢女，而是霍十九。

蔣嫵驚訝。「怎麼是你？」

「醒了就好。太醫才剛回去，說妳已經無大礙了，只是還要好生調養。」霍十九眼下青影濃重，臉色也不好，臉頰凹陷，很是憔悴。

蔣嫵蹙眉，聲音沙啞地道：「我睡了多久，你怎麼這樣了？」

霍十九莞爾。「妳睡了統共三日。廚房預備著粳米粥，妳吃一些？」

如此關切溫柔的話語出自那個讓人聞風喪膽的大奸臣口中，且他那般丰神俊朗的人，如今也變得憔悴不堪，蔣嫵一時間無法適應。

她沒有說話，霍十九只當她默許了，揚聲吩咐人備飯來。

不多時，就見苗、鄭兩位姨娘各端著漆黑金絲描金托盤，上頭放著清粥和幾樣小菜進了門。

霍十九道：「怎麼是妳們？」

「姊姊為了救太爺與太夫人受了重傷，婢妾心急如焚，如今能伺候姊姊進食是婢妾的榮耀，也是本分。」苗姨娘溫聲軟語，叫人聽來只覺得熨貼。

霍十九面上瞧不出喜怒，沒有允准，亦沒趕人。

蔣嫵這廂已撐著雙臂想要起身，因傷勢嚴重失血過多，又躺了這些日，她著實高估了自己的力量。一番動作竟沒起得來，還疼得她眉頭擰起。

霍十九忙扶她起身，在她背後墊了兩個深紫色描暗金石榴花紋的迎枕。動作輕緩，笨拙又小心，生怕碰壞了她的傷口。

此時她墨髮柔順垂落身前，除左肩和上身纏了繃帶之外，便無其他穿著，只是蓋著淺碧色的錦被，光裸雙肩圓潤，肌膚在深紫靠枕映襯下賽雪欺霜，加之她嬌美容顏上病弱的蒼白，只讓人覺得我見猶憐。

霍十九的手原本也是細膩，可碰觸她的手臂和沒受傷的肩頭時，仍舊感覺到自己的粗糙，彷彿自慚形穢，燙傷了似地縮回手，眼卻望著她很難移開。

霍十九自己都沒發覺，見慣了美人的他此時竟會盯著個女子的肩頭瞧，倒像是個登徒子。

苗姨娘見狀垂眸，手上略有顫抖地將粳米粥盛入精緻的描金小碗。鄭姨娘已是氣憤不已，卻不敢在霍十九面前發作，只橫眉怒目地瞪著蔣嫵。

蔣嫵由苗姨娘服侍吃了一碗粥就不再吃了，又就著鄭姨娘的手漱口，吐在苗姨娘端著的精緻痰盒裡。看白瓷小罐中還剩了許多，便道：「大人也沒吃吧？那還有許多呢，將就用些？」

她竟讓霍十九吃她剩下的粥！苗姨娘和鄭姨娘一驚之後，都暗自笑了。

霍十九是何許人？能受人如此折辱才怪。

誰知霍十九卻點頭，吩咐苗姨娘將剩下的粥端來，就著醬菜竟都吃光了。

其間，蔣嫵已經靠著迎枕昏昏欲睡。

霍十九漱口之後脫了外袍，朝著苗、鄭二人擺擺手，便服侍蔣嫵躺下，脫靴上榻，側身躺在外側。

苗姨娘與鄭姨娘出門的時候，正看到霍十九單手撐著頭，另一手臂小心翼翼地搭在已躺平的蔣嫵腰上。

站在門廊下，苗姨娘的眼淚在眼圈裡打轉，聽著鄭姨娘低聲咒罵「狐媚子」之類的言語，內心卻只餘冰涼。

人是不能犯錯的。當初霍英對她是一門心思的好，她錯過了，如今他的心已不在她身上轉給了別人，她卻又心屬於他，當真是一步錯，步步皆錯。

——未完，待續，請看文創風336《嫵妹當道》2

2015年9月出版

嫵妹當道

文創風 335～339

雖是清流忠臣之後，
但外頭都謠傳她空有皮囊，不遵三從四德，乃京都女子之恥；
而她的未來夫婿則是讓人聞風喪膽、令小兒止哭的大奸臣，
身懷惡名的兩人如今結親，豈不登對？

世道忠奸難辨，唯情冷暖自知／朱弦詠嘆

她前世是一名精英特務，
而今卻穿越到這風雨飄搖的大燕朝來，
作為忠臣之女，為了援救身陷詔獄的親爹，
才委身於這外傳以色邀寵、擾亂朝綱的大奸臣霍英。
原想她的出閣不過是回歸老本行，身在敵陣以刺探消息，
孰不知與這相貌極品的夫婿相處日深，她就越發難辨忠奸……
對內，他為她散去姬妾，與她一生一世一雙人，
對外，他為君王犧牲清譽，忍辱負重做個奸臣，
好不容易費盡心力剷除了意圖篡位的英國公，
夫君的惡名終於得以洗刷平反，一躍成為忠臣之士，
無奈小皇帝因服用過五石散而變得性情多疑，
他們夫妻二人想急流勇退，反倒屢次遭帝王的私心所迫害。
縱然心懷退隱之意，夫君仍秉持著忠君之心為其效命，
誰料，一道「與九王聯合謀逆」的聖旨便將他劃為亂臣賊子，
一片丹心竟換來「奸臣得誅」的下場？

2015年9月出版

閨女好辛苦

文創風333~334

晏家有女初長成……疏洪救災、上陣殺敵——

別人家閨女學的是刺繡女紅、女訓女誡；

她學的卻是禮樂官制、射御書數，

今生不想再當嬌嬌女，她要自立自強！

願如樑上燕，歲歲常相見／畫淺眉

晏雉自幼爹不疼、娘不愛，被長嫂虐待卻無人聞問，
為了家族，她被迫嫁給豪門浪蕩子為妻，飽受欺凌。
如今生命即將走到盡頭，她不恨不怨，
只是格外想念家中後院的秋千，想念幼時的燦爛春光……
當她發現自己竟回到記憶中的春日時，滿心失而復得的快樂。
機緣巧合下，她與兄長同時拜入名士門下，
每日學習的不是婦德婦功，而是兵法騎射、治國策論。
不甘心受困閨閣之中，膽大心細的她隨兄長赴任，
搶救災民、懲治貪官，打響了晏家四娘的名頭。
她知道，在外人眼中她離經叛道，
收留逃奴須彌，更與他過從甚密，全然不在意女子名節。
那些耳語她一律拋在腦後，
這一生，她決心只為自己而活！

嫵妹當道 1

國家圖書館出版品預行編目資料

嫵妹當道 / 朱弦詠嘆著. --
初版. -- 臺北市 : 狗屋, 2015.09-
冊 ; 公分. --（文創風）
ISBN 978-986-328-504-5（第1冊：平裝）. --

857.7 104014035

著作者	朱弦詠嘆
編輯	黃鈺菁
校對	黃薇霓　馮佳美
發行所	狗屋出版社有限公司
地址	台北市104中山區龍江路71巷15號1樓
電話	02-2776-5889～0
發行字號	局版台業字845號
法律顧問	蕭雄淋律師
總經銷	知遠文化事業有限公司
電話	02-2664-8800
初版	2015年9月
國際書碼	ISBN-13　978-986-328-504-5
原著書名	《毒女当嫁》，由中國風語版權經紀工作室授權出版

定價250元

狗屋劃撥帳號：19001626

網址：love.doghouse.com.tw　E-mail：love@doghouse.com.tw